KILLROY *media*

SOCIAL BEAT
SLAM!
poetry

Die Ausserliterarische Opposition meldet sich zu Wort!

KILLROY *media*

Impressum

Herausgegeben von Michael und Joachim Schönauer

Redaktion: Asperger Autorenwerkstatt
Boris Kerenski Martin Plan Karin Rühle

Layout: Alexandra Müller, Salem

Umschlaggestaltung: Andreas Stark, Berlin

Druck und Weiterverarbeitung: WB-Druck, Rieden am Forggensee

Die Deutsche Bibliothek - CIP-Einheitsaufnahme

Social beat, slam poetry: die ausserliterarische Opposition meldet sich zu Wort / [hrsg. von Michael und Joachim Schönauer. Red.: Asperger Autorenwerkstatt].-1. Aufl.- Asperg: Killroy Media, 1997
ISBN 3-931140-11-3

UNTERSTÜTZT DURCH DIE

STIFTUNG

HOPPE-RITTER Kunstförderung
Boris Feesenmayr

1. Auflage

KILLROY *media* Verlag
Lehenstrasse 33
71679 Asperg

http://www.socialbeat.w270.de

ISBN 3 - 931140 - 11 -3

Inhaltsverzeichnis

1e literarische Kompilation unZerer Zeit

Die AußerLiterarischeOpposition - ALO - meldet sich zu Wort.

'Literatur von Unten' ist nicht nur durch die 60er Heroen und dem schriftstellernden Sprengsatz eines Rolf Dieter Brinkmann oder Jörg Fauser populär.
Enttäuscht durch den Abgesang des angepassten, einst APO hoffnungsfrohen Buchhändlers, der 70er Autoren- und Verlagskollektive, bis hin zur Alternativen Buchmesse, nahm eine Handvoll junger engagierter Autoren das Blatt der 90er in die Hand. 91 auf der Mainzer Minipresse verabredete man sich für Ostberlin und begann mit der Arbeit zum ersten bundesweiten Literaturspektakel.
93 *"TÖTET DEN AFFEN"*; unter diesem Headliner fanden sich dann die Autoren der sogenannten Subkultur im Prenzlauer Berg ein. Und (etwas) zur eigenen Überraschung überfüllten Zuhörer und Mitmacher die kleinen Veranstaltungscafés und Literatur-Kneipen an den vier Programmtagen. Der **SOCIAL BEAT** war geboren.
94 *"Der Affe schlägt zurück"*; 4 Tage Literatur-Festival aufm Pfefferberg, Berlin. Erfahrungsaustausch und eine bunte Literatur-Live-Mixtur waren Ingredienzien des Erfolgs; jetzt berichteten auch die Medien im größeren Stil über die aufbegehrenden Autoren... *"Die Literatur bebt"*
95 folgten gleich zwei bundesweite Festivals in Hannover und Ludwigsburg. Aber die AußerLiterarischeOpposition versprengte sich nicht in literarische Bedeutungslosigkeit, sondern bildete an zahlreichen bundesrepublikanischen Orten Zentralen, kleine Verlage und Redaktionen. Der Netzwerkgedanke **SOCIAL BEAT** wurde seit dieser Zeit weitergedacht und strukturiert (z.B. der bundesweite Info-&-Presseverteiler *DIE WANZE*, bisher 11 Ausgaben), und 97 wird eine Produzentenbroschüre gegründet, die in gemeinsamer Anstrengung für SB*LeseLust wirbt.
So ist aus einem Literatur-Live-Programm mit seinen Aktions-Events & Literatur-Happenings eine wortstarke Independent-Literatur-Szene gewachsen...{U}nabhängige {L}iteratur, wie sie sich seit 93 selbst bezeichnet:
AußerLiterarischeOpposition.

Während die Struktur Arbeit - Freizeit hohlläuft, sucht die Literatur Inhalte.

Aber das aktionistische LeseVergnügen **SOCIAL BEAT** und die neue Lust an Low-Budget-Publishing wurde bisher vom Buchhandel und ihren Vertretern ignoriert, bestenfalls zähneknirschend als tumbes Kommissionsgeschäft ins Buchregal gedrückt.
Zunehmend entwickelt SB* publizistische Eigeninitiative. Davon gibt diese literarische Kompilation Zeugnis. Aber Achtung! Baby; die Falsifikate stehen schon bei deinem Buchhändler im Regal. Denn inzwischen okkupieren die großen deutschen Verlage Begriffe wie SLAM!- Trash- Beat-Literatur und machen ihren Reibach damit. Und siehe da, so von oben aus den Schaltzentralen der millionenschweren Verlagskonzerne diktiert, nimmts der Buchhandel an...und so manche graue BuchThekenMaus & dröger Händler gebärdet sich jetzt als "hip & hop" und will "trendy" sein, gerade eben mal so nebenbei eine neue Literaturgattung ausgemacht zu haben. Da springt also ein ganzes Verlagsgenre auf einen fahrenden Zug, doch für den Leser ist diese Trittbrettfahrt eben nicht der wilde Nervenkitzel eines U-GroundSurfs. Die bisher vorgelegten Anthologien & Machwerke aus den etablierten Verlagen sind nämlich tot & hohl wie die Vielzahl der darin protegierten schriftstellernden Yuppies und diskursverliebten Musikredakteure. Der Zeitgeist schläft, es entgleisen die Züge ins Sinnentleerte, da täuscht langweilige Selbstbespiegelung Authentizität vor, oder macht auf neue Lust am Lesen. Die so auf den Buchmarkt gepushte POP-Literatur-Fraktion verpufft in literarische Scharlanterie; nichts als heiße Luft. Und der durch verlagshörige Kritiker gepriesene Lesestoff entpuppt sich dann zuhause als Mogelpackung und der Buchfrust bleibt.
Da holt die AußerLiterarischeOpposition zum nächsten (sozialen) Schlag aus: geradewegs in die schnieken Designer-Cappuccino-Täßchen dieser bornierten Kaffeehausreplikanten, und mit Häme zitieren wir an dieser Stelle den Herrn Physico Lichtenberg, *"Wenn die Affen es dahin bringen könnten, Langeweile zu haben, so könnten sie Menschen werden."*

Mit feinen Zeiten & open mind
Michael Schönauer

Frauen UND Männer

Fritz war attraktiv. Seine Arme waren dunkel behaart und muskulös, die Adern traten aus dem Handrücken hervor und betonten die Drahtigkeit seiner breiten Hände. Fritz las gerade ein Buch über die Schönheitsattribute von Männern und Frauen, und plötzlich wurde in ihm ein ganz neues Körperbewußtsein wach. Er konnte sich bisher nicht erklären, wieso die Frauen ihn mochten. Nun ahnte er es. Er war attraktiv. Und darüber amüsierte er sich. Es war nicht lange her, da hatte er mit einer Frau Schluß gemacht, die zuviel vom ihm erwartete, daß er immer für sie dasein und sie beflirten sollte. Das konnte und wollte er nicht. Ihr Foto verstaute er in seiner Erinnerungsschublade.
Dann hörte er seine Türglocke. Könnte es seine Verflossene sein? Hoffentlich nicht, dachte er. Er brauchte als Mann auch mal seine Ruhe.
Aus reiner Gewohnheit öffnete er die Tür.
"Fritz!!", sagte die Frau. Er kannte sie nicht. Sie sah nicht schlecht aus, obwohl es Frauen in seinem Leben gegeben hatte, die mehr Sex hatten.
"Du kennst mich?", fragte er verwirrt.
"Ja, äh, oder auch nicht. Bitte, könnte ich hereinkommen? Ich hab dir was zu sagen...Bitte, es ist sehr wichtig."
"Wenn du eine Freundin von Clara bist, vergiß es, es ist Schluß."
"Nein, nein, bitte, laß mich rein! Ich flehe dich an! Ich weiß nicht, wohin ich sonst gehen soll!"
"Also gut."
Die Frau trat ein, und Fritz beobachtete, wie sie schnurstracks das Wohnzimmer ansteuerte. Sie wirkte als ob sie sich in seiner Wohnung gut auskenne.
"Also, was ist los!", wollte Fritz wissen und setzte sich dazu.
"Fritz, ich...ich weiß nicht, wie ich es sagen soll...Es ist so unglaublich..."
"Wer bist du überhaupt, wenn ich mal fragen darf."
"Das ist es ja gerade. Ich bin eine, eine dir sehr bekannte Person. Ich kenne dich schon lange, ich bin...Ich bin Günter."
Fritz sah der Frau in die Augen und wußte im tiefen Innern, daß sie wie Günter, seinem langjährigen Freund, schauten.

Guido Ahner

1968 geboren, seit 1986 freier Künstler in den Bereichen Film, Malerei und Literatur. Erste Veröffentlichungen: in "Krachkultur 3", weitere beim Magazin "Screem", "Grenzen der Phantasie" und "Explorer".
1992 Preis für Video-Kurzfilm "Der letzte Tag", im gleichen Jahr erste Einzelausstellung mit Ölgemälden in Hannover, 1993 Einzelausstellung in Hamburg.
Bisher: zwei Romane, ca. 70 Kurzgeschichten, Treatments, kurze Theaterstücke und einige Sachtexte.

Es war der Blick von Günter. Aber er war eine Frau.
"Im Ernst, ich bin Günter. Ich beweise es dir: Vorgestern haben wir beide in der Kneipe um die Ecke gezecht. Ich habe dich eingeladen. Wir haben über Clara geredet, und über meine liebe Olga."
"Woher weißt du das, und was soll das Spiel hier eigentlich!"
"Du hattest dir vor drei Jahren die Schulter gebrochen. Deine Mutter ist tot. Du bist in die Lessingschule gegangen."
Fritz fiel dazu nichts ein, denn langsam nahm sein Instinkt von ihm Besitz, er spürte mehr und mehr, daß sein Freund ihm gegenübersaß.
"Ich weiß nicht, wie es passiert ist. Ich bin heute morgen aufgewacht, und da waren plötzlich diese TITTEN an mir, diese ekligen Dinger, sie sind so schwer. Ich dachte, ich hätte einen krankhaften Hormonschub oder sowas. Jedenfalls ging ich ins Bad, schaute in den Spiegel, und da war ich auf einmal eine Frau! Fritz! Es ist schrecklich, mein Kopf spielt verrückt! Ich kann nicht mehr klar denken. Ich habe eine Möse, eine richtige Möse! Mir fehlt was! Ich kann das Ding nicht mal anfassen! Diese eklige nasse Spalte! Sie widert mich an! Was soll ich nur tun? Du weißt, ich bin ein Mann, Fritz. Ich war es immer. Ein Mann! Bitte, sag mir, was ich tun soll! Guck dir diese Titten an! Hätten sie nicht kleiner sein sollen! Guck sie dir an!"
Nun knöpfte sich Günter das Hemd auf. Fritz kannte das Hemd. Es war ein altes Hemd von Günter. Auch die Hose kam ihm bekannt vor. Günter entblößte ohne Scham seine weiblichen Brüste.
"Sieh doch! Das sind doch Euter! Ich bin keine Frau, hörst du, ich bin keine Frau!!"
Fritz sah sich die Brüste an. Sie waren in der Tat beachtlich. Fritz konnte seine Augen nicht davon lassen.
"Ja, das sind recht große Titten", sagte er einsichtig.
"Nicht wahr? Ich kann mich kaum aufrecht halten. Und sieh dir meine Arme an! Meine Muskeln! Alles weg, ich bin ein Weib, ein verdammtes schwaches Weib!!"
"Sachte, sachte, immer mit der Ruhe."
"Ruhe?! Ich bin heute eine Frau geworden, und ich stehe nicht auf diese Transvestiten-Scheiße."

"Ich verstehe. Und wie ist es mit deinem Inneren? Bist du auch, ich meine..."
"Ich weiß, was du sagen willst. Das ist die größte Tragödie. Ja, ich stehe auf Männer. Ich bin schwul geworden! Eine Tunte!"
"Nein, du bist doch immer noch Hetero! Du bist doch eine Frau. Wäre doch blöd, wenn du lesbisch wärst."
"Du machst dich darüber lustig. Na gut, dann fick mich doch, wenn du das so normal findest. Willst du mich nicht ficken?!"
"Eigentlich nicht. Mir wäre komisch dabei. Ich könnte doch keinen alten Freund ficken. Ich würde mir schwul vorkommen."
"Was meinst du, wie ICH mir vorkomme! Ich habe keine Lust, für den Rest meines Lebens im Sitzen zu pinkeln! Ich will stehen wie jeder andere Mann auch...Oh Gott...Oh mein Gott!"
"Was ist denn?"
"Bekomme ich jetzt auch diese scheiß Monatsblutungen? Muß ich jetzt so einen widerlichen Tampon in mich reinstecken?! Das mache ich nicht mit. Ich habe doch überhaupt keine Ahnung von sowas. Das hat mich nie interessiert! Wie macht man denn das, und wie bekommt man heraus, wann die Blutungen kommen?"
"Die kommen jeden Monat regelmäßig, deswegen heißen sie ja Monatsblutungen."
"Weißt du darüber Bescheid? Kannst du nicht irgendeine fragen, wie man damit umgeht?"
"Kann ich machen, natürlich."
"Ich werde damit nicht fertig. Ich verliere den Verstand! Kann ich was zu trinken haben?"
"Etwas starkes?"
"Ja, bitte."
Fritz holte eine Flasche Whisky aus seiner Minibar. Er schenkte sich auch einen ein. Günter trank auf ex und ließ sich gleich nachschenken.
"Verdammt, Frauen vertragen doch nicht soviel wie Männer, oder?"
"Günter, bitte. Ist das denn so wichtig?"
"Das IST wichtig! Ich will doch weiter mit dir saufen! Glaubst du, ich will nach dem dritten Bier unterm Tisch liegen?"
"Frauen trinken kein Bier."

"Was ist denn das für `ne Macho-Scheiße! Natürlich trinken Frauen Bier. Warum auch nicht?"
"Aber es paßt nicht zu ihnen. Frauen mit Bierpullen sehen irgendwie asozial aus."
"Ist mir scheißegal. Ich will weiter Bier trinken! Und ich will weiter Fußball spielen!"
"Das geht wohl schlecht. In unserer Mannschaft kannst du wohl kaum bleiben. Kommt also nur noch Frauenfußball in Frage."
"Scheiße...Naja, vielleicht spiele ich sie alle an die Wand, die blöden Weiber."
"Bestimmt, Günter. Du wirst die Starfußballerin der Unterliga."
"Danke, Fritz."
"Mach dir keine Sorgen, irgendwie geht das Leben schon weiter."
"Ja, aber wie? Wenn ich mir vorstelle, daß ich mal mit einem Mann schlafen werde...Eigentlich keine üble Vorstellung. Muß geil sein, so einen pulsierenden, roten, prallen Steifen in sich zu spüren..."
"Du redest wie eine Tunte."
"Mensch, ich bin eine Frau! In mir ist kein einziges männliches Hormon mehr! Gott hat mich an eine andere Dienststelle versetzt!"
"Natürlich hast du noch männliche Hormone, genauso wie ich auch weibliche habe. Laß dich doch umwandeln, wenn du keine Frau sein willst."
"Und was machen die dann mit mir? Saugen mir die Titten ab, nähen mir die Pussy zu und kleben mir 'n Gummipimmel drauf!"
"Ich dachte, dich stören deine Titten."
"Schon, aber immer noch besser, als Frankensteins Monster zu sein. Die machen mich doch zu einem Mutanten, zu einem DING! Dann lebe ich lieber als richtige Frau weiter."
"Bleibt dir auch nichts anderes übrig."
"Danke, du machst mir wirklich Mut."
"Was zum Teufel soll ich denn sagen? - Komm Günter, das wird schon wieder? - Morgen bist du wieder ein Mann?"
"Hey, das wäre doch möglich. Vielleicht träume ich das ja nur,

vielleicht wache ich gleich auf und muß pinkeln, kann ich mir meinen kleinen Pillermann betrachten, kann mit ihm spielen und mir einen runterholen...!"
"Du träumst nicht, Günter. Ich bin real, ich sitze dir gegenüber. Vielleicht träume ich ja."
"Nein, alles ist zu deutlich. Ich schmecke den Whisky, ich höre mich und dich deutlich reden und ich atme, ich fühle...Nein, das mit dem Traum wird wohl nichts..."
Die beiden Freunde saßen schweigend da, tranken und überlegten, wie sie mit diesem Phänomen umgehen sollten. Dann setzte Günter ein entsetztes Gesicht auf:
"Fritz..."
"Ja?"
"Fritz...!"
"Ja?!"
"Ich...Ich muß...Ich MUSS MAL!!!"
"Na und? Was ist denn dabei?"
"Ich weiß doch nicht, wie man das macht! Ich WILL meine Möse nicht anfassen, ich kann das Ding ja nicht mal sehen! Ich habe keine Ahnung, wie Frauen pinkeln!"
"Tja, ich denke, du mußt es einfach ausprobieren. Beim erstenmal ist alles schwierig."
"Pissen Frauen aus dem Kitzler? Was mache ich, wenn ich in meine eigene Möse pisse? Was passiert dann!? Bitte sag mir doch, was ich machen soll!"
"Geh auf die Toilette und probiere es. Du mußt dich einfach überwinden. Ich kann dir nicht dabei helfen, oder erwartest du, daß ich dein neues Geschlechtsteil untersuche?!"
"Nein...Na gut. Ich probiere es. Es geht nicht anders, sonst mache ich mir in die Hosen. Scheiße. Scheiße. Bin gleich wieder da."
Günter ging mit einem Ausdruck des Ekels auf die Toilette. Er zog sich die Hosen herunter, streifte sich die Boxershorts nach unten und sah mit einem mittleren Schweißausbruch seine Schambehaarung an. Er konnte sich noch immer nicht mit diesem Organ identifizieren. Seine Hand glitt am Bauch langsam herunter, berührte die dichten Haare, glitten tiefer und befühlten die enge und kleine Vagina.

"ÄÄÄHHH, IIIIHGITT!!"
Günter zog angewidert die Hand zurück. Er hatte das Gefühl, ein Monster zu sein, eine vom Teufel besessene Kreatur, eine Mißbildung. Er biß die Zähne zusammen und setzte sich auf die Toilette. Es klappte. Der Strahl schoß in die richtige Richtung. Günter war etwas erleichtert, wischte sich ab, erhob sich und betrachtete sich im Spiegel. Er sah auf seine weiblichen Lippen, auf seine kleine Nase, in die Augen. Seine Frisur hatte sich nicht verändert. Er hatte immer noch sein kurzes braunes Haar. Und es stand ihm auch als Frau ganz gut. Erneut öffnete er das Hemd, zog es ganz aus und betrachtete seine Schultern, seine Brüste. Dann war er nackt. Er begutachtete seinen Hintern, seine Beine, Füße. Alles an ihm war Frau, und mehr und mehr nahm das Weibliche von seinem Geist Besitz. Er dachte an Fritz. Dachte an seine behaarten Arme, an seine Muskeln, und nun schweifte seine Fantasie ab, er stellte sich Berührungen vor, malte sich aus, wie Fritz seine Brüste streichelte, sie knetete, stellte sich vor, ihn wild und leidenschaftlich zu küssen. Plötzlich wurde ihm klar, daß seine Vagina feucht wurde. Als er das realisierte, begriff er sich ganz als Frau, gab jeden männlichen Gedanken und jede patriarchische Denkweise auf. Er war nicht mehr er, er war sie. Noch hieß sie Günter, doch sie war heiß und willig. Sie wollte Sex. Sex mit einem Mann. Sie schob die Hand in ihre Vagina. Es fühlte sich gut an, es war erregend, es wühlte sie auf. Sie spürte ihr Jungfernhäutchen. Sie war nicht mehr zu bremsen. Fritz war nicht länger ein guter Kumpel, er war ein attraktiver geiler Mann, und sie wollte ihn in sich spüren. Nackt wie sie war, drehte sie sich in Richtung Tür um. Dann hörte sie ein merkwürdiges Geräusch. Es klang fremdartig, primitiv. Sie öffnete die Tür und ging den Flur entlang. Als sie das Wohnzimmer betrat, sah sie in die großen dunklen Augen eines spanischen Ochsen.

GANZ SO LEICHT IST ES NICHT

Die linke Gesichtshälfte sieht aus, als wäre sie gelähmt. Anstatt „Servus“ zu sagen, sagt sie „...Schervusch...“ Sie trinkt viel, und oft lacht sie ohne Grund, ohne Grund für die Anderen, oft verliert sie die Kontrolle über sich, und das ganze Lokal dreht sich um; aber so kommt sie erst richtig in Fahrt, sie schmeisst Gläser und Runden, sie gehört in dieses Bild wie der Gummibaum und die verstaubten Lampen darüber, wie die Musicbox mit den Stones.

Und eines morgens sah ich das Blut. Dem Stricher sass der Teufel im Nacken, als er an seinem Gin-Tonic nippte und erzählte, was wirklich passiert war. Er hat sie gekannt, sagt er. Ich frage mich: Wer hat sie hier wirklich gekannt?

*

Sie bezahlte ihre Zeche, verabschiedete sich, sagte nichts weiter. Bevor sie hinaustrat auf die Wienzeile, kniff sie die Pupillen zusammen. Verwegen sah das aus - wegen der Gesichtslähmung. Die Sonne tat weh in den Augen. Sie zog die Gaspistole aus der Lederjacke, steckte sie tief in den Mund und drückte ab.

Sie sank auf die Knie, versuchte den Oberkörper krampfhaft noch aufrecht zu halten, das Blut lief ihr aus dem Mund, der Nase, den Ohren, übers ganze Gesicht.

So kauerte sie auf dem frischgefegten Asphalt, die Beine seltsam angewinkelt, sie sah aus wie ein Vampir.

„Warum bin ich nicht tot...?“, stammelte sie.

Stephan Alfare

geb. am 28. Jänner 1966 in Bregenz. Von 1990 bis 1996 Sargträger in Wien. Jänner 1993 Lesung im Gasthaus “Engel” in Götzis “Schwangere Filzläuse & Ratteneier”. Oktober 1994 Lesung im “Konkret” in Hohenems “...und der Mond schreit nach Wölfen in dieser Stadt”. April 1995 Veröffentlichung von 5 Gedichten in “LITERATUR AUS ÖSTERREICH” Heft 235, Wien. September 1996 Buchveröffentlichung “...und so wie mich alle anstarren...genauso sehe ich aus”, edition selene, Klagenfurt.

Der Bdolf

Batman

Adenauers späte Rache für den Abfall der jungen Republik vom katholischen Glauben, angestellt als Arbeiterdenkmal, aufgefahren in den Himmel als Gesellschaftskritiker und Sexualbolschewist. Diverse Platten- und CD-Veröffentlichungen mit der Band „FLEISCHLEGO“, neuerdings auch Solo-Darbietungen. Seit 1980 Veröffentlichungen in Fanzines & versch. Anthologien. Regelmäßige Mitarbeit bei „Super!Bierfront“ und Kritiken für „Intro“. U.a. Beiträge in „Jenseits der Mauer“, Edition Amadis, 1994.

Was solln wir tun, Batman?
Was solln wir tun, Batman?
Was solln wir tun, Batman?
Was solln wir tun, Batman?

Der Wirtschaft geht es schlecht, Batman
die Renten werden knapp, Batman
die Politiker sind hungrig, Batman
der Moslem will uns an die Wurst, Batman
die Bundeswehr ist ratlos, Batman
die Welt ist sehr schlecht, Batman
Studenten kosten Geld, Batman
die Zeitungen lügen, Batman

Was solln wir tun, Batman? ...

Der Reaktor brennt, Batman
es regnet in die Bierflaschen, Batman
Mensch der Fernseher bleibt schwarz, Batman
Batgirl will uns nicht küssen, Batman

Was solln wir tun, Batman? ...

Der Batman antwortet seinen Freunden:
„Tragt eure Batbrillen Freunde
lasst eure Batkapees im Wind wehen
steigt in eure goldenen Batmobile Freunde
wir fahrn nach Gotham City Freunde
wir stürmen den Bundestag Freunde
Freunde
im letzten Abendrot
Batgirl ist mit uns Freunde
sie wird euch küssen Freunde
sie nimmt extra die Pille für euch Freunde
sie nimmt extra die Pille für euch Freunde
nur für euch!“

Bob Dylan

sterben

Da kommt er ...
der junge Bob Dylan
wie ein rollender Stein
wo geht er hin?
was hat er im Sinn?
Singen hat er im Sinn
Alle haben Angst!

Da kommt er
der junge Bob Dylan
was hat er im Sinn?
was hat er im Sinn?
Singen hat er im Sinn
Singen hat er im Sinn
Alle haben Angst
Alle haben Angst

Rollende Steine setzen kein Moos an
Rollende Steine wehen im Wind
Da kommt er
der alte Bob Dylan
was hat er im Sinn?
Beten hat er im Sinn
Predigen hat er drin

Alle haben Angst
soviel Angst

Alle haben Angst
soviel Angst

Wie ein rollender Stein
Da kommt er
der alte Bob Dylan
was hat er im Sinn?
Die Mülleimer runterbringen
das hat er drin
Leute fragen:
Bob was hast du vor?
Bob lacht und sagt:
Jetzt wird gebetet Leute
hahaha alle haben Angst

Bobahadu
auch du musst sterben Bob

"...I cut my ceiling..."

(melvins) 3 0 0 mg without order sine ira

Ingo Bentz

28-jähriger Michaux-Fan aus Heidelberg, Lyrik + Prosa; Veröffentlichungen in Trystero I + II, HD, Dezember 95 + Juni 96.

Ich erwachte durch die schmerzhafte Vibration meiner zitternden Hautoberfläche; Ein leiser Südwind trieb die Feuchtigkeit des Grases über meinen Körper; ich spürte, wie meine Zellen durch maliciös fließende Erdrotation in den klebrigen Boden gerammt wurden.

Ich öffnete die Augen und blickte in den Himmel.

Mit wuchtigen Stößen presste die Schraffur eines schmutzigvioletten Krepidomas eine voluminöse, schwärendgelbe, monströse, im tiefblauen Nichts zerfasernde Ableger ausspeiende Kuppel hoch ins eisige obere Stockwerk.

Großflächige, scherenkiefrige Raubfischvisionen zerstoben im tiefblauen Nichts; seziert durch den rasenden Irrsinn des sich selbst brechenden Sonnenwindes.

Im Zentrum des blutroten Focus lag eine einsame, bewegungsunfähige Wolke, die eine sich aufrichtende, totenkopfbemusterte Klapperschlange formte.

Weit aufgerissene Hauer bohrten sich tief in die verschwommene Korona.

Ermattet legte ich den Kopf zur Seite und erblickte Zentimeter neben mir die stoische Jagd einer jungen Dornspinne, die inmitten des tauschweren Grases lag.

Minutenlang fixierten wir uns.

Keiner beugte die Augen des anderen.
Und zeitgleich entschlossen wir uns für eine hastige Flucht; beide unserer zerstörten Anonymität bewußt. Sie fliehend in das Chaos des Graswaldes. Ich? Wohin?

Zurückgekehrt fand ich die trostlosen Reste einer ausgelassenen Feier vor: unförmig-verpuppte Schlafende planlos auf den Boden zerstreut - säuerlicher Weingestank aus umgestürzten

Flaschen entströmt - erregender Mädchendunst.

Angeekelt zog ich mich in die Höhle eines vollständig verdunkelten Ankleidezimmers zurück; legte mich auf den kalten Marmorboden und sog gierig die stumpfe Luft, die den Kleidern entströmte, in meine pfeifenden Lungen ein; erfreute mich am heliotropen Duft ihres Parfüms.

Als sie erwachten, war ich schon gegangen.

Ich ließ mir Zeit, genug um die Entfaltung des Tages zu bewundern; strich wie ein Aussätziger über menschenfliehende Umwege zum Haus eines Freundes.

K, eine füllige Mischung ägyptischer, syrischer und israelitischer Vorfahren mit amerikanischem Paß.

Keiner konnte seinem freundlich-schlauen Lächeln entgehen; keiner, der in seinen libellenblauen Augen lesen wollte, konnte erkennen, daß hinter ihnen die Strahlung verseuchender Militärjahre wütete.

Abgehackte Hände in Saudi-Arabien; zerfolterte Frauenkörper in der Türkei; "Friendly Fire" im Südirak.

Wir wußten, wer wir waren.
Wir wußten, wer die Anderen waren.

Nach dem Essen saßen wir redbud-rauchend auf der sonnenüberfluteten Terrasse und bewundernd lobte ich den Ausblick auf die sich unter uns ausbreitende Ebene, in die sich strukturlos wie Müllgletscher die hochgetürmte, versmogte Stadt ergoß.

"Deine Augen", begann er
"Jaaaaaa", antwortete ich.
"Was siehst du?"

Ich schloß die Augen.

"Ich rase auf einer Crossmaschine über einen von Holztransportern zerfledderten Waldweg. Es ist Winter. Die Bäume peitschen mir ihre blattlosen Knochen durch die Lederjacke. Doch ich spüre nichts; nur Angst; etwas verfolgt mich; jemand ist hinter mir her; ich fliehe vor mir selbst; der Weg schlängelt sich unaufhaltsam aufsteigend einer Kuppe entgegen; ich bleibe in angefrorenen Wasserpfützen stecken; panisch heult der Motor; die Vibration des Tanks erregt mich; Lust und Angst; die Angst presst mir das wollüstige Blut in die Genitalien; die Bäume treten auseinander; für einen Moment fühle ich mich frei; doch was ist das; ich fühle den Schreck tief unter dem Brustbein jaulen; ein Abgrund; ich bremse; die Maschine bäumt sich auf; träge; ja; zeitlupenlangsam rutsche ich; schliddere ich; immer näher; immer näher; ich springe ab; kralle mich in den steinharten Boden; strample wahnsinnig; stampfe; schreie; bleibe liegen; gerettet; die Beine frei schwebend in der Luft; atme tief; atme tiefer; erhebe mich; blicke in den Abgrund; die Sonne mir gegenüber blendet mich; kaum kann ich es erkennen; acht Torbögen mit massiven, viereckigen Pfeilern, in die quaderförmige Nischen gehauen wurden; unerklärlich schwarze, ewig rotierende Zentren beobachten mich aus ihnen; dahinter windet sich ein Wasserschneckenhausturm, der in vier breiten, grauen Bändern ein quadratisches Minarett umwickelt, in dessen Öffnung eine schwarz gekleidete Stimme spektralfarbene Strahlen aussendet;
ich schließe die Augen;
bin reinste Audition;
die Stimme:
We'll be killed,
We'll be killed
We'll be killed."

Ich öffnete die Augen und blickte in K's lächelndes Gesicht.

"ec8or-Konzert in Samara?", fragte er.
"Genau."

"Was ist geschehen? Was bereitet dir Sorgen?"
"Ich erhielt diesen Brief."
"Ein Brief ist ein Grund, daß es uns schlecht geht?"
"Ja, ein Brief des Tuscarora. Kennst du die Geschichte?"
"Nein, erzähl."

"Ich traf ihn vor vier Jahren in den Staaten. Ich und ein Freund namens Ron fuhren zum Angeln nach World's End. An einem Bach hielten wir, grillten und badeten. Ich setzte mich auf einen Stein im Fluß und beobachtete, wie ein junger Flußkrebs an einer seichten Stelle fraß, als sich plötzlich eine Hand leicht auf meine Schulter legte. Ich drehte mich um und blickte in das gegerbte Gesicht eines alten Indianers, der lächelnd mit dem Zeigefinger Schweigen andeutete. Wir saßen stundenlang zusammen am Ufer, der Krebs fraß sich satt und der Indianer flüsterte mir tausende unbegreifliche Worte ins Ohr, scheinbar ein Ritus, eine Beschwörung; ich fühlte mich wie auf einem schlechten Mescalin-Trip, der Himmel pumpte unendlich blutrote, sich ineinander auflösende Gebilde; der vormals grüne Wald begann sich in graue, nackte, abgebrannte, nach Schwefel riechende Speerspitzen zu verwandeln; das Gesicht Rons blähte sich zu einer sterbenden Maske auf, das ruhige Murmeln des Flußes toste mir in den Ohren.

Später, viel später saßen wir um das Feuer; der Indianer betete immer noch; ich war nur noch fähig in die züngelnde Glut zu blicken und mich nur mir selbst, meinem absolut Innersten hinzugeben; mich zu fühlen, wie einer der nächtlichen Jäger, die um uns strichen; mich wie eine kleine, geduckte Wildkatze lautlos an mein Opfer zu schleichen, um ihm mit einem blitzschnellen Biß das Genick zu zerhacken; ich schmeckte, wie sich meine Kiefer in ein stinkendes Fell senkten, auf weitere Knochen und Knorpel trafen, wie ich die Bauchdecke mit einem einzigen ausholenden Tatzenhieb aufriß und sich der Inhalt plätschernd über meine Füße ergoß; dem Wahnsinn nahe begann ich meinen hungrigen Bauch zu stillen, mich zufrieden an meiner Tat zu sättigen.
Der Tuscarora stand auf und sagte, ich solle warten, bis er mir

schreiben würde; er verschwand so lautlos, wie er gekommen war."

"Und nun hast du den Brief erhalten?"
"Wir schreiben uns seit zwei Jahren."
"Was hat er geschrieben?"
"Er schrieb nur fünf Worte: I will destroy the core."
"Hast du eine Ahnung, was dies bedeuten soll?"
"Ja. Er schrieb mir, welchen Kern er meint."
"Was geschieht, wenn er ihn zerstört?"
"Soweit ich mich erinnern kann, muß sich nach Zerstören des Kerns die Erdrotation um das Tausendfache beschleunigen, die Kontinente klatschen mit rasender Geschwindigkeit in sich zusammen, die Gravitation wird sich umpolen, die komplette Erdoberfläche wird ins All geschleudert, die Sonnenumlaufbahn der Erde ändert sich, zuerst nähert sie sich der Sonne, sie verglüht beinahe, rettet sich rechtzeitig, und die brodelnde Materie wird auf eine ewige Reise geschickt, ein einziger erfrorener Klumpen stahlgrauen Drecks, während die Überreste der Natur willenlos und ohne Ziel im Weltall treiben, bis sie eines Tages in der Ewigkeit in der Hülle eines Planeten oder einer Sonne in ein vollkommen restloses Nichts verglühen werden. Das Ende."
"Dies alles wird also ein alter Tuscarora-Indianer auslösen?"
"Ja."
"Hat er geschrieben wann er es tun wird?"

Ich mußte lachen.

"Na, ich denke in einunddreißig Sekunden."
"Dann nimm doch bitte noch einen Zug vom Joint bis dahin."

Und ich tat einen tiefen langen Zug.

Die Wolken am Himmel begannen sich spiralförmig in den Sommerhimmel zu schrauben.

"I never had a life." *(Ministry)*

1 Herbsttheater

Vorhang auf
Im Kofferraum des Audi 100
spielt eine Leiche
Schleyers letzten Akt
im einzigen Drama
des einen gemordeten Mörders

2 Schleyerhalle

P.J. Harvey live
in der Gedenkhalle
des mittelbar vom eigenen Syndikat
mittels unterlassener Hilfeleistung
und unmittelbar
durch den einen schlimmen Finger
des Töters einen Hand
Entsorgten

3 Foltersonne

Entsorgt wurde auch
Christian Klar
Der verrauchte
im ausgebrannten Isolationstrakt
seiner Utopie
nicht auf dem electric-chair
sondern durch permanente Bestrahlung
mit Elektrolicht
verbrannt
während draußen die Ängstlichen
von Versprechen zu Versprechen stolpern
aufs letzte Versprechen zu
Aber nur wenige genügen
den Kreuzgang der Hasenfüße zu stören

Schleyer weiß das
Guévara auch
Der may be mit Holger Meins
dem gescheiterten Hungerkünstler
die letzte Revolution plant
gegen Fürst Diable

Ralf Bernauer

66 geb. in Esslingen/Neckar. 84-87 abgeschlossene Druckerlehre. Danach: wechselnde Location: Nürnberg, Prag und sonstwo. 94 Fernstudium Moderner Literatur abgebrochen. 95 Umschulung zum Koch abgebrochen. Bis Mitte 96 Rückzug/Einzug in Nick Caves "City of Refuge". Dann Rebirth.

BIERTRINKEN

Dagi Bernhard

geb. 1962 in Rosenheim, lebt in Essen, arbeitet als Autorin, Reiki-Lehrerin und Steinehändlerin. 5 Veröffentlichungen im Ataraxia-Verlag, außerdem in Zeitschriften, Anthologien und im Rundfunk.

Jetzt sitz' ich hier mit meinem Bier.
So fangen alle Geschichten an.
Vielleicht wird einmal eine Geschichte anders anfangen.
Vielleicht wird keine Geschichte mehr anfangen.
Vielleicht wird der Mann am Nebentisch aufstehen und mir seinen Maßkrug auf den Kopf hauen, weil er keine Leute mag, die beim Biertrinken auch noch denken müssen.
Vielleicht wird es dem Mann dann besser gehen, weil niemand mehr dasitzt, der beim Biertrinken auch noch denken muß.
Vielleicht wird es mir dann besser gehen, weil ich beim Biertrinken nicht auch noch denken muß. Aber Bier werde ich auch keines mehr trinken können.
Vielleicht kann der Mann am Nebentisch mir seinen Bierkrug so auf den Kopf hauen, daß ich nicht mehr denken muß, aber noch Bier trinken kann.
Ich werde ihn einmal fragen:
"Vielleicht können sie mir ihren Bierkrug so auf den Kopf hauen, daß ich nicht mehr denken muß, aber noch Bier trinken kann?"
"Ja freilich, komm' nur her. Sowas mache ich jeden Tag. Tausenden habe ich den Maßkrug schon so auf den Kopf gehauen, daß sie nicht mehr denken müssen, aber noch Bier trinken können. Die wählen jetzt alle CSU."
"Vielleicht wird es mir dann besser gehen."
"Bestimmt wird es dir dann besser gehen."
(Schlägt zu.)
"Ah, das hat gut getan."
Vielleicht werde ich jetzt nie mehr denken müssen.
Vielleicht werde ich immer noch mein Bier trinken können.
Ich werde es gleich probieren.
(Trinkt.)
Ich muß nicht mehr denken. Ich kann noch Bier trinken.
Vielleicht werden jetzt alle Geschichten aufhören.

EIN FILM -
so ein Schmarrn

Ich sitze bei der Oma.
Ich sitze bei der Oma in der Küche.
Ich sitze bei der Oma in der Küche und denke mir, ich werde einen Film machen.
"Oma, ich werde einen Film machen!"
"Ein so ein Schmarrn!"
"Weißt Oma, weil was die im Fernsehen machen, sowas kann ich auch. Einen so einen Schmarrn bringe ich auch noch zusammen."
"Ja, wennst meinst, dann mach halt einen Film, aber einen anständigen. Weil ich mag keine Nackerten in dene Filme. Pfui Deibe! Einen schönen Film mußt machen. Was zum sich freuen."
"Geh, Oma, so ein Schmarrn! Ich mache einen ganz anderen Film. Da wird sich niemand freuen und schön wird er auch nicht sein. Da werden die Leute denken 'So ein Schmarrn'."
"Was willst dann für einen Film machen?"
"In einem Biergarten soll er spielen. Das weiß ich schon ganz genau. Weil im Biergarten entfaltet sich die Andacht. Das ist etwas ganz anderes als in der Kirche. In der Kirche ist es immer kalt und ungemütlich, weil sie kein Geld zum Heizen haben. Darum bauen sie die Kirchen auch bloß noch bei den Negern in Afrika, weil da braucht man sowieso nicht heizen. Und ihre blöden Hostien, die immer am Gaumen kleben bleiben, können die Pfarrer von mir aus selber fressen. Da ist mir eine gescheite Leberkässemmel und ein Bier schon lieber."
"Geh, Kind, was redest denn da. Das ist ja Gotteslästerung. Und dir würds auch ned schaden, wennst einmal in die Kirche gehen würdest, anstatt bloß immer in dene Wirtshäuser rumzuhocken."
"Geh, Oma, du betest ja eh immer für mich mit. Das langt schon. Da muß ich nicht noch selber beten. Da will ich lieber einen Film machen. Einen Film, der in einem Biergarten spielt. Und alte Kastanienbäume stehen in dem Biergarten, weil die sind etwas Heiliges."
"Und was soll dann passieren in dem Film?"
"Was soll schon passieren in einem Biergarten? Die Leute sitzen da und trinken Bier. In meinem Film sitzen ein junger

"So ein Schmarrn, ein Film, da wo keiner was redet."

Malocher und ein alter Malocher am Tisch. Ein Philosoph sitzt auch dabei, aber nur zufällig. Er kennt die Malocher nicht persönlich. Und dann sitzt da noch ein Weltweiser. Der sagt aber die ganze Zeit nichts. Weil, der hat erkannt, um was es geht. Der hat alles überwunden. Der braucht nichts mehr sagen, weil ihn die anderen sowieso nicht verstehen."

"So ein Schmarrn, ein Film, da wo keiner was redet."

"Aber die anderen reden dafür doch. Der junge Malocher sagt: 'Ich bin ein junger Malocher. Ich habe einen Opel Rekord, und am Samstagabend gehe ich mit meiner Alten in die Disco. Im Urlaub fliege ich nach Tunesien. Cluburlaub. Da gibt es viele schöne Frauen anzusehen - Weiber, verstehst - und eine Bauchtänzerin kannst auch sehen. Aber das kostet extra. Ich habe eine Lehre gemacht und bei der Bundeswehr war ich auch. Da habe ich mir ein Z-ler Bärtchen wachsen lassen. Die Bundeswehr schadet keinem. Da sollen sie alle hin müssen, das arbeitsscheue Gesindel und die Schmarotzer mit ihren bunten Haaren, die Gespinnerten. Wollen alle nichts arbeiten, aber Geld vom Staat kassieren. Sauerei! Wenn ich den Kredit von den Wohnzimmermöbeln abgezahlt habe, werde ich heiraten und Kinder will ich dann auch. Schließlich muß man doch zu was da sein auf der Welt. Aber vorher will ich noch ein neues Auto kaufen, und meine Alte will einen Wäschetrockner und einen Mikrowellenherd. Kostet ja alles Geld. Aber man muß doch mithalten können. Und Kinder kosten noch viel mehr Geld. Die kann man ja fast gar nicht mehr bezahlen. Und wenn ich Kinder habe, dann sollen die alles bekommen, was andere Kinder auch haben. Da will ich ihnen nichts schuldig bleiben.'

Darauf sagt der alte Malocher: 'Ich bin ein alter Malocher. Ich fahre einen Opel Kadett, und am Abend trinke ich mein Bier. Im Urlaub fahre ich mit meiner Alten nach Lloret de Mar, weil da ist es billig, und ich treffe immer Deutsche, mit denen ich mich unterhalten kann. Das letztemal habe ich einen kennengelernt, der war auch Bayern München Anhänger. Mit dem hat man sich gut unterhalten können. Das ausländische Zeug mag ich nicht. Ich habe keine Lehre gemacht, weil es war damals die schlechte Zeit. Ich bin eingerückt, und nach dem Krieg, wie ich zurückgekommen bin, habe ich in der Fabrik gearbeitet. 40

Jahre habe ich in der Fabrik gearbeitet. Meine Kinder sind groß und aus dem Haus, und ich schnaufe mich schwer. Der Arzt sagt, ich sollte halt nicht soviel rauchen. Der redet sich leicht. Jetzt bin ich ein alter Malocher und habe mein Leben lang gearbeitet. Aber was bist denn du für einer, der du dich so am Bierglas festhältst?'

Der, der sich am Bierglas festhält, sagt: 'Ich bin ein Philosoph und halte mich am Bierglas fest, damit ich meine Existenz spüre.'

'Ich bin ein Philosoph und halte mich am Bierglas fest, damit ich meine Existenz spüre.'

Der junge Malocher sagt: 'Ihn schau an. Ein Philosoph will er sein. Der hat bestimmt keinen Opel Rekord, und nach Tunesien fliegt der auch nicht.'

Der Philosoph sagt: 'Lach ruhig, weil ich keinen Opel Rekord habe und nicht nach Tunesien fliege. Ich weiß schon, was ich habe. Ich weiß, wie es um diese Welt bestellt ist. Früher haben sich die Mächtigen Philosophen gehalten. Später haben sie dann Hofnarren gehabt. Und jetzt haben sie Computer. Und die Philosophen werden ausgelacht. Ich bin eine lächerliche Figur. Auch ich muß in einer Fabrik arbeiten, weil ich in einem Land lebe, in dem ein Philosoph eine lächerliche Figur ist. Ich arbeite in einer Fabrik, aber ich denke mir, ich bin kein Malocher. Es ist nur ein dummer Zufall, und eigentlich bin ich ein Philosoph. Den ganzen Tag sortiere ich Metallteilchen. Immer nur dieses Metall fühlen und hören, wie es aneinanderscheppert und über den Metalltisch kratzt. Ganz kalt ist es in meinen Händen, und es tut mir weh. Manchmal darf ich auch einen warmen Körper spüren und über warme Haut streicheln. Dann merke ich, daß ich ein Mensch bin. Und Mehmed steht ohne Atemschutz in der Lackiererei und trinkt jeden Tag eine Tüte Milch. Und die Malocher fahren nach Lloret de Mar und fliegen nach Tunesien. Wenn ich morgens um 6 Uhr aus dem Haus trete, ist die Morgenluft ganz mild und rein, und ich denke mir, ich könnte frei sein. Aber dann sehe ich die Malocher im Bus und die Bild-Zeitung in ihren Händen. Jeden Morgen frisch und froh einem neuen Tod entgegen. Es ist keine Sehnsucht mehr in ihren Augen. Ihr Mund steht angsterfüllt und starr geöffnet, wenn sie zum Bus rennen. Als ob sie um ihr Leben rennen würden. Wie ich sie hasse. Wie sie mir leid tun. Und die Kinder

"Geh, was soll denn das für ein Film sein. Sowas will doch niemand sehen. Die Leut' wollen was Lustiges."

haben Computer in ihren Kinderzimmern. Blaß und aufgedunsen sitzen sie am Computer. Sie wissen nicht, wie man mit Kasperlfiguren spielt und bunte Bilder malt. Mit ihren kalten Fingern drücken sie auf die Tasten und der Bildschirm knistert. Mit ihren kalten Fingern unterdrücken sie einmal alles, was Leben zeigt. Mit ihren kalten Fingern töten sie einmal alles, was lebt. Blasse aufgedunsene Fischgesichter mit kalten Fingern. Wie mir graust vor ihnen. Wie sie mit diskettengefüllten Aktenkoffern die Straßen bevölkern und die Philosophen auslachen. Ganz laut höre ich ihr höhnisches Gelächter, und ich muß mich immer fester am Bierglas einhalten - meinem letzten Halt. Es ist kalt in dieser Welt. So kalt wie das Bier in meiner Hand.'"

"Geh, was soll denn das für ein Film sein. Sowas will doch niemand sehen. Die Leut' wollen was Lustiges."

"Vielleicht soll ich noch einen Preiß auftreten lassen, als humoristisches Element quasi. Denn die Preißn sind eh überall und also auch in meinem Film. Und liegst du in der Sahara und bist am Krepieren, kommt kein Araber auf seinem Kamel daher, sondern es wird ein Preiß kommen und dir unaufgefordert den Weg nach Itzehoe erklären, und er wird nicht merken, wie du krepierst."

"Geh, so ein Schmarrn!"

"Ja, Oma, hast recht. So ein Schmarrn."

aus "Biertraum"; Ein Theaterstückl

ISBN 3-928476-02-5

Kommunikation

Wollte Tacheles mit dir reden
und du warst irgendwie
nicht auffindbar

Schienst Meilen fort zu sein
irgendwo im Jahr der Kneipen
zwischen Alkohol und Nikotin
zwischen Depression und Langeweile

Ich laberte los und du
bestelltest erst einmal
ein neues Bier
dann einen Schnaps
und fielst schließlich
vom Barhocker

Das Reden mit dir konnte
ich wohl vergessen
also stürzte ich dir später
auf den Boden hinterher

Sie haben uns dann nebeneinander
an die Wand gelehnt und noch
zwei Wasser spendiert

Ich glaube so nah
sind wir uns
nie wieder gekommen!

Urs Böke

lebt in Essen, mehr nicht.
Diverse Veröffentlichungen im SV sowie in Literatur-Fanzines und Anthologien.
Seit 1995 Hrsg. des Ratriot-Zines.

Axel Börker

* 1961. Langjährige freie Mitarbeit bei ”Einblick”-Magazin und seit 1994 techn.-logistische Unterstüzung der ”Social-Beat Centrale Sued”.
1982 Mitbegründung der Gruppe ”Letzter Wille”, 1986 Erstveröffentlichung. Der Film zum Buch ”Kunst am Baum” im Einblick Nr. 6. Lyrik + Prosa der Aussenseiter/Innen. 1995 Beitritt zur Asperger-Autorenwerkstatt 1996 Mitglied des ”Bla-Bla Espress”. Stuttgart-Marbach 1996 erste illustrierte Einzelveröffentlichung im Killroy media. Kurzgeschichten, Gedichte, Experimentelle Sprachspiele + Liedtexte

FRESHORANGE

Fresher asks Refresher

The sun! - Have I won?
Are you the two?
Is me a three?
About the four?
- Tell me more!

Refresher answers Fresher

One is the sun!
The "2" are "U"!
A tree are we!
About the "Fort"
- I'll tell you more,
if you ask me "4".

AUGENSEE

dunkel der blick
in den rächelnden
scharlachroten
rachen
plötz- + häß-
lich
der stachlige schrei
klingt nach
chaos krachen
wort-
los
sprache-
los
das auge
im rosenschwarzen spiegel
der
blut?- öl?- wasser?-
gezeugten
lache

i am sorry - ergo sum

i am so free - in my
illusion
wonder worry why
y am i y
wenn ich nicht
tun + sein + lassen
kann -
sorry daddy sorry - sorry
daß es mich auch gibt
sorry teacher sorry - sorry
ich bin verliebt
ich will tun & ich will sein -
nein nein nein
kämpfen will ich
nicht - fighting is for freedom
what
fucking for virginity
o
sssorry!
das war
natürlich
keinesfalls
wirklich
so
gemein
t

Theo Breuer

*1956. Poet & Mail Artist. Schreibt (& collagiert) am liebsten Gedichte, aber auch Buchbesprechungen oder Essays zu Themen aus der Welt der Literatur-Szene & Mail-Art. Er ist Herausgeber der Edition YE, die kleine kosmographisch orientierte Literaturzeitschrift "Faltblatt" und der "ABC-News". Breuer lebt mit seiner Familie in Sistig/Eifel. Publikationen, Auswahl: Stillstand in der Arena, Corvinus Presse, Berlin 1992; Der blaue Schmetterling, Uräus-Handpresse, Halle/Saale 1993 & Corvinus Presse 1994; Augensee, Tumrahandpresse, Düsseldorf 1995; Black Box, Das Fröhliche Wohnzimmer-Edition, Wien 1995; T&H, Edition Heulsuse, Schwerin 1996; Im Block, Amanita-Verlag, Mainz 1996.

Schattentod

Frank Bröker

*1969. {Wilde Punkerjugend - und die Folgen} Student in Münster, vormals Krankenpfleger, nachts ab und an immer noch. Bei Frank gibt es außerdem noch Tapes und CD's u.a., von "Caution Screams" und den Soloprojekten des Herrn Pichelstein mit gitarrTerroristischer Verstärkung, live ein Genuß und auf MC: "Annemarie", "Sentimental Bullshit" und "Vampire Songs Volume I + II", sowie gebundene Texte aus'm "Schreibtisch Größenwahn", das HÄRTER...Zine und einen SOCIAL BEAT Mailorder [HEFTE, Bücher, Tonträger, s.o.].

Dem Haß ist Einlaß gewährt, gegen bar
Und was ich sehe ist das, was ich nicht wirklich bin:
Ein blauäugiges Mädchen, das verstört am Bahnhof hockt.
Ich bilde Bankangestellte zu Fassaden aus.
Die Ewigkeit ist eine kurze Zeit, in der alles gut wird!

Leseprobe aus: Frank B. Pichelsteins
"Dirk & Heidi"

Erst einmal wurde er Knecht in einem Futtermittelzulieferungsjob.
Irgend ein Familiendaddy fuhr den Laster und Dirk mußte Kunstdünger und Trockenfutter beim Kunden abladen. Das waren alles Bauern und die hatten natürlich viele Ratten bei sich wohnen. Fette Ratten. Eines von den Viechern brachte dann Dirkle mit in die Wohnung, es war schon tot, erlegt von einer Luftgewehrpatrone. Da kennt das Landvolk ja nichts. Schon Fünfjährige betreiben das als Sport! All die merkwürdigen Gestalten auf den Bauernhöfen im Emsland zeugen nicht nur von der Inzucht, die sich zwangsläufig breit machte, sondern auch von Luftgewehrsteckschüssen. Meist wird ein Auge ausgeballert oder ein Ohr durchschossen.

Dirk nahm die Ratte, köpfte sie, warf den verfaulten Fellkopf in unseren besten Kartoffel-Topf (so sollte das Fell verköcheln und der wunderschöne anatomische Schädel sich zu Ohrschmuck verarbeiten lassen), drehte den E-Herd auf Stufe drei und entfernte sich zu einem Einkauf. Als ich die Tür unten zur Wohnung aufschloß, hörte ich einen Schrei. Heidi stand in der Küche und bewegte sich nicht. Wahrscheinlich dachte unsere kleine Punkerin, Dirk hätte soeben ihre beiden Wüstenrennmäuse geschlachtet. Denn mitten auf dem Küchentisch, auf einem Frühstücksbrettchen, thronte der restliche Corpus der Ratte. Auf dem Herd glühte eine Platte und darauf stand der Kartoffeltopf, mittlerweile ohne Wasser. Das hatte sich stinkend und erbarmungslos im ganzen Haus verflüchtigt.

Ich schmiß die Ratte aus dem Fenster, stellte alles Rattenkontaminierte in Dirks Zimmer und lüftete so gut es ging. Man konnte ihm nie böse sein. Er hatte immer dieses schelmische Lachen im Gesicht, regte man sich über etwas auf, was für ihn keine Rede wert war. Ich erklärte es ihm: "Nimm H2O2. Mein Gott, und mach das in deinem Zimmer..."

Soweit zu Dirks Jobs. Einer folgte dem anderen. Dann wieder die Besinnung. Und in einer dieser lustigen Phasen voller Weltschmerz und Melancholie mauserte er sich dann zum Künstler! Zunächst besorgte er sich Illustrierte, Zeitungen, schwarze Pappe, Pritt und Bilderrahmen. Unschlagbare Collagen entstanden. In der ganzen Wohnung nur Zeitungsschnipsel, Pritt überall...es gab sogar eine Ausstellung - im Flur bei uns. Dann die Sache mit dem Speckstein! Dirk verbrachte pro Tag etwa 10 Stunden in der Küche um, auf kleinen Specksteinen herumzuhauen. Mit viel Phantasie konnte man etwas erkennen. Die Wohnung staubte entsetzlich; nur ein einziges Hämmern die ganze Zeit. Er machte sogar auf dem Klo weiter. Damit hatte er keine Probleme. Duschte man zum Beispiel gerade, konnte es passieren, daß Dirk sich zu einem Schiß hinsetzte, während man fassungslos hinterm Vorhang stand. Tock Tock Tock..."Diiiirk!" "Jetzt stör' hier mal nicht den Künstler bei der Arbeit."

1. Auflage im Dezember 1995, 2. Auflage im Juli 1996.
Eine Produktion aus dem Hause Klingenberg & Reiffer, Cottbus
bekannterweise auch die Herausgeber von S.U.B.H.
Dem Fanzine für SUBH-BEAT, Punk und Weltrevolution.
Wir sagen <<Hypotrachelion der SB-Szene>>.

Standortkommandant Off gibt bekannt:

Das S.U.B.H. ist ohne Zweifel ein Fachblatt, und zwar ein Fachblatt für undeutsches Tun, Schmutz und Perversitäten aller Art.

Um diese These zu belegen, genügt es, irgendeine Ausgabe an einer x-beliebigen Stelle aufzuschlagen. So beschreibt beispielsweise auf Seite 5 ein gewisser G. Marlowe (zweifellos ein Limy schlimmster Sorte) Sexualpraktiken, die sich mit einem sittlichen Verständnis von Zeugungstrieb und Ehehygiene alles andere als vereinbaren lassen und jedem halbwegs aufrechten Volksgenossen den Ekel und die Schamesröte ins Gesicht treiben sollten. Ein durchtriebener Agent der bolschewistischen Weltverschwörung, mit dem bezeichnenden Namen Klingenberg, will uns nur drei Seiten später mit wollüstigen Ammenmärchen für den eitrigen Auswurf der Dekadenz begeistern und der ehemalige Generalsekretär der VII. Internationale, der berüchtigte Jörg André (!) Dahlmeyer läßt es sich nicht nehmen, auf den Seiten 13-15 eine Lobeshymne auf das paradiesische Dasein arbeitsscheuer Volksschädlinge abzusingen. Durch Darstellungen widerlichster Art verspotten sogenannte "Künstler" unsere Polizei und gewähren uns so Einblick in ihre kranken Hirne. Eine nähere Beschreibung verbieten mir der Anstand und meine deutsche Manneszucht.

Um dem Ganzen noch die Krone aufzusetzen, weisen diese Lumpen am Ende der Hetzschrift noch auf weitere, in ihrer Schändlichkeit ähnliche Pamphlete hin, damit die bedauernswerten Seelen, die sich einmal haben blenden lassen, noch tiefer in die Abgründe von Vaterlandsverrat und Nestbeschmutzung getrieben werden.

Für uns, deren Gesinnung ohne Makel ist, kann die Parole deshalb nur lauten: Diesem Unrat muß der Kampf angesagt werden!

Kauft das Sudelblatt massenhaft, abonniert und schützt dadurch Unschuldige! Schickt Leserbriefe und Paketbomben! Laßt keine Gelegenheit aus, diesen bodenlosen Sumpf aus Ehrlosigkeit und Lüge an den Pranger zu stellen!

OBERSTURMSCHWANZFÜHRER GALLO

Es ist wenige Minuten vor dem Zweiten Weltkrieg. Die Straßen sind leer. Nur 1 DKW und ein Leichtkraftrad stehen am Rinnstein der Friedrichstraße, in Gegenrichtung parkt ein Hanomag Personentransporter. Gleich geht es los. Chisum packt die letzten Sachen in seinen Rasierbeutel. Laser, sein Piefke, wedelt mit der Rute, jetzt geht es Bunki. Kurz und knapp läutet der Telefonapparat. Chisum nimmt den Hörer aus der Gabel. Er macht: "Tut tut...". "Das ist es", denkt Chisum. Laser sitzt zu Füßen und kuckt rauf. Chisum kickt in weg. "Sie haben den Termin verlegt", schnauft Chisum: "Wohin nur?"
Laser macht sich über den Knochenersatz aus Büffelschwarte her. Chisum läßt CB-Gerät warmlaufen. "Hoff'ntlich stimmt das password noch", denkt er und ruft: "Gallo bitte melden" in Frequenzweiche. "Hier Gallo. Hier Gallo. Roger." dröhnt es im Kopfhörer. Auf der Straße marschiert eine Tonne Soldaten vorbei, und Chisum kann gar nicht laut genug ins Bändchenmikrofon brüllen: "Elf Uhr in den Novak-Stuben, Roger."
Punkt elf Uhr betritt Obersturmschwanzführer Gallo die Novak-Stuben. "Na nu, is' Chisum nich' hier?" fragt er den Kameraden an der Bar. "Nee, Herr Obersturmschwanzführer, Chisum is' gerade rüber ins Kaffee Korea gegangen, zu Befehl, Herr Obersturmschwanzführer."
Ärgerlich schiebt Gallo seine Unterstiefel unter den Stammtisch der CB-Brigade "Schwarzer Roger" und bestellt einen Kombi. Da betritt Chisum den Laden. "Steh auf!" brüllt er zu Gallo: "Du hass den Termin verlegt."
"Gar nicht," sagt Obersturmschwanzführer Gallo und will den Kombi heben. Da schießt Chisum ihm das Glas aus dem Handschuh, der Kombi verspritzt auf Gallos Uniform. "Das wirst du büßen", schreit Gallos Falsettstimme durch die Novak-Stuben.
"Komm raus, wenn du ein Führer bist", bellt Chisum und bewegt die Parabellum Nova, seine selbstgebastelte Dreiliterkanone. "Los, du Milchtüte, wird's bald!"
Blitzartig läßt sich Gallo unter den Stammtisch fallen. Damit hatte Chisum gerechnet. "Der hattie Hosen voll", dröhnt es durch die Novak-Stuben. Chisum setzt sich auf Gallos Stuhl

Jörg Burkhard

1943 in Dresden geboren. Schule und Buchhändlerlehre in Heidelberg. 1962 erste Veröffentlichungen in den von Arnfried Astel herausgegebenen <lyrischen Heften>. 1968/1. Mai, eröffnete Burkhard die erste linke Buchhandlung in der BRD... *"Kunst war das geringste Problem. Bürgerliche Werte mußten zerstört werden."* 1986: Burkhard hat viele Jahre mit vorgefundenem Tonmaterial gearbeitet, daraus entwickelte sich die Literatur-Performance G.E.L.D. <GENERAL ELECTRIC LANGUAGE DISTRICT>. Unter dieser Headline bietet Burkhard inzwischen verschiedene Programme, z.B. LIVE IN ZOMBOMBIE oder VOLUMES OF FRIENDLY FIRE

"Eine volle Dosis Videotext ohne Punkt und Komma...im Sperrfeuer von Burkhards unnachgiebigen Satyrrundumschlag gegen die brandenden Wogen der Konsumgesellschaft."
Erschienen im Verlag Peter Engstler, Ostheim/Rhön

und tritt dem Obersturmschwanzführer so richtig in die Eier. Heulend rollt der Mann unterm Stammtisch vor, will auf die Herrentoilette.
Alles lacht, und Rabauken-Joe, der Automatenspieler, stellt Gallo kurz vor der Clotür das Bein.
Armer Gallo, fällt gegen Musicbox, die in diesem Augenblick einen Schrei von Zarah Leander tut.

Aus: Frozen City
14. Kapitel
TOASTED STORIES

VERLEGT DEN ZWEITEN WELTKRIEG

NImmMt SeINEN DÖdEL AUSM TeLLi !

Dennis Busch

71 in amsterdam geboren, demnach jetzt 2400 jahre alt. 95 in bremen neugeboren..mit KGBhoch3 zusammen veranstalter der poetry-now-future-sessions im AKAS..betreibt 'nen verlag 3rd m-eye-nd heißt der. Buschs Orchidee & peitSchE ist "liebevoller auswurf", teilweise illustriert: siebgedruckt & handgebunden. weitere publikationen "einsteigen ! anknallen ! abspacen!" Organisator des 1. Bremer Social Trash Flash Now Future Beat Happenings im Bahnhof Oslebshausen im Juni 96.

ich bin gottes letzter fickfinger,
1 drogensüchtiger
& sage :
wirf alles von dir
& verlaß die wurmzerfressene schädelstadt !
verlaß mich verlaß mich
flüstert
die wurmzernagte schädelstadt !
..es ist auf jeden fall theater
& amateurhafte schauspielerei.
..ein endloser affentanz
im flickernden prisma der neonlichter..
setz die australopithecus africanus maske auf
und schlidder
von endzeit zu endzeit..
wandlungsgeschwängert..
was dein auge einsaugen kann
..vvvrrroooommmm zzzzoooooommmm..
ziehs dir rein..
& sarg dich ein..
ich bin gottes letzter diener,
1 heruntergekommener drogenfreak,
n richtiger held. na geil !
setz die homo erectus erectus maske auf
du sogenannter fähiger mensch.
wirf alles von dir..
wirf alles von dir..
niemand versteht es.
ich verstehe es nicht.
du verstehst es nicht.

er/sie/es versteht es nicht.
die die es verstehen verstehen es nicht.
die die es nicht verstehen verstehen es nicht.
man könnte meinen :
was ist   ist groß
was nicht ist   größer !
no way out..   kein entfliehen..
allesfresser..allesfresser..allesfresser
..kein entrinnen !
wirf alles von dir
& verlaß die wurmzerkaute schädelstadt !
..jede notbremse
ist nebel wenn du sie brauchst..
denk an ramapithecus den raum/zeit kosmonauten !
..gedanken sind jeansjacken mit bügeln
& bunten bändern..
..gedanken sind enterhaken..
wirf sie aus !
kenter dich !
sieh die majestätische stroboskopsonne
& vertüdel dich in ihrem spinnennetz !
wie kann ich denn jetzt noch der sein
der ich einst war ?
..wir tanzen neuzeitrumba
& apokalypse cha cha cha
bis uns die nasen bluten.
..& noch ne kippe & noch ne kippe
& noch ne kippe & noch ne kippe
& noch ne kippe & noch ne kippe
bis es spaß macht !
leck den marlboroschwanz !
leck den peter stuyvesantschwanz !

leck den strikeschwanz ganz lucky
& schmeiß die bombe !
setzt die homo habilis maske auf,
wirf alles von dir
& verlaß die blutübersrömte schädelstadt !

..vorher tanzte ich alles in falscher haltung.
meine tuchfühlung fehlte,
matt sank mein rechter ellenbogen
der dame in den garten.
jetzt weiß ich es natürlich besser.
..die frau mit der rosanen korallenkette zeigt
ihrem junkiesohn
eine handbemalte blumenmustervase.
der sohn tut natürlich so
als interessiere ihn das nicht.

du jagst dich denn du bist dein jäger.
du hetzt dich denn du haßt dich.
du verfolgst dich & beobachtest dich.
igitt-igitt !
du bist noch nicht einmal die wand
an die du dich stellst.
du bist dein exekutionskommando,
dein persönlicher finger am abzug.
..schieß schon !
spritz dich !

wir menschen sind o,1% frei.
unsere freiheit heißt
sich zwischen twix & knoppers
zu entscheiden.

wie fühlt man sich wenn man mitten im
supermarktsgetummel die hosen sacken läßt ?
man nimmt seinen dödel ausm telli
& pischert gemütlich ins tiefkühlfach.
man ist verwundert über die tragik
die einem solchen moment beiwohnt.
wir menschen sind o,1% frei.
alle winkel sind gefangen
im wirr-warr
dieser trompetentrötenden geometrie.
einfach aufm sofa liegen und rumgammeln.
gebt uns endlich götterblut zu saufen !
wir menschen in der bundesrepublik
leben unser leben
in nem pornowestern
einer fettbäuchigen wohlstandsgesellschaft.
alle schweine fliegen hoch..
alle schweine fliegen hoch..
kkkaaawwwuuummmm
bbbbbooooommmm
stash cash flash..
uns nen tempel erbauen
im innersten unserer schuhkartonhaftigkeit.

setz die australopithecus homo habilis
afarensis erectus sapiens
aegyptopithecus maske auf,
dreh dich nicht um
& verlaß die wurmzerfressene schädelstadt !

Stahlschädelfluchten (beatae memoriae)

Hirne implodieren 20 Meter neben dir.
An Gossen zerschlagen, entweicht
Dem menschlichen Denkmaschinenkessel
Der aufgepreßte Dampf verkrüppelter
Ideen und des verschenkten Wahns.
Blut, Blut, Blut tiefschwarzrotdunkel,
Ebbt im Laternenglanz über das
Zertretene Pflaster tänzelnd
In die Nacht herüber.
Die Bataillone der Spätheimkehrer finden
Lust an der Schau und schließen auf den
Langsam versandenden Atem
Hochdotierte Wetten ab.

Nur 40 Meter weiter Freund, nur vierzig,
Und morgen früh würde sich nicht wieder
Der Vorhang zur alltäglichen
Leichenschau erheben.
Vorbei wäre es gewesen, das ganze
Gezappel in der Zwangsjacke der ewigen
Hatz, getrieben von diesem
Ich weiß es nicht besser, ich weiß nicht.
Was?
Fragen sich die Lebensretter
Aller Nationen genauso, wie der
Serbische Freischärler, nachdem er
21 schwangeren Frauen ihre Foeten
Aus dem Leib entriß, um sie dann mit
Ein, zwei Hammerschlägen an den
Nächsten Baum zu nageln.

Bloß keine Zeit für dieses Warum?
Hirne könnten begreifen welche kranken Geister
Sie den Arm zur Tat erheben lassen
Und würden dennoch die Konsequenzen
Dieser Einsicht scheuen.
Guck nicht um die Ecke,
Guck nicht in dich rein,

Henning Chadde

"Ich bin 1969 in Hannover gegen meinen Willen in die Welt geschickt worden (dagegen protestiere ich heute noch), und lebe seitdem dort. Unter anderem, um da ein wenig zu studieren und mich rumzutreiben. So schlecht ist die Stadt nicht. Die Schreiberei und Mucke machen ist zur Zeit mein Hauptlieblingszeitvertreib, ansonsten warte ich darauf, daß mir der Himmel auf den Kopf fällt oder mich ein UFO abholt bzw. Gott endlich mal vorbeikommt, um mir Sinn und Zweck meiner Mission zu erklären...Diese ganze Warterei geht mir nämlich langsam auf den Sender."

Halt dich einfach an den
Nullzustand und schlag dir im Namen der
Inquisition die rasiermesserbeklingte
Faust ins Fleisch deiner Seele, um zu
Sehen ob das Blutbenzingemisch
In den Schläuchen der Maschine
Nicht auch vielleicht den Rest zu
Verbrennen vermag.
Sofern er denn mal Feuer fänge.

Tierkäfigkreislauf.
Gehetzt, getrieben.
Mit pochenden Schläfenschlagaderdruck
Erkennst du dein Bild in dem
Untergang anderer.
Frage: Was für ein Film geht in dem
Opfer Nummer 1 wohl ab?
Frage: Was für ein Film geht ab auch in Dir?
Wie gewohnt die Antwort:
Des einen Realität, ist des anderen Qual.
Als plötzlich der Atem erstirbt,
Erkennst du die finale Chance und
Schmeißt dein letztes Geld in den Pott
Des zockenden Mobs und bezahlst
Gleichgültig für den Vorsprung
Von Morgen.

MUTTERTAG

muttertag/hastduschonwasgegessen/holdasmesserraus/schneiddie
tortean/derfernseherläuft/papaisschonlangetot/fliederindie
vasestecken/immernurdasbestegewollt/diealtefraunichtverletzen/
derbrudertreibtsmitkleinenjungs/altefotosgucken/zumabendbrot
gibtslachs/sprichleiseundkau/derzweitesohnsäuft/denweinim
schrankverstecken/mamasprichtvonfrüher/ißnochwaskind/steckdas
messerweg/umhimmelswillenpaßdochauf/mußtduwirklichschonweg/
derjüngstehängtandernadel/denktihrüberhauptnochaneuremutter/
laßstehnichwaschschonab/gibdermamieinenkuß/wieläufstdueigent-
lichwiederrum/frohwennihrmichunterdererdehabt/ammesserklebt
nochtortenboden/deinbruderistschuldanpapistot/laßdieflasche
stehen/herrgottwasmachstdudennnunschonwieder.../wasmachenwir
mitihrfragtderzweitesohn/auseinandersägenundeinfrierenant-
wortetderjüngerebruder/unddanngehenwirerstmaleinentrinken...

Daniel Dachtewitz

"Geboren von meiner Mutter am sechsten Juni Neunzehnhundertirgendwannsechzig. Mein Vater verstarb, als ich sechs Jahre alt war. Als ich zwölf Jahre alt war, zog ich mit meiner Mutter und meinen zwei älteren Brüdern in die Stadt. Dort fing ich mit Alkoholtrinken an, später auch das Haschischrauchen - irgendwann kamen dann härtere Drogen. Ein paar Jahre meines Lebens verbrachte ich in der Psychiatrie, wo man mich mit Medikamenten wie Dipiperon und Haloperidol ruhigstellte. Als ich aus der Klapse entlassen wurde, hatte ich meinen ersten Gedichtband fertig. So packte ich meinen Rucksack und trampte durch Deutschland. Im August '93 fuhr ich nach Berlin zum 1. SOCIAL BEAT Festival. Ich war einer unter vielen Zuhörern, lauschte den Texten: vom Hübsch, vom Dahlmeyer, vom Lahr... Ich trinke immer noch Alkohol. Ich rauche weiterhin Hasch. Härtere Sachen will ich nicht mehr. Und in die Klapse stecken werden sie mich auch nicht mehr. Meine Kalaschnikov steht im Schrank. Let's start a war..."

Müll SCHLUCKER

Jörg André Dahlmeyer

30, geboren in Siegburg, lebt in Ostberlin. Herausgeber der Zeitschrift für Social-Beat-Literatur DER STÖRER (seit 1990); Mitarbeiter des Berliner MusikFanZines "Orange Agenten "; Herausgeber des AntiRassismus Buches "In Deutschland nichts Neues" (verlags-werkstatt 1992 - u.a. mit Lew Kopelew, Hark Bohm). VerÖ. seit 1988, u.a. in "German Trash" und "Social Beat D" (Druckhaus Galrev, Berlin 1995/96). Über 200 Lesungen im In- u. Ausland. Mitglied im BvjA. 4. Platz bei den "2. Deutschen Literaturmeister-schaften" 1995 in Köln (Boxring). Im Juni 1996 Social-Beat-LiteraTour durch die Schweiz & AbschiebeHaft. Aktueller BuchTitel: "Ist hier noch frei?", Stories, Karin Kramer Verlag, Berlin 1996.

Frank klaut Müll, Britta klaut Müll, Charly klaut Müll, Zoe klaut Müll, alle klauen Müll. Wir tragen den Müll nach Hause und horten ihn dort. Überall stöbern wir etwas auf, die Stadt ist voll davon.

He du da, klaust du auch Müll? Der Mann sieht sehr gesättigt aus, geht weiter, die Hutkrempe tief im Gesicht. Und Sie, klau'n Sie etwa Müll? Müll ist klasse! Nein? Tun Sie nicht? Muß am Wetter liegen. Die Frau geht ohne aufzuschau'n an uns vorüber und an einem frischen Haufen Hundekot. Vielleicht hat sie das Dritte Auge.

Wir ziehen weiter durch die Straßen, gucken überall hinein, alles ist interessant. Charly schreit. Ich frage: Müll? Nein, sagt er, Durchfall. Britta wendet sich von uns ab. Frank kratzt etwas Müll zusammen, stopft ihn in einen Plastebeutel, schnürt ihn zu und bindet ihn wie eine Trophäe an sein Regencape. Dort baumelt er nun an der Brust.

Britta fragt einen Typen. Klaust du Müll? Er steht an einer Tramhaltestelle, eiserner Blick, gut genährt, Walkman auf dem Kopf. Dance-Floor-Musik, vielleicht auch Tekkno, jedenfalls ziemlich strange. Der Blick müßte mitten in einen von Kohleasche qualmenden Müllcontainer treffen, der unmittelbar vor einem Frisiersalon auf der anderen Straßenseite die Stellung hält. Doch seine Augen sind leer, lediglich ein Bein wippt emphatisch. Typische Teenagerjacke, hinten drauf ein Schriftzug Bronx Ltd., Gel im kurzen Haar, anscheinend nicht unser Mann für den Müll. Der hat 'ne Macke, sagt Charly, laß mal.

An der nächsten Straßenecke fährt eine vergitterte Wanne Streife durch den Kiez. Charly und Zoe rennen hin, klopfen an eine Fahrertür und rufen den Herren in Grün zu: Müll? Der Beifahrer schaut den Typen neben sich an, dann wieder uns, der Wagen beschleunigt. Eine dieser seltsamen Gestalten kommt vorbei, Trainingshose und den Kampfhund an der Leine. Ich lege mich auf den Boden und brülle in einen Gulli: Hat hier irgendjemand Müll gesehen? Sofort schlägt der Fiffi an. Britta lacht.

Frank entdeckt ein paar Müllsequenzen vor einer Pizzeria und verstaut sie geschäftig. Ein Rentner starrt. Wir nehmen die U-

Bahn, zwei Stationen, das wird keinen Streß geben.

Zu Hause angekommen entleeren wir alle unsere Taschen auf dem Küchentisch, der jetzt reichlich bedeckt ist. Tomaten, Artischocken, Käsebrote, Pilze, Thunfisch, Kartoffelschalen, Salami, Schinken, Mohrrüben und Rote Beete. Zappa, der Hund von Britta, kommt aus dem Nachbarzimmer und salutiert vor dem Tisch. Charly zieht einen Klumpen Aluminium aus der Jackentasche und wickelt ihn aus. Wild und Geflügel, sagt er. Die Fleischerei, sagt Britta. Zappa stürzt sich auf die Knochen. Frank rülpst.

Morgen kann ich nicht, sage ich, Recherchen. Ne neue Story, fragt Zoe. Nein, erwidere ich. Was dann, fragt Britta. Wissenschaftlich, antworte ich. Oh, du bist befördert worden, sagt Frank. So ähnlich, sage ich. Wuffwuff, fragt Zappa. Nein, auch nicht, sage ich. Spann' uns nicht auf die Folter, sagt Zoe. Die Kanalisation, sage ich. Ziemlich feucht da, sagt Frank. Übertragen gemeint, erwidere ich. Spinner, sagt Zoe. Die letzte Scheibe Salami rutscht an meinem Gaumen entlang. Sozialverträglichkeit von Müllschluckern, sage ich.

nachts

Tanja Dückers

Jahrgang 1968. Studiert Germanistik, Nordamerikastudien und Niederländisch in Berlin und hat in Literaturzeitschriften und Anthologien veröffentlicht. 1994 Stipendium (ERASMUS) in Amsterdam. 1995 Organisation der einjährigen Lesungsreihe "Junge Autoren in Berlin" im STÜKKE-Theater. VerÖ. "Mitternacht auf der Straße", Jadot-Verlag Berlin.

Es war nachts Wie jetzt
Dein Penis lag noch in meinem Mund
wie eine Nabelschnur
Das Leiern der Trance-Cassette störte uns nicht
wir beschlossen genau so bis zum nächsten Morgen
liegenzubleiben und unterhielten uns noch eine Weile über Eukalyptus
bonbons Farne und Lianen und dachten uns Pflanzen
aus die es nicht gibt ich merkte wie ich in dieses stadium verfiel
zwischen wachsein und Schlaf meine Gedanken immer weiter
Zerrinnen hörte mich noch worte um deinenschwanz
sprechen quellen von Kuckuckseiern auf einer urwaldlichtung
sehe dichschwertfische im kleinen aquarium durch meinen
Mund wandern mit riesigen weichen flossen die wände abklopfen
seltsame zeichen an die wände malen wie ein steinzeitmensch
husten aus den zeichen werden buchstabenausden buchstaben
werden worte die ich mit meiner riesigen eukalyptuszunge
langsam verlecke
Dann bin ich eingeschlafen

geheime botschaften

Die Stadt klimpert ihr Uhrwerk.
Absätze klappern ihr Staccato über Gullirändern.
Papierkörbe wiederkäuen Liebesgedichte,
und in den Straßenrinnsälen Berlins kleben die Utopien
der Buswartenden, die diese in dem Moment, wo sie
das Trittbrett des Busses besteigen, geschwind
von sich abstreifen.
In den Mülltonnen auf den zweiten Hinterhöfen warten
abgenagte Lutscherstiele unter Fischgräten, Kartoffelresten
und alten roten Socken.
Unter leeeren Geschirrspülflaschen,
abgebrochenen Absätzen, erbrochenen Mageninhalten,
zerrissenen Briefköpfen, zerknüllten Beschwedebriefen,
schmierigen und zerplatzten Kondomen, einem zerfetzten
Horoskop und endlich ausrangierten häßlichen
Hochzeitsgeschenken,
unter eitrigen Pflasterstreifen, knackenden Eierschalen,
dunkelroten Tampons, Stäbchen mit blutdurchsetztem
Ohrenschmalz,
unter mit Hakenkreuzen dekorierten Zetteln,
Gerichtsvorladungen
und ausgerissenen Reklameblättchen für Kapseln zur
Erhöhung der
männlichen Leistungskraft, unter dreckigen Unterhosen, unter
Beipackzetteln von Tranquilizern und zerheulten
Taschentüchern
wartet
mit unstillbarer Neugierde
der nasse, lechzende Boden der Mülltonne,
gefangen in seinem Grottendasein,
ein Spaltbreit Tageslicht hin und wieder,
auf das nächste geheime Geständnis.

Im Schwarz des Landes

Peter Engstler

geb. 1955, Dichter und Verleger, lebt in Oberwaldbehrungen, Rhön. Letzte Publikation: Danger Beat (Engpol Medien, 1994).
Der hier veröffentlichte Text ist Helmut Salzinger (1935-1993) gewidmet.

Ein Fisch spiegelt sorgsam den Lauf der Augen, die Bewegung im Wasser ähnelt einer dunklen zarten Übereinstimmung der Stoffe. Ein Flickern beinhaltet das Rudel. Wellen der Erde heißen in ihrer Krönung Kuppen und Berge. Landschaftsverlauf, wir sehen nach oben, jede Schicht der maschinellen Übereinstimmung. Greif an. Siehst du den Schatten des Flugs.

Wenn Wellenform eine Erwiderung der organischen Musik darstellt, so wird jeder Ausbruch in Ton sichtbar. Das Material der Augen. Jahre später löste sich Zeit in Übung auf. Sandstruktur als Konzept der Stille. Die Verneigung der Herbstlandschaft als Sternenlicht erwähnt. Erneut Sehkraft der Dinge als Erklärung des Schweigens. Helle Rufe, gesammelt als Schrei.

Die Ächtung der Macht eröffnet blitzschnell neue Blicke. Ein Fächern der Sicht. Der Kreis trennt den Weg. Später weicht dies der Spröde des Windes und Takt anderer Vögel.

Das ständige Interesse am Objekt des Menschen. Eigentümliches Suchverhalten. Wieder Beschäftigung mit Bienenstaat. Focus der Strukturgesetze. Das Rollen von Rädern spricht Klarheit. Die Bewegung im Wert der Sinne. Einblick in die Physiognomie der Macht anhand von dokumentarischem Material. Die Fiktion benötigt dies als Basis. Die Macht bildet den Feind.

Am Ende der Serie steht Form. Fraglos Tier. Falsche Kamillenfelder mit suchendem Inhalt. An Stellen öffnet sich Erde. Bietet Stein dem Auge. So schutzlos im Licht der Landschaft. Aufrechtes Federgras, hier zerzauster Busch hindert Blick über Berge.

Vollkommene Auflösung der Erzählstruktur, jeglicher Hinweis muß sich erübrigen. Doch keine Deutung besteht gegen den Sinn. Jeder Inhalt bedarf keiner Erklärung. Sogleich versinkt das Abendrot, übrig bleibt nur das Messergewirr der Bäume im Schwarz des Landes.

Schneeharsch, Wintertuch still gelegen zur Verdunklung des Feldes. Der Mensch. Nachtweißer Glanz kein Licht.

DIE INSTALLATIONEN DER STÄDTE

Boris Kerenski Feesenmayr

Geb. 1971 in Stuttgart. Studiert Germanistik und Malerei (Staatliche Akademie der Bildenden Künste Stuttgart). Zur Zeit, Arbeit an dem Zyklus "Hommage à W. S. Burroughs". Mitglied der Asperger Autorenwerkstatt, Redaktion einblick. Hrsg. des Textbuches "porNo 4 pyros" (ISBN 3-931140-02-4). Div. Veröffentlichungen / Aktionen mit Yussuf M. Schreibt seit zwei Jahren an seinem Roman "Die Kunst des Lebens", "eine autobiographische Fraktur, die wie die Gedanken verlaufen wird, nicht geradlinig, sondern sprunghaft, ein literarisches Patchwork aus Wünschen, Plänen, Realitäten", (lift, 10/95, Stuttgart).

An den Grachten entlang, auf der Suche nach Leben, vorbei an Bars, Kinos, Sexshops und Hotels. Die Straßen, hoffnungslos verdreckt und die Versuche der Reinigungstrupps, wieder Sauberkeit herzustellen, scheinen mehr als grotesk. Die Menschen sitzen in Gassen, Cafés und Kneipen herum, beobachten das bunte Treiben.

Was alles miteinander verbindet, sind die uns gegebenen Koordinaten im Raum. Wie ein Zeitastronaut wandle ich durch die geschaffenen Konstellationen. Alles scheint normal, immer schon so gewesen, immer gleichbleibend und keinen Veränderungen unterworfen:

Blitzendes Licht aus den Tiefen der Spielhallen,
gestampfte Musik aus Discotheken unter der Erde.
Leben - tausendfach verbreitet - auf der Suche nach Sinn und Individualität.
Wir verlassen unseren Körper auf der Suche nach Freiheit.
Gehenkte treten uns mit zappelnden Füßen ins Gesicht.
Familienfeste gaukeln Gemeinschaft vor, überspielen das langweilige Dasein.
Massengräber, mit Kalk überdeckt, zeigen Spuren der Vergangenheit.
Quaderförmige Bauten umschließen uns - Angelpunkte unserer Architektur.
Feinster Staub auf der Haut und in den keuchenden Lungen.
Katakomben begraben die blutsaugenden Zecken.
Modergeruch wabert aus den Latrinen der Welt.
Zauberer aus "Tausend und eine Nacht" fliegen durch die Lüfte.
Singende Sirenen locken uns in das schwarze unheimliche Meer.
Schwitzende kopulierende Paare hinterlassen feuchte Spuren auf einer blauen Decke,in einem billigen Hotel in der Rue Sylvabelle.
Sie sorgen für unsere Wiederkehr...

Er irrte ziellos durch die Straßen, ließ Häuserzeilen, Plätze und Brunnen hinter sich. Doch räumliche Gegebenheiten interessierten ihn schon lange nicht mehr. Sein Kontakt zur Außenwelt war irgendwann abgebrochen. Der "Empfänger" nahm keine Signale mehr auf. Seinen Körper betrachtete er nur noch rein analytisch, ein Organismus, der ihn für eine bestimmte Zeit am Leben erhielt.
Er wußte noch nie Konkretes über seinen Auftrag, welcher möglicherweise überhaupt gar nicht existierte, nur das, was man ihm vor langer Zeit erzählt hatte oder was er aus den Büchern kannte. Es würde keine Evakuierung geben, das war klar, so stand es doch schon in den "Western Lands". Jeder war alleine auf sich gestellt, auch er. Diese immer gleichen Gedanken setzten sich aus irgendwelchen Versatzstücken in seinem Kopf zusammen. Sie kamen immer wieder und sie begannen, ihn langsam innerlich zu zerfressen...Fragen, immer wieder dieselben Fragen. Nachdenken, immer wieder Nachdenken.
Er lief weiter, immer weiter. Kleine Parkanlagen und Alleen wechselten sich ab. Aus den Straßen wurden Gassen und diese mündeten in kleine Plätze. Das Labyrinth der Stadt hatte ihn gefangen.
Scheinbar veränderten sich die Gebäude, gerieten in Schieflage, wirkten bedrohlich, aber auch zerbrechlich, gläsern. Er sank nieder und legte sich flach auf den Boden. Die Wärme des Straßenbelages gab ihm kurzzeitig das Gefühl von Sicherheit und Geborgenheit. Gierig zog er den Sauerstoff in die Lungen. Bongospieler und Tänzer erschienen aus dem Dunkeln. Ihre harten Rhythmen durchdrangen seinen Körper wie seismische Wellen Gestein. Künstliches Licht strahlte in den Himmel und erzeugte einen unnatürlichen Blauton.
Alles schien mit transparenten Stoffen verhängt. Er drehte sich auf den Rücken und las die beleuchteten Buchstaben "Central Station". Sie sagten ihm viel und doch wieder nichts. Seine Muskeln verkrampften sich und sein Körper gehorchte zeitweise nicht mehr seinem Willen. Aus dem Magen stieg Übelkeit hinauf in Hals und Mund. Todesahnungen kamen in ihm hoch; er hatte das Gefühl, als ob ihm jemand den Brustkorb zusam-

menpressen würde und er ersticken müsse. Auf den adaptierten Pupillen begannen sich die Buchstaben zu drehen und glühten langsam aus in der plötzlichen Schwärze der Nacht. Alles schien zu Ende zu sein. Selbst die Bongospieler waren verschwunden, doch hörte er die Schläge der Trommeln noch leise im Ohr. Bleierne Müdigkeit lastete auf ihm; trotzdem überwand er den inneren Widerstand, erhob sich von dem warmen Beton und lief los. Menschenmassen ließ er an sich vorbeirauschen. Die Gesichter zu scheußlichen Grimassen verzogen. Hämisch grinsten ihn die nichtssagenden Fratzen an, durch tote Augen sah er in ihr Innerstes und er erblickte nichts, was von Bedeutung wäre. Er stolperte weiter, immer weiter durch den Irrgarten der Stadt. An allem vorbei, immer weiter, auf keinen Fall durfte er sich umdrehen. Er spürte, das, was er gesehen hatte, war das Ende.
In einem Imbißrestaurant ließ er sich erschöpft nieder und bestellte etwas zu essen. Sein Körper reduzierte sich im Augenblick auf das Bedürfnis, den Hunger zu stillen. Mit hastigen Bissen verzehrte er die einfache Mahlzeit und hoffte, daß das Sättigungsgefühl sich bald einstellen würde.
Die tiefe Traurigkeit breitete sich erneut langsam in ihm aus. Er zog die Knie schützend an die Brust und versteckte sein Gesicht in der entstandenen Kuhle. "Warum gibt es nur keinen wichtigen Auftrag und keine Evakuierung? Warum ist jeder allein auf sich gestellt?" Die letzten Fragen in dem sterbenden Organismus.

Die Helden des Rückzugs

Ich hatte den unruhigen Schlaf eines Mannes,
den verLUSTe plagen. Nach dem ErWachen griff ich daher
in alte BeStände und spielte melangkohlische, schlichte
MetroPolenMusik ab. Müde wackelte ich durch die Gegend
und ließ die Lappen hängen. Den SmallTalk der
guten NachBarSchaft hatte ich satt, vielleicht weil ich
einst Meister darin war: Wie gehts, wie stehts, es geht so.

Inmitten des geRANGels um absolute MedienPräSens
versuchte ich, mich zum Patriot der Stille zu entwickeln.
Die meiste Zeit lag ich im Bett, hatte die VorHänge
zugezogen und zur SicherHeit die Rolläden herabgelassen.
Das nicht mehr klingende Telefon ließ ich unbeachtet
vor sich hinbimmeln. Meine SchlummerZone hatte ich
zur undurchdringbaren SelbstSchutzAnLage umgestALTet.

Zum Herr NimmerFroh hatten ich und Sie mich werden lassen.
Als Engel vor dem AbSturz verstaubte ich langsam
in und mit meinem SozialArchiv. Ich gehe ein, in meine
Geschichte, war zu meinem LieblingsMotto geworden.
Mit leichter Ironie plauderte ich über Nebensächlichkeiten
vor mich hin. Einzig meinem ZimmmerAlkoHohl und
meine Kippen hatte ich im AugenSchein.

Mit der Zeit gewann ich BruchStücke meiner
alten Unbefangenheit zurück. Ich hatte es dicke, mich
zum EckenSteher meiner dunklen GeDanken machen zu lassen.
Den feinen Unterschied zwischen Unschuld und Naivität
verstehend, setzte ich mich als alter Mann zu
alten Männern an den kleinen Tisch eines StraßenCafes.
Dort sah man meinen gelben Schal nun jeden Tag.

Bernd Harlem Fischle

geboren 1951 in Stuttgart, wo er bis heute lebt. Veröffentlichungen: 1981 "Aus der Hüfte kommt der Schwung", Gedichte (edition künstlerhaus stuttgart) / 1986 neunmonatiges Stipendium am "Schomburg Center for Research of Black Culture" in New York (Harlem) / 1990 "Easy Street", Gedichte und 1991 Mitarbeit an "Knurr's Birthdayparty" einer Sammlung rund ums Thema Stofftierwelt von Obermeyer / arbeitet zur Zeit an seiner neuen Gedicht-Sammlung "Zigaretten".

Am Rande der Wahrscheinlichkeit wartete ich
vor meinen Cappucinos auf ErLösung. Nie hatte ich
nue einen einzigen Tag meines DaSeins genossen,
aber ich hatte dennoch nicht in meinem Mühen aufgehört,
Vorkehrungen für das Glück zu treffen. Ich wußte,
daß ich eine verlorene Gestalt war, aber ich hatte
wenigstens damit aufgehört, andere retten zu wollen.

Der AnFlug des Überflüssigen war bei mir unübersehbar,
auch liefen meine NeuroTransMitter aus dem Ruder.
In alltäglichen Dingen zeigten sich leise Neigungen
hin zur UmStändlichkeit. Mein GeHirn spulte sich immer
wieder auf „Vergangenheit" zurück. Ich war zum Junkie
meiner ErInnerung geworden und wußte: Das Leben verliert
dadurch, daß man es kennenlernt. Eine Person
an der Grenze zum VerSchwinden war aus mir geworden.

Junkie ufer

Die Wirklichkeit hat ein Loch, durch das wir schauen können

- John Steinbeck

Kersten Flenter

Jhg. 66, Abitur, diverse Jobs, zeitweise Studium.
Seit 1993 Organisator der Social Beat-Lesereihe in Hannover und Veranstalter des Social Beat Music & Poetry-Festivals 95 und 96 im FAUST, Han.-Linden. Seit 1991 kontinuierlich VerÖ. in Zeitschriften, Fanzines, Anthologien und im Rundfunk.
Einzeltitel:
1993 Leben light, Stories und Gedichte; Haus das Verrückte macht, Gedichte, Selbstverlag;
1994 Zappen im Kaltland-TV, Stories, Isabel-Rox-Verlag ;
1995 Drei Akkord Hinterhofträume, Gedichte, Ariel Verlag;
1996 Friß dieses Land, Gedichte, Bunte Raben Verlag; Die verschwendeten Jahre, Geschichten, Ariel Verlag.

Vorabveröffentlichung: Des Prologs und 1. Kapitel aus der Erzählung "Junkieufer"

Leben ist immer das, was es scheint.
Wir reden nicht.
Alles plätschert so dahin. Flußabwärts überwuchert die Innenstadt das Ufer. Kräne und Bulldozer fressen sich durchs Wasser, aber nirgends eine menschliche Regung. Sie warten, hinter den Spiegelfassaden der Versicherungsgebäude, in ihren Startlöchern. Manche warten schon lange und wissen trotzdem, worauf. Es mag einige geben, die jede noch so winzige Regung zwischen den Sperrmüllhalden in den Innenstadtstraßen zu registrieren glauben, doch das Auge ist keine Kamera. Ich habe Nerven.

Und da kommt Luna die Straße herunter, süchtig nach Sonne, zugeknallt bis in die Haarspitzen, schön wie das Streicheln einer Frühlingsbrise im Nacken, aber stinkend wie Pottwalkotze aus dem Mund. Hallo. Nein, es geht mir nicht. Und du.
Und ich. Und die Stadt atmet schwer, an grauen Fassaden pulsiert hektische Reklame, Luna hakt sich bei mir ein und führt mich durch eine enge Passage, stolpernd über ausrangierte Möbel und tote Katzen, in die stille Ödnis eines asphaltierten Hinterhofes, vielleicht in einer Straße, die du kennst. Über den Hinterhof in ein zerfallendes Treppenhaus, über bröckelnde Stufen hinab in den Keller vor eine einst schwarze, zu oft eingetretene Tür, durch einen kurzen Flur in ein Zimmer, vielleicht sechzehn Meter im Quadrat, nordseitig, ohne jemals Sonne. Eine Luke als Fenster in der Wand, ein messingfarbenes Bettgestell mit Sprungfedern, die beim Anblick zittern, ein Tisch mit überfülltem Aschenbecher, Pillenröhrchen, Aluminiumbriefchen, Löffel, Spritze, Schnaps. Und alles im Mai. Wir tun es, und ich gebe ihr Geld, nicht weil sie es verlangt: um nicht reden zu müssen. Mein Griff in die Hosentasche nach dem Schein ist wahrscheinlich die zärtlichste Geste, die ich für sie habe. Augen, in ihr, in denen sich fremdes Licht bricht. Eine Nase, gepierct, die ins Profil rückt, weil die rechte Hand dieses

Körpers den Playbutton des Ghettoblasters sucht, findet, das braune Band setzt sich in Bewegung, you can't put your arms around a memory. Im Herbst bekommt Luna ein Baby. Immer wieder den Alltag probieren.
Und ich. Willst du bleiben, fragt sie. Nein. Dann geh doch. Trotz in ihrer Stimme, die aufgehört hat zu zittern, den Schein in der Hand, die Hand am perforierten Arm, der an ihrem skelettenen Körper.
Hast du jemals einen Junkie gefragt, warum er drückt. Einmal. Und was hat er gesagt. Um die Pfeilspitzen meiner Gedanken abzubrechen, ich frug nie wieder.
Schon früher hatten wir im selben Haus auf diesem Hinterhof gewohnt, zusammen mit Lehmann und Henry Traum, dem Schimmel im Bad und Regen durchs Dach. Als die Raupen und Abrißkugeln kamen, schlugen wir unterschiedliche Richtungen ein, Luna entwich Henrys wärmenden Händen und steht nun bei den Methadonwracks unten am Junkieufer.
Und Henry. Er wechselte den Stadtteil, fing an, Gitarre in einer Trashband zu spielen und verlor in sämtlichen Kneipen der Stadt den Kredit. Wenn ich bei ihm übernachte, was ich verdammt oft tue, hat er die meiste Zeit die Lippen am Handy. Hören, wo gerade das Gras wächst. Nebenbei trinken wir, gemächlich, auf die Nulljahre, die wir leben. Und reden nicht.

1

Es gibt Ärger im Westflügel. Kastenkopf-Harry hat den Mund von Tori Amos aus dem Safe geklaut und ist damit ab über den Lindener Berg. Pilz-Harry, der die Nachtwache hat, liegt unansprechbar in der Ecke, und Strapse-Harry, der dritte unserer Weißkittel im Waisenhaus, ist gerade mit dem Hanomag auf Vertretertour durch Norddeutschland - "Kauft Strapse-Harrys Potenzelexier: täglich drei Tropfen auf den Nillenrand, und er steht ne ganze Stunde!" - Mein Gott, das tut meiner auch so, hatte Seebär protestiert, aber Strapse-Harry bestand auf seinen Sonderurlaub. Personalnot überall. Lehmann und Mandelhorn, die Pfleger im Ostflügel, spielen ständig Bauernskat und scheren sich einen Scheißdreck um unsere Schätze. Zu gegebener Zeit werden wir sie alle entlassen müssen, aber noch sind sie Teil unserer Idylle und wichtig wie die tägliche Melancholie der Finnen. Im hinteren Ostflügel, im letzten Raum, in einem Einmachglas in einer Vitrine, haben wir die Leber Matti Pellonpääs. Manche unserer Träume schlafen, schlafen für immer, haben ihre Schuldigkeit getan. Das stimmt doch gar nicht. Wir bewahren nur auf, was wir vergessen müssen.

- Wer zuerst "Für immer" sagt, kriegt aufs Maul.
Mandelhorn steckt voller lustiger Ideen, und Lehmann fällt nichts besseres ein. Vielleicht ein dritter Mann für den Skat, aber Pilz-Harry liegt ja schlafend danieder. Etwas Ordnung könnte helfen.
Wir kommen an den Anfang.
Wenn die Jahre kommen, in denen mehr Vergangenheit als Zukunft abzusehen ist, hilft nur noch Ironie. Sätze ziehen sich zäher über die Seiten. Da hilft nur Handlung.

Ich erwähnte Seebär. Seebär ist Lunas Vater. Durch eine abenteuerliche Regenschirmgeschichte kam er damals auf unseren Hof, und als die Bulldozer kamen, blieb er einfach da. Er hockte sich stur im Keller auf seinen von Lehm, Trübsinn und Feuchtigkeit klammen Seesack und wartete ab, daß sie ihn fanden. Das taten sie. Als sie ihn aus der geschlossenen Psychatrie wieder entließen, lag das Grundstück, das einmal unser Hof war, immer noch brach. Drei Jahre waren vergangen, ein Neubau mit Balkonen und Heizung und schnöseligen Erben drin hätte entstehen sollen, aber der Investor wurde kurz vor dem geplanten Baubeginn inhaftiert, eine dumme Lappalie. So machte Seebär sich daran, aus den Trümmern des Hofes das Waisenhaus für ausgesetzte Träume zu bauen. Niemand stört sich daran, bis jetzt. Wir leben unauffällig.

Wir leben unauffällig, obwohl wir ein bunt zusammengewürfelter Haufen sind, einzig vereint durch unser Bündnis gegen Arbeit. Die Harry-Drillinge haben noch nie in ihrem Leben eine durchgehende Fünftagewoche erlebt. Jedenfalls erzählen sie das, und es gibt keinen Grund, ihnen zu glauben. Eines trüben

Tages, das Waisenhaus hatte gerade Richtfest gefeiert, fuhren sie plötzlich in ihrem Hanomag vor. Strapse-Harry, der am Steuer saß, sprang heraus, packte seine Kollektion Nillenglück aus und quasselte einfach los. Pilz-Harry lag dösend im Heck. Als dann Kastenkopf-Harry den Bus mit einer Kiste Warsteiner verließ, war er sofort Lehmanns Freund, und Seebär, der den Drillingen zunächst skeptisch gegenüberstand, war überstimmt.

Seebär ist ein Seemann, der nicht mehr fährt. Lehmann flog aus seinem Job in der Backstube, und Mandelhorn hatte seinen letzten Zeitvertrag in der Registratur einer Versicherung mit Bravour verkürzen können. Mandelhorn, hatte der große Abteilungsleiter gesagt, ich kann nicht mehr, die Gesellschaft macht mich krank. Und zwar deine. Bitte geh jetzt. Mandelhorn packte sein Skatspiel ein und ging, nicht ohne versehentlich am Türrahmen hängenzubleiben, souverän aus dem Büro.

Hier sind wir nun, fast vollzählig, aber ich vergaß die Frau im Keller. Ich fand Luna am Junkieufer, den Kopf im Schoß eines schmächtigen Typen mit eingefallenen Augen. Henry hatte mich angerufen, sie war wieder weggelaufen, und er wußte, sie wollte nicht mehr zurück. Halt sie auf, hatte er gesagt. Luna wehrte sich nicht, als ich sie aus dem Schoß des Typen befreite, und er wehrte sich auch nicht, wie auch, er lebte ja nicht mehr. Ich brachte Luna ins Waisenhaus, und die anderen versammelten sich um sie wie die sieben Zwerge ums Schneewittchen.

- Kann sie kochen? fragte Kastenkopf-Harry.

- Schöne Beine, sagte Kastenkopf-Harry, und Pilz-Harry komatierte.

- Wir machen sie gesund, sagte Mandelhorn mit einer fremden Stimme, und ich sah ihn verwundert an. Seebär und die Drillinge sahen erst jetzt den schon faulenden Einstich in ihrem unbestrumpften Bein, und alle sieben standen wir da und glotzten die neue Waisenhausbewohnerin an, starrten auf Luna, auf ihr Bein, auf das Loch darin, vielleicht in sie hinein, denn die Wirklichkeit, wie schon John Steinbeck sagte, hat ein Loch, durch das wir schauen können.

Gezackter Kreis

Schau ihn an, den gezackten Kreis,
wie er summt und surrt und heulend läuft,
Umdrehung um Umdrehung im Schnellgang,
man sieht die einzelnen Zacken kaum.
Deine Hand zuckt vor, sie zuckt zurück.,
allein der Anblick reizt schon zum Griff.

Probier's doch aus, riskier dein Glück!
Ein Griff genügt, du weißt Bescheid -
und du bist danach ein anderer Mensch.
Ganz ruhig, ganz einfach, ganz geschwind,
es dauert nicht so lange, wie du denkst.

Halt deine Finger in die Kreissäge, nur kurz,
schau dir an, wie es fließt, das Blut,
hör doch zu, wie die Säge summt und säuselt;
leck sie ab, die Fingerstumpen,
fühl dabei den süßen Lebenssaft.
Es ist eine neue Welt, ganz schnell, ganz schön.

Es funkelt am gezackten Kreis, ganz sachte
und nur am äußersten Rand und ganz fein;
es ging so schnell, ohne Reaktion der Säge,
und du wirst ewig an sie denken, garantiert!
Sammel deine Finger ein, alle, die fehlen,
als Halsband oder Wandschmuck sind sie schön.

Klaus N. Frick

Karlsruhe, arbeitet hauptberuflich als Redakteur der PERRY RHODAN-Serie.
Nebenbei schreibt knf im ZAP den Punkrock-Fortsetzungsroman VIELEN DANK PETER PANK und ist Herausgeber der Fanzines ENPUNKT und SAGITTARIUS. "Das Punkrock-Ding hat mich immer noch nicht losgelassen...kein Wochenende ohne Punk-Konzert, Punk-Treffen und anderen mehr oder weniger sinnlosen Aktivitäten. Wir lachen lieber noch die anderen zu Tode, bevor 's uns selbst erwischt."

Anbetung:
Rot-wird-Blau

Caroline Hartge

1966 in Hannover geboren. 1986 bis '93 in Gießen/Lahn Studium der Anglistik / Hispanistik & Geographie. Lebt & arbeitet seit 1994 in NRW, zur Zeit in Bonn. Veröffentlicht seit 1987 in Zeitschriften & Anthologien; in Buchform erschienen: Der Versprecher, in: Asphalt Beat, Isabel-Rox-Verlag, Essen 1994; Ptolemain / Die Narrative Maschine, Buchlabor, Dresden 1995; Totem, Verlag Peter Engstler, Ostheim/Rhön 1996. Hartge ist Herausgeberin des Social Beat {Fanzine}Index, Aktion Handbuch 96.

Ich habe dich in der Panke gesehen,
Schaumleibige, morgens um 6.
Im keuschen Weiß unbeschmierter Ölflaschen
unbeirrt kreiselnd.
Geh vorbei auf der anderen Straßenseite,
Flüchtige,
ich wittere dich eine 1/2 h zuvor, Dutzendhafte
Du meine-9-Schwestern
predige mir ein Neues Blau
was schert mich jene rote Tür Ich habe sie vergessen
(überfalle komm erfülle mich)
Sehnsucht ist nicht die einzige Energie
beseele mich, 1 Mal!
Gib mir das Verlorene zurück das du wiederbringst
einen lächelnden Hieb lang
einen. ganzen. Peitschenknall lang.
(kommübermich, ich komme verbrüht nieder
ergieße dich in mich, ich werde dich empfangen)
verschling ALLES! beschmutze ALLES! Faß mich an
mit deinen Dreckpfoten
(gebäre mich von neuem
gebäre mich immer wieder)
Inzest, mein Bruder mein Gemahl
es ist ALL

öffne das Fenster da deine Augen zum Hof
über die Straße weht
Sein Angesicht
Er sieht uns zu.

BABYLON - Bagdad -

1990 nervous breakdown

Dirk Hartmann

Geboren 1969, seitdem widme ich mich der Neurosen-Zucht. Ab 1987 Vergeudung von Geld & Zeit an den Staat wegen diverser Verhaftungen und Zivildienst; seit 1991 Studium/Kultivierung des Überflüssigen. *"Eine Biographie sich aus dem Kreuz zu drücken ist zwar verödet wie eine Krampfader -besonders wenn man nie als Leichenwäscher oder Kirmesboxer gearbeitet hat."*

Der Raum ist annähernd rechteckig. Ein nervöses Halbdunkel lastet auf ihm, doch jäh werden durch das fette Knistern des Apparates die Schatten aufgeschreckt und bewegen sich lautlos zu der Choreographie der Lichtgestalten im TV.
Eine Motte irrlichtert vor dem flackernden Bildschirm und zeichnet verrückte Bilder in die Luft.
- Es folgen die Nachrichten: (der erste Joint) Die Stimme eines Reporters, in Camouflage verhüllt, erstattet Bericht vom heutigen Marschbefehl, junge US-Piloten erzählen begeistert, daß Bagdad unter ihrem Bombardement wie ein Christbaum aufgeleuchtet habe. Soldaten mit Repetieraugen / gehorsam schlagen sie die gehetzten nieder / Männer, aus dem Holz geschnitzt, mit dem man Krematorien beheizt / Befehle und ihre bodybags, jetzt sind sie ein einziger Körper / in diesem vollendeten Augenblick, da die Vernichtung verkündet ist, wird die Wirklichkeit möglich / ein Ort wo selbst die Toten lügen lernen: im Mündungsfeuer der Bildröhre.
Gleichgültig zerquetsche ich die Motte, die ihren sinnlosen Tanz beendet hat. Eine Spur vom Bleiglanz der Flügel bleibt zurück auf dem Finger. - pyralis farinalis linnaeus. Ein unrhythmisches Klatschen - wie das Echo ferner Schüsse - begleitet immer wieder meinen Monolog (der zweite Joint).
Frage: Was aber geschieht zwischen den Bildern? Zwischen ~~den~~ den Bildern stinkt es nach verbrannten Fleisch. Zwischen den Bildern kann sich ein Auge nicht schließen, da es in einem Chaos aus Hirn und Knochen endigt: Zwischen den Bildern zerstören sich andere Bilder. Deren Regenbogenhaut verbrennt; und einsam in ihrem brandigen Fleisch ersticken sie. Erst laufen sie alleine weiter, dann taumeln sie, fallen lang hin, um nicht mehr aufzustehen. Und auf den schwarzen Balken, die erreicht werden, wird stehen: land of the free.
In jede meiner Poren kriechen sie, nisten dort, Nissen formend, Larven ausscheidend, die in mein Gesicht ihre Wege fressen, weißlich aufgeschwemmt schwillt es über die Knochen, eine amorphe Masse, die in eine Alptraumlandschaft übergeht. Mit rosigem Gewimmel gefüllte Wülste, monströs geschwollen; Demarkationslinien in einem verwüsteten

Land; winden sich übers gepeinigt-geile Fleisch, pulsieren im Takt einer stählernden Orgel; und die blutverkrustete Stimme der Überlebenden singt ihr Marschlied.
::(der dritte Joint). Ich schwitze Blut aus allen Poren, ich breche auf, ich renne, brenne; die Stirn fällt mir über die Augen. Und so drehen sich meine Augäpfel in mein Innerstes und ruhen auf dem blinden Fleck. Es ist warm und sicher in dieser Augenhöhle. Hier beginnt und endet meine Beherrschung, hier bin ich souverän. (Wenn nur die Schreie nicht wären) und das ständige Pochen - hinter dem Fenster: eine weiße Wand - ein Mottenschwarm hochzeitet vor dem Glas im Rausch der Moleküle. Durch sie schneidet die Nacht Grimassen, bis sie sich zum Schrei öffnen. Jetzt in der Stunde, in der die Masken fallen, werden sich die Überlebenden wie zum ersten Mal erblicken und ihre Augen werden offene Gräber sein. Jemand muß schreien, die ganze Chromatik des Schreies durchlaufen, erst wenn die Worte ihre Leichentücher abwerfen, kann Sprechen wieder Atmen heißen. (Anämisch fahl aber der Bildschirm, leer wie das Gesicht einer Prostituierten, erstarrt von zuviel geheuchelter Lust: ein Auge blind, eines aus Glas). Ich breche in Gelächter aus, habe meinen Text vergessen / Punkt Punkt Komma Strich, Gesicht, warst mir ähnlich, nun aber ist mir ein anderer Traum über die Brauen gewachsen der mich morgends findet, wenn es kein Morgen mehr gibt - und zu mir spricht........
die kürzeste Entfernung zwischen zwei Menschen ist eine Missile - und die Erinnerung ein geladenes Gewehr: Wenn Gehirne entsichert sind, beginnt der Krieg; drum verlasse jeden Ort und halte nicht mehr an, gehe verloren in vielen Dschungeln und lerne dort die Syntax der Guerilla / denn zwischen den Bildern sind auch Generäle nur weiche Ziele.
(Draußen gehen Schritte vorbei.)

Die erste Die erste Die erste

HEL

"! ...Ein Logo und ein 'Elverrat'...der alte Projektemacher...'Ich will euch allen eine Plattform schaffen' (85, RHEIN RUHR SCHAU)...Dorf a. d. Düssel...Dahlmeyer, Nöske und Henze brauchen wohl 'nen vierten Mann zum SB*Skat...Katzennarr und Hundehasser...hat seinen Besitz nie umreiten können...'Und hab irgendwie den Eindruck, daß Du damit ins falsche Jahrhundert gerutscht bist' (Der Verleger Michael Kellner über HELs Hauptwerk RHAPSODIE FÜR ARTEMIS)...Für die BRÜCKE machen Brigitte Lange und HEL seit Jahren die 'Spreeseiten'. HELsches Balinat ist eine eigenständige Sonderrubrik der molli aus Berlin...'und wenn das Imperium sein Schleppnetz über die Fanggründe zieht, zerschneiden wir das Netz und nicht die Flossen'...ZIRKULAR DER VERRÄTER...eine ziemlich unbekannte Zeitschrift...Auflage gegen Null...glaubt nun mal, er dürfe an sich selbst zuletzt denken...Wenn er nur nicht einen verkannten Dichter aus der kaukasischen Bronzezeit ausgräbt..." (Zitat von Mike Ottmann, aus seinem HEL Porträt)

Mann Gottes! hat der alte sich die kehle wund geschrien!
die seele aus dem leib und aus dem faß den spund geschrien
  Er gab das hemd aus seide her und trug das hemd aus lein
hat im basalt des herzens wie ein bohrkorund geschrien
  Er wollte nur ein falke sein und um die falkin frein
und hätte sie zu retten übern öresund geschrien
  und hätte muttergottesmantelblauen himmel fein
ihr als mantille umgelegt und exeunt! geschrien
  Mit kolben trieb er seinen zug ins aus der deutschen reihn
hat goldfasan und vorratslagerhengst in grund geschrien
  Ein dichter war er unterm mond wie Li Tai Po im wein
hat verse von Granada bis Trapezunt geschrien
  und was für verse! dicke mit freund Heine und freund Hein
aus traljenzähnen und aus weißem zellenschlund geschrien
  Und war auch der auf erden irrt für eine tat nur: Kain
doch hat zum Derdubistimhimmel: Halt den mund! geschrien
  Er hat kein vaterland gehabt   doch mutter land war sein
Und hätt ein trottel groß: Hier Goldland Punt! geschrien
  er hätt's genommen? ja! hätt's ihn genommen? nein
Zuletzt hat er den krebs der ihn erwürgte rund geschrien
  und trank zwei liter kognak täglich schluckte ihn die pein
hat bis zuletzt ein krächzen und ein hungerpfund geschrien
  Die frau schmiß den papierkram weg und machte gründlich rein
Auf dem begängnis hab ich auf zum Kleinen Hund geschrien

Ghazelle für Helmhold

Für Yann den Pikten
FÜR YANN
FÜR YANN
UND DIE REPUBLIK UTOPIA

Wir sind die offenen wunden der stadt Wir sind die krätze
Alles wovon ihr verschont seid fault uns im fleisch
der schorf der häuser die schmierinfektion der plätze
und aller werfenden kätzinnen wehgekreisch
Wir sind die schlinggewächse die euren schlaf bewachen
liane die jene kirche aus ihren grundmauern hebt
Die tauben sind wir die mit guano überdachen
was von schlicklicht beschrieben über den nachtlöchern schwebt
Wir kommen auf: Die kakerlaken die milben
wir das eitergeschwür an der waschbetonwand
Unser ist die entzündete gangspur unser die silben
unter der haut Unser der trockene brand
Wir sind die räude die fäule und das verderben
rotte steine in eure kloaken gefugt
Wir fürchten uns nur vor eurem lautstarken sterben
nicht vor dem aufwind nicht vor dem hochplateauflug

Ihr in euren gehäusen den chemisch gepreßten
Hier macht der wind die kurve nicht mehr über euch weg
Hier kommt er an mit dem schwarzen kommando von gästen
mit fäusten von diorit abgekaut ränder von dreck
kalifäusten In unseren augen reißen auguren
lammlebern auf Uns erbarmt der straßenen haut
in streifen vom leib geschunden verschleppter tätowaturen
Wir kratzen mit brüchigen nägeln aus giftigem mergel die maut
Dann aber sammeln wir uns im jenseits endloser schleifen
über den höfen der trance deren inneres keiner erreicht
Wir waschen die menschenfelsen mit schwarzen seifen
mit schwarzem wasser sind unsere flanken gebleicht
Seht die walleiber unserer totenprozessionen
Hört den eisgesang wenn lang die flomenhaut reißt
an scharfgekantetem ziegelschliff Hört die harpunexplosionen
und haltet euch fest an blutblauen fetzen Die See verwaist

Jahrtausendfeier abgefressener hinterkopfhäute
Ich bin deine braut Ich sauge dein gesicht
ich bin dein block aus blitzen Halt die maschinenmeute
morgen zurück Keine Angst ich fasse dich nicht
Bist du soweit? an jenem abend steht der drache
wolkenausgestanzt betäubt überm land
Grau wie die kätzinnen nachts ist er Er hat seine sache
auf uns gestellt Und er hat uns wiedererkannt
im donnermantel der kranken windelefanten
Wir brechen antennen dächer herbstlaubdürr
stürzen straßenschilder pelwern hydranten
gepanzert mit scheiben von bernstein und bankenporphyr

Mit uns reitet der staub die salz- und Salmoxisversippten
Nie hat der himmel sich heilblau auf uns gelegt
Wir sind seit Mohenjo Darò da seit dem verzweiten Ägypten
im bauch das beben der erde die uns verheerte trägt
bis wir sinken in grünen steintische tragenden teichen
dort am guten ort wo fische jahreszeitenschlags
totengrütze maulwerfen hinter den sisaldeichen
grafen des vakuums werfer des ältesten tags
Licht zu licht dunkel zu dunkel maisch zu maischen
Immer ist wo wir verwesen nadir und schweigensmensur
Ich bib der steinerne gast der komptur gelüngen und fleischen
Roter riese rollt über in lackschwarz strahlendem dur

Freunde,
besucht mich im
SOMMER!

André Henze

Geboren 70 in Berlin, wohnHaft in Berlin. 18 Jahre lang Stubenhocker und Schachspieler, danach kurzzeitig Systementwickler und Kommunikationsprogrammierer. Diplomleser. Macht "Bauchliteratur", meint "direkt". Punk und Betreiber des Literatur-Vertriebs "LOVE & PISS" und des Verlags André Henze.
93 und 94 Mitveranstalter der bundesweiten Social Beat-Festivals in Berlin. Mitbegründer des Kunstvereins "Tschika Chybulski" und der Edition Dead Monkey: LeseBeschaffungsMaßnahme Nr.001 - Michaela Seul "Nachts brennen die Betten doch"; Nr.002 - Bettina Sternberg "Letzte Ausfahrt Helmstedt"; Nr.003 - Guido Ahner "Gehirnrotze oder Die Rückkehr der Beulenleute". Ständige Redaktion "ORANGE Agenten" {Berliner Fanzine für Musik, Social Beat & Comic}.

Berliner Altbau, abbröckelnder Putz, Fensterscheiben mit 'nem Sprung drin. Eisblumen greifen auf milchigem Glas um sich, Schnee fällt lustlos in den Hof. Hinter meinen Wänden ist es trotz voll aufgedrehter Heizung nur 5 Grad wärmer als auf der anderen Seite der selbigen. Alle Wohnungen unter, über, neben mir stehen leer. (Nicht jeder wohnt gern in so einer Höhle.) Wenn ich mir drei Pullover übereinander ziehe, kann ich es aushalten, sogar recht gemütlich haben. Scheiße nur, daß die Außentoilette drei Stockwerke tiefer liegt. Ich bin nicht pingelig, aber manchmal lese ich abends noch ein bißchen im kuscheligen Bett. Dann ist es ein Graus, noch einmal diesen Weg auf sich zu nehmen. So auch diesmal. Doch einem ursprünglichen Bedürfnis muß auch ich nachgeben. Rein in die Puschen, Schlüssel gegriffen (denn ich will ja nicht auf dem Rückweg zur lauschig-warmen Schlafstätte vor zu gefallener Tür stehen) und runter auf 's Klo. Das Licht in dem schmodrigen Loch geht nicht. Sowas bewahrt mich wenigstens davor, die stinkende Kloake anschauen zu müssen, welche auf dem Boden rumschwappt. Der faulige Geruch bleibt. Sich auspellen und mit schmerzverzerrter Grimasse den Arsch auf die eiskalte Brille setzen kostet einige Überwindung. Wie ich da so sitz', flüchtet mein Schließmuskel ob der Kälte den Darm aufwärts. Nach einer Viertelstunde ist noch nicht mal ein feuchter Furz meinem After entfleucht. Nach weiteren fünfzehn Minuten gebe ich auf, Abbruch der ganzen Aktion. Als ich aufstehen will, stelle ich fest: Ich bin an der Klobrille festgefroren.
Meine Glieder werden starr. Die Kälte greift nach meinen Knochen und saugt unerbittlich Lebensenergie aus meinem Körper. Hilfesuchend schreie ich, aber keiner hört mich. Noch gut vier Stunden bis die ersten Schichtarbeiter vorbeikommen werden, rosige Aussichten also.
Langsam werde ich taub für Schmerz, jedenfalls zeigt das regelmäßige Kneifen in den Unterarm immer weniger Wirkung. Zudem ergreift mich Müdigkeit, schleichend, doch beständig. Aus Bergsteigerfilmen weiß ich noch, daß ich auf keinen Fall einschlafen darf. Es muß etwas passieren! Mit letzter Kraft reiße ich mich samt der Klobrille aus der Verankerung los. Mehr hüpfend denn gehend bewege ich mich immer noch runtergelassenen Hosen und einer Klobrille am Arsch die drei Etagen aufwärts. Die Tür hinter mir zuschlagen und tief durchatmen ist eins. Ich hänge meinen Hintern über den Ölradiator und warte bis die Brille abfällt. Zeit genug dies hier zu schreiben.

Macht nackt

M A C H T   N A C K T

Hadayatullah Hübsch

*1946, lebt und arbeitet als freier Autor in Frankfurt. Vorsitzender des VS Hessen.
In den 60er Jahren versammelte seine Zeitschrift TÖRN schon die besten Leute, er eröffnete mit seiner Freundin in Frankfurt den ersten Head Shop Europas "Heidi-Loves-You-Shop". Nach Kommune 2 und Trips, Studium des Islam, zu dem er später übergetreten ist (Ahamadiyya-Muslim-Gemeinde). Hübsch gilt als Vielschreiber und ist Herausgeber, z.B. "social beat", Druckhaus Galrev, 1995; er macht Beiträge für Zeitschriften und Rundfunk, Beat- und Autorenlesungen "Wann Du schrie"; JAZZLYRIK.

Ich hab sie gesehn, wie sie da rumstehn
In Galerien, die so tun, als seien sie nüchtern,
Vollgepumpt mit dem Glanz der Vergänglichkeit,
Wie sie da rumstehn und auf Häppchen lauern,
Mit diesen gestreiften Hemdchen aus second-
Hand-Boutiquen, in die sie sich verliebt haben,
Und sie wissen nicht warum, nicht warum,
Und sie haben den Stoff seit einem halben Jahr
Nicht mehr gewaschen, um das Parfüm zu halten,
Das sie auf dem Heimflug von Ibiza einfingen,
Beim bekifften Geschmuse mit irgendwas Weichem,
Ich hab sie gesehn, wie sie an ihre Lust glaubten,
Aus der sie Kraft ziehn wolln einen Grauschleier
Namens Winter lang, Macht nackt im Kopf und
Das Herz, was weißt du vom Herzen der Verirrten,

Wen liebst du,
Wen liebst du,
Wen liebst du,
Was liebst du,
Was liebst du,
Was liebst du,
Warum liebst du

Diese billigen Stunden in zahllosen Cafés, wo sie
Dir aufgeputschten Sound in den Cappuccino
Mischen, während du darauf lauerst, daß dir die
Traumgestalt einen heißen Blick zuwirft, damit
Sich was regt in den kinoverseuchten Lenden, die
Hänger machen dir zu schaffen und selbst der
Wirtschaftsteil der FAZ bringts nicht mehr dich
Aufzumöbeln, weil du vergessen hast, die Armbanduhr
Aus dem Swatch-Museum zu kaufen und dir andauernd
Der Wirt verärgert ins Ohr schreit: Macht nackt,
Während er seine falschen Brusthaare streichelt
Und das Blue-Jeans-Mädchen mit dem Talisman
In der Nase auffordert, die Raten für das Gewissen
Zu kassieren, damit sich keiner beschweren kann,

Aktuelle Titel: Keine Zeit für Trips, 1991, Koren & Debes Verlag, Frankfurt a.M.; Tötet für den Frieden, Gedichte gegen den Krieg, 1994, Verlag Peter Engstler, Ostheim/Rhön; DADA-DA, 1994, Cracked Egg Verlag, Eberbach a.N.; DIE KOSMOLOGIE DES ISLAM, 1995, Verlag Clemens Zerling, Berlin.

Er habe nichts gewußt von all dem satten Gelüge,

Wen liebst du,
Wen liebst du,
Wen liebst du,
Was liebst du,
Was liebst du,
Was liebst du,
Warum liebst du

Eins Komma vier Millionen Mark teure Büstenhalter und
Fünfundfünfzig Millionen Mark teure Filme und du hast
Angst am stürmischen Montag dem Penner in der
Fußgänger-Zone ein bißchen Indianergeld in den ausge-
trockneten Hut zu schmeißen, diese Roten, während dir
das weiße Stäbchen kreuzmunter aus den schlaffen Lippen
lugt,und du tust so, als seist du unabhängig, aber dieses
Verdammte Konto will nicht so wie du das willst und
Schämt sich wegen der Überziehung, die du ihm zumutest
Monatsende, der hereingestelzt kommt wie ein kleines
Jüngstes Gericht, und doch spielst du König auf Zeit,
Weil die Herren und Damen in den Werbeetagen der
Gründervillen genau wissen, wie sie dich kriegen und
Dein angesäuertes Geld, das in Wirklichkeit nichts
Anderes ist als ein Saubraten in Protzsiegelringscheiben
Geschnitten, für die du dir ein paar puffechte Marken-
Hosen kaufen kannst, um dich zu besänftigen, ja, den
Zorn haben wir auf CD da für siebenunddreißig neunzig,
Mit einem Cover aus den Werkstätten der Edelnutten,
Komm, die Zeiten sind selten so schnell in den Abgrund
Gerast wie heute, Rast für Rasende ist ausverkauft,
Und in den Feuilletons stinken die Reime nach Schaum-
Bier und die grellen Zebras in den Stinkabteilungen
Der Kaufhäuser schmollen, weil sie falsche Fuffziger
Verkaufen müssen, um nicht arbeitslos zu werden und
Dazu verdammt, all das zu tun, was sie ihm Spiegel sehn,
Wenn sie mal die Zeit haben, eine Sekunde lang, un-
Verbohrt der nackten Macht in die glitzernden Augen

Zu schaun, den Schlaf-Hit der Saison im Hinterkopf,
Während ringsum die Pest wütet und die Steine fallen,

Wen liebst du,
Wen liebst du,
Wen liebst du,
Was liebst du,
Was liebst du,
Was liebst du,
Warum liebst du

Besoffene Affen, die durchs Rotlichtviertel streichen,
Das Herz matschiger als Billig-Ketch-up aus den Hamm-
Hammburger-Buden, während die, die wirklich abzocken,
In ihren kotzteuren Anzügen Nummernkonten vögeln und
Doch ärmer dran sind als gelähmte Mäuse, die dem
Schlangen-
Heer in die Augen starren, paß auf, jeder Biß ist tödlich,
Es gibt kein zurück, im Kabinett feilschen sie um Falsch-
Geld, die Mauern aus Hohlsteinen, in die Fernseher ein-
Gelassen sind, aus denen Glücksrittershows tropfen, werden
Immer höher, wer kann noch sehen, wohin karren sie dich,
Nachdem sie dich aus dem Ratenauto gekratzt haben, das
Sich nach zuckrigem Disco-Besuch um den Lindwurmbaum
Gewickelt hat, weil du wieder mal zeigen wolltest, daß
Du allen Kurven gewachsen bist, im Portemonnaie den Brief-
Umschlag, auf dem du das original Arizona Jeans-Zeichen
Angekreuzt hast, dem Spruch Treue bezeugend, ja, ich will
Ein Stück Freiheit, auch wenn es so verfault ist, wie
Die Leichen aus dem vorletzten Krieg, aber du wolltest
Die Kröten nicht schlucken, du hast an den Gräten gelutscht,
Als seien sie Paradiesbonbons, obwohl doch alles, alles,
Was du kennst, nichts weiter ist als die Außenseite dieses
Lebens, ein paar Tränen beim Happy-End im Flimmersaal,
Genormte Töne aus den Brutkästen der Unvernunft,
Gewürgtes
Aus den Brockensammlungen der Untergangsköche, Pisse
In formvollendeten Jugendstilgläsern, und morgen, morgen,

Wenn sie dir Plastikrosen aufs Grab legen, ich sags dir,
Endloses Gejammer, oder was hast du dir ausgerechnet im
Vertrauen auf Macht nackt, verblichenen Sternen folgend,
Und die Trauer bleibt dir im Hals stecken, und Gebete
Nutzen nicht mehr, ausgepowert, verzweifelt, wozu, wozu?

Wen liebst du,
Wen liebst du,
Wen liebst du,
Was liebst du,
Was liebst du,
Was liebst du,
Warum liebst du

Macht nackt, Macht nackt, anstatt die Traktate zu knacken,
Macht nackt, Macht nackt, anstatt Wolken zu durchbohren
Mit Laserstrahlblicken, anstatt das Aufwachen zu lernen im
Gefängnis der Herrlichkeit, anstatt beim Anblick des
Mondes in Tränen auszubrechen, anstatt die sieben Meere
Zu befahren mit Gebeten im Gedenken Allahs, anstatt sich
Vorzubereiten auf die Hochzeit mit den sieben Jungfrauen,
Anstatt im Kerzenlicht der Hoffnung auf wahrhaftes
Verständnis
Die alten Schriften zu lesen und in den neuen nach Spuren
Zu suchen, anstatt den Dämonen Macht nackt, Macht nackt
Auszuhungern, anstatt durstig zu bleiben eingedenk der
Regenlosen Tage, die wir nur überstehen werden durch die
Liebe der Gefährtinnen und Gefährten, die uns auf das Gift-
Gebräu aufmerksam machen, nimm es nicht, nimm es nicht,
Kämpf gegen die nackte Macht, kämpf gegen den einäugigen
Lügner, der behauptet, diese Erde sei alles, es käme nichts
Danach, nein, sei sicher, es gibt ein Leben nach dem Tode,
Ich bin Zeuge, ich bin Zeuge, Macht nackt kennt den Weg
Nicht, Macht nackt weiß nicht, was Liebe ist, Macht nackt
Scheut die Erkenntnis vom Sinn deines Lebens, Macht nackt
Überspielt die Momente der Einsicht, hör zu, hör zu, es ist
Noch nicht zu spät, die Lösung heißt nicht Verrat an dir
Und allem Heiligen, Vergessen ist nicht die Antwort, zieh

Dir die Pilgerschuhe an, mach auf dich zum Tal der Suche,
Flieg mit den weißen Vögeln ins Land der Nüchternheit,
Wärm dich an den Lagerfeuern der Gottesdiener, das ist kein
Schmu, das ist keine dreckige Show, ich weiß, wovon ich
Spreche, auch dann, wenns keiner hören will, auch dann,
wenn
Sie betäubt bleiben von Macht nackt, unfähig zu begreifen,
Wen liebst du und warum, was liebst du und warum, warum
liebst
Du das Vergängliche, das Ende, den Zusammenbruch, die
Wut,

Macht nackt, Macht nackt, Macht nackt,
M A C H T N A C K T

Das Loch

Dirk Hülstrunk

Jahrgang 64, lebt in Frankfurt. "Stolperte über DADA, folgende Gehirnverbiegung bis heute noch nicht auskuriert", u.a. Arbeit an einer Diss. bei Karl Riha, Siegen, zur Dada-Rezeption nach 45. VerÖ seit Mitte 80, z.B. in der Literaturzeitschrift Rind & Schlegel, München; Opossum, Frankfurt. Zuverdienst in der Altenpflege. 88/89 Hrsg. der ZS "Ölflimmern" und Bandgründung "Man Ray". Seither Performances, Simultangedichte, Lautpoesie, Klangexperimente, KRASH-Lyrik, Cut-ups, Montagen, Mail-Art und Zusammenarbeit mit Künstlern der Gruppe "Fritz deutschlanD". 95 Mitorganisation der Social-Beat-Werkstatt in der Frankfurter "Romanfabrik". Aktuelle Einzelpublikation "Echt", Edition Das Fröhliche Wohnzimmer, Wien.

Gähnende Leere
Gähnende Leere
Von den Hügeln herab
Aus den Mäulern heraus
Wo
Ist das Loch Meister
Das Loch
Das uns alle zusammenhält
Das Loch im Topf
Das Loch im Kopf
Wohin Meister
Rieselt dieser Sand
Wohin treibt dieser Ausfluß
Dieser Ausguß
Dieser Ausflug ins Nichts
Wer gibt uns ETWAS
Wer gibt uns ALLES

Gähnende Lehrer gähnen in die
Gähnende Leere
Aus den Pfandflaschen heraus
Von den Plakaten herab
Wo
    Wo
Wo
Bleibt das Wort
Das unsere Tassen füllt
Dampfende Teebeutel Wirklichkeit
Von ausgebrannten Häusern
Gähnenden Passanten
Wo
Bleibt das Wort
Das Tote lebendig macht
Wo
    Wo
Wo
Gähnende Leere
Gähnende Leere

Wo
Ist das Loch Meister
In dem alles zusammenfällt
Das alles zusammenhält
Das Loch
Das Loch
Das Loch
Der Löcher
Das einzig wahre Loch
Nach DRAUSSEN

draussen

An DER TRAUM

Michael Ibach

Geb. 1966, Realschule, Zivildienst, Jobs als Verkäufer, Druckereihilfe, Gartenarbeiter; seit 89 Lesungen; 91, literarisch-manisches Kabarett "Zähneklappern Dagegen Sehr"; 93, Praktikum bei einem Würzburger Stadtmagazin, danach freier Mitarbeiter; Buchveröffentlichung BOULEVARD DER PRÜGELKNABEN, Verlag freier Autoren, Fulda; seit 94 freier Autor und verschiedene Literatur-Performance-Projekte in der Region Main-Franken; 96, Einzelausstellung mit Text-Bild-Collagen.

Ich bin
der Sohn von
Frank Sinatra.

Meine Eltern
läßt dieser Standpunkt kalt.
Ihre andere Meinung
steht völlig gesund da.
Unangetastet bleiben auch
die Blessuren
im Geburtskanal.

An der Traum,
nachdem ich festgestellt habe,
daß ich als lebendiges Produkt
von Frank Sinatra
die Wege meiner Eltern
wildromantisch kreuzte.

Dabei entsprach ich
nicht nur oberflächlich
Franks Irrtümern und nahm
ziemlich alleingelassen
an der Auslosung
seiner Versprechen
teil.

Neuerdings nisten sich
bei Frank Sinatra versoffene
Gespenster-Konkubinen als
nichtsnutzige Untermieter ein,
um meine überall vorhandenen
Spuren in eine erlösende,
tödliche Gegenwart
aufzulösen.

Meinen Eltern weht
irrtümlich Franks
letzte Show ins
Gesicht. Es kann
passieren, daß ihnen
niemand diese Geschichte
abkauft.

Doch weil sie in
meiner Vorstellung
sowieso alle Plätze
besetzen, bleibt ihnen ihr
gutes Gewissen erhalten.
Und noch aus der letzten
Reihe brüllen sie mir
gelegentlich zu,
daß es Frank
doch noch einmal
mit mir probieren möchte.

Doch zuvor
wolle er noch
von den
Einwänden des Schicksals
probieren.

Diese Botschaft jedenfalls
klebt als Folterinstrument getarnt
unter dem Stuhl
eines hektisch montierten
Elternteils.

Zwischendurch bemerkt:
Wer ein Auge auf mich wirft,
sollte dabei nicht versäumen,
dem anderen Auge die gleiche Chance
wenigstens anzubieten.

Die Wut, mit der Frank
seinem Ende entgegensieht,
vertreibt mein notorisches Bühnenbild
hinter abgemahnte Abfallberge
und umgetauschte Alptraumsorten.

Die Wahnpasta,
die ich mir gleich zu Beginn
auf die Stirn
und auf die Brille schmierte,
steckt auch dahinter.

Ein PAViaN im Wasser

Ulrich Jösting

1962. Lebt als Autor in Osnabrück an der HASE. Veröffentlichungen in diversen Literaturzeitschriften im deutschsprachigen RAUM.

Als wir aus dem Waggon herausgetrieben wurden, landete ich sofort in einem Kellerraum, in dem ich meine Sachen abzustellen hatte. Irgendeine Frau weigerte sich und es gab eine Schießerei, die Soldaten eröffneten einfach das Feuer auf uns alle. Es gelang mir, in einen Gang zu flüchten. Dort befand sich schon ein anderer Mensch. Wir keuchten beide und der Schweiß tropfte uns von der Stirn. Dann erkannte ich, daß es Paul McCartney war.

"Ich bin doch gar kein Jude", sagte er.

"Ich auch nicht", erwiderte ich.

Ich war wirklich kein Jude, ich war nur ein armer Mann, faul und unzufrieden, voller Verachtung für alles, was mir glich. Ich war fähig zu hassen und zu lieben, aber eigentlich wollte ich nur meine Ruhe, um meinen Gedanken nachzuhängen. Ich schätze, dieser Zwiespalt brachte mich in diese Situation, weil mich schließlich mein schlechtes Gewissen zwang, glücklich zu werden, und da ich so schnell aufgab, landete ich auf einer Rampe, wo sich der Weg nach links und rechts teilt.

Ich wollte meine Chance nutzen, ich wollte mich aufrichten und meinen Rücken gerade biegen. Ich tat es und mir passierte nichts. Ich hatte die ganze Angst umsonst gehabt. Ich war stark. Jetzt denke ich hin und wieder daran, wie schön es wäre, eine Frau zu sein, dann wäre ich bestimmt Lesbierin. Ich erfahre, daß andere Menschen gleichartige Schwierigkeiten haben, daß die Pflicht alle ruft. Dennoch denke ich, es ist nötig, um selbst nicht krank zu werden, meine Mutter in einem Pflegeheim betreuen zu lassen. Mir geht es gesundheitlich nicht gut, wir hatten in unserer Familie mehrere Bandscheibenvorfälle. Wenn ich nicht da gewesen wäre, wäre es nicht passiert, das schwöre ich. Eigentlich fällt es mir schwer, darüber nachzudenken. In meiner Erinnerung wird die Szenerie von Scheinwerfern angestrahlt, aber wenn ich mich recht entsinne, leuchtet jeder Punkt des Bildausschnitts. Ich habe keine Lust mehr auf Widersprüche, ich will mich nicht um einen Job bewerben, den ich nicht machen will, nur weil mich jemand für gesund hält. Ich bin nicht gesund, ich bin bequem. Ich bin nicht schön, ich bin dick. Mein Bett steht auf dem Flachdach eines Hochhauses oder einer Kirche. Der Ort nennt sich Kalkhügel.

Bienen die stechen könnten, aber mich nicht stechen, krabbeln auf der Mauer am Rand des Daches. Jetzt nehme ich auch andere Menschen wahr. Ich warne sie vor den Bienen. Da ertönt der Befehl, das Dach zu verlassen. Ich habe große Höhenangst, alle anderen klettern vor mir herab, ich bin der letzte. Zuerst kippe ich das Bett vom Dach und es rollt den Hügel herunter. Zum Glück stößt es nirgendwo an. Dann steige ich langsam vom Dach hinab. Es ist eine Frage des Mutes. Sie sagten mir, sie sei verrückt, und so setzte ich mich zu ihr. Dann sagte ich ihr:
"Jetzt habe ich kein Geld mehr."
Sie nahm mich mit in einen Spirituosenladen und kaufte die Getränke. Ich war ihr sehr dankbar. ABER ich schaute mich trotzdem um. Auf offener Straße werde ich manchmal gesichtet und abgeholt. ABER hier werde ich nicht mehr herkommen. Außerdem fing ich nach der Entfernung des faustgroßen Geschwürs aus meinem Darm an zu laufen. Früher bin ich durch psychische Probleme aufgefallen. In schwierigen Zeiten verheißt die Musik, von der man träumt, auch Trost. Sie sagte mir heute:
"Ich bin SO verliebt in dich."
ICH habe eine schlechte Sehnsucht. Ich träume von Johnny, meinem Freund, mit roten, erhitzten Wangen. Ich reibe seinen Hintern mit Franzbranntwein ein, damit er nicht so pickelig ist. Als ich dabei seine Arschbacken auseinanderziehe, schämt er sich, weil er sich seit vier Tagen nicht geduscht hat. Dabei sehen wir eine Sendung über einen deutschen Maler, der Markus Lüpertz heißt, mit dem ich auf einem Flughafen Blickkontakt hatte, als ich meinen Flug nach Südafrika verpaßte.
"Es gibt Sachen, die ein Leben lang halten."
"Soll ich solange warten?"
Mein erster Stecher rollte sich immer morgens über mich. Deshalb habe ich jetzt jeden Morgen schlechte Laune und erst recht keine Lust auf eine Nummer. Lieber abends im Dunkeln, aber da entdecke ich auch wieder seinen Einfluß, denn es lief nur unter der Bettdecke. Den Schwanz des ersten Stechers sah ich nie. Der erste Stecher hieß Gundolf Bierwagen. Er

stammte aus dem bayerischen Wald, aber trotzdem ging er nicht jeden Sonntag in die Kirche. Die Kirche hatte einen Zwiebelturm. Ich floh zu ihm an einem Wochenende ohne die Erlaubnis meiner Eltern, die mich durch die Polizei suchen ließen. Die Bullen brachten mich wieder nach Hause zurück, wo ich von Vater und Mutter gemeinsam geschlagen wurde.
Ich habe versucht, den Papst zu töten, ich habe den letzten Elephanten erschossen, ich frühstücke morgens bei McDonalds und beobachte das Personal, nachdem ich die Zeitung gelesen habe. Ich wechsle meinen Namen, weil mein richtiger Name zu jüdisch klingt. Ich erinnere mich an eine Geschichte, die ich mal erlebt habe. Mein Freund trug eine schwarze Hose und ein weißes Hemd. Er hatte sein langes Haar zu einem Zopf zusammengebunden. Ich stand am Ende der Theke und hing meinen Gedanken nach. Plötzlich drehte mein Freund sich zu mir um und sagte:
"Lüg weiter, du Judenlümmel. Das Leben ist kurz."

K27

c/o Factory 27 und C.C. Kruse, Achim.
In Marokko lebender, deutschsprachiger Schriftsteller.

hasen hetzen über regennasse straßen und verschwinden hinter grünen schallschutzwänden in der sicherheit der nacht ist der jäger unterwegs auf vier rädern hinterm lenkrad hält er ausschau nach beute im gleissenden licht des vollmondes verwandelt sie sich in etwas anderes von ihm verlangen als sehnsucht verspürend nach dem blut aus der offenen wunde tropft als worte verkleidet in den rinnstein und kann dort ungehindert versickern als unaus-gesprochene gedanken treffen auf erinnerungen einer völlig anders erlebten vergangenheit unter ständigem beschuß der synapsen mit kontinuierlich wechselnden raum-zeit-verzer-rern läßt das jetzt zu einer gebärmutter mit warmemfruchtwasser gefüllt schwimmt D.B. in sich selbst versunken slideguitar spielend ist er verbunden durch an denschädel punktierte drähte senden codierte signale an dieaußenwelt windet sich in der agonie des sich ständig wiederholens müde gibt der schriftsteller sich in tangerden todesstoß mit der nadel fließt ein wortschwall aus der wunde auf das papier verliert seine unschuld durch die unermeßlichkeit der semantik bleibt verschlossen hinter türen streicht der ideologische lektor das Ich aus den manuskripten endet als graffito an den schallschutzwänden zum erweiterten bewußtsein reicht die zeit nicht aus für einen milchkaffee in der bahnhofskneipe wartet der jäger mit rotgetränkten augen streift D.B. durch die nächtliche stadt ist ein megastroboskop provoziert epileptische anfälle als ausdruck der todessehnsucht stürzen sich beatnikkinder in den totalen ausverkauf ihres eigenen fleisches dialektisch die maschine gleichzeitig benutzend und verneinend bemüht sich der schriftsteller im elfenbeinturm vergeblich um die entschlüsselung der signale in den aktenordnern der geschichte beherrscht der krieg und der jäger wird fündig auf der schnellstraße blitzen zerfetzte hasenleiber im peitschendenlicht der scheinwerfer läuft der erinnerungsfilm als zeitraffer erkennt D.B. seine vergangenheit seit jahrhunderten auf dem gleichen papier hinterlassend mit demselben blut wirft er der späteren generation das orakel wartet auf seine auflösung - kostendämpfungsgesetz - GELD - wirtschaftsbestimmungen - aufsichtsräte - MACHT - drogenkartelle - staatssicherheit - FASCHISMUS - kontrollorgane

"Laß Dich nie auf ein Kartenspiel ein mit jemandem, der Doc heißt; iß nie in einem Restaurant, das sich Mom's nennt. Und schlafe nie mit einer Person, die größere Probleme hat als du."

feature by YussufM

Günther Kahrs

*1951 {17.12.91 als Tag seiner selbstbestimmten Wiedergeburt} und das Büro für Lebensfreude / KGB hoch 3 / Bremen powerd by Meister Propper [*]

"Laß Dich nie auf ein Kartenspiel ein mit jemandem, der Doc heißt; iß nie in einem Restaurant, das sich Mom's nennt. Und schlafe nie mit einer Person, die größere Probleme hat als du."

So lautete die Headline zur 17. SOCIAL BEAT Veranstaltung mit Open Mike-Session (seit 94) im "schnuckeligen" AKAS-KellerClub (AllesKönnteAndersSein-Club) zur Chicago-Trash-Party. Kein geringerer als der Trash-Meister selbst - immerhin gewann er den Ersten Internationalen Marken-Boxabend, der während der 3. Hamburger DesignKreuzzüge ausgetragen wurde - gab die Party-Losung aus...

Aber Bremen hat auch die Sielwallkreuzung, Symbol und Mythos aus Stein; Treffpunkt sozialer Randgruppen. Von jeher ein Dorn im Auge der Saubermänner, die überall die Besen schwingen - gegen den Punk an der Ecke, gegen alles Andersartige und Fremde im Viertel. Wirklich durchsetzen konnten sich die selbsternannten "Blockwarte" bislang nicht, trotz massiver polizeilicher "Amtshilfe".

Denn im Bremer Ostertorsteinweg hat "Unz Günni" sein Claim abgesteckt. Von hier aus betreibt er seinen famosen Werbe-Aufklärungs-Feldzug und Aktionen mit Kleister und Mali's (heißen Kahrs' Blätter zum bunt Aus-malen, denn bunt ist das freie selbstbestimmte Leben!), z.B. gegen die Doppelmoral der Öko-68er. "Mit ihrer Birkenstock-Mentalität zertreten sie alles reinrassig. Es ist die Generation der bleifreien Volvo-Fahrer, die vor allem Angst haben, was sie mit der Fernbedienung nicht ausschalten können, z.B. Junkies, Nutten, Kids und Tekkno."

Auto(n)oma Infodienst und anarchischer Reichtum, für alle ist für den selbsternannten Till Eulenspiegel des Viertels, der bis zu seinem Ausstieg aus der Polit-Szene '87 Landesvorstandssprecher der Grünen war, Lebensinhalt. Eine in diesem Sinne, zur Verwirrung der lokalen Journaille, von Kahrs herausgegebene Collagenzeitung "Weserspucker" ist inzwischen als "unerwünscht" aus den Pressefächern im Bremer Rathaus verbannt worden. Dafür kleben die "Mali's" umso häufiger, ganz getreu seinem Motto "Nicht bereuen, was mann getan hat, sondern das, was mann sich nie traute" oder zur Zensur durch die Pressestelle des Senats "Über'n Freimarkt flitzen statt unter'm Blauhelm schwitzen".

Der sympathisch-durchgeknallte Zwillingsbruder von Meister Propper "fun love power" und Pro-Viertel-Aktivist sieht die Beiträge seines KGBhoch3 zur "Auflockerung der

Menschenlandschaften" - schon bis 94 hatte er "Proppergandi und Handzettel" in einer Auflage von 60.000 verteilt - findet das "Viertel" toll, solange Yuppies, Junks und Ödnies gleichberechtigt mit- und nebeneinander leben.
Erwähnenswert ist aber auch Kahrs' Dokumentation zur jüngsten politischen Geschichte Bremens in den vergangenen 10 Jahren unter dem Aspekt "Ausländer/Migration", die aus dem ID-Archiv vom Bremer Staatsarchiv im Herbst 96 übernommen wird.
Fürwahr; ein Mann, der zwei Wassermelonen unter einem Arm tragen kann. (türkischer Volksmund)
Und noch 'n Gedicht..."Theorie der Tat. Wir nehmen das Beste vom Alten, das Beste vom Neuen, wir verlieren die Angst und gewinnen Mut, Risikobereitschaft und Handlungsfähigkeit! Wir haben wenig Zeit, darum können wir ruhig anfangen."
Also, immer schön in Bewegung. Doch kommst du frommer Wanderer in die Stadtmusikantenstadt Bremen, vergiß'; ob Esel, Hund, Katze oder Hahn, nicht den Besuch im AKAS-KellerClub zur am monatsletzten Samstag wiederkehrenden Social Beat Slam Poetry Party.

ey ihr verkackten Arschgeigen

Zum Thema Viertelberuhigung:

Wer Ruhe will, soll Drogen nehmen. Wer Reich sein will, soll sie verkaufen!

ey ihr verkackten
arschgeigen
dieser welt!

was glaubt ihr eigentlich wer ihr seid?
schon mal daran gedacht zu denken bevor Ihr anfangt zu denken?
ihr verkackten häßlichen schleimstinkenden pestbeulen dieser Welt?

ihr seid so gnadenlos bescheuert
wir können euch jetzt echt leider nicht ab sorry DU ey DU ey

Und dann hätten wir da noch ne Frage
würdet Ihr Euch eigentlich wirklich wundern einen Fixer bei Euch im Klo zu finden
wenn Ihr den Rest der Welt endlich fertig eingezäunt habt?
würdet ihr euch eigentlich wirklich wundern wenn Ihr mit 50 feststellt, daß euer
Leben völlig sinnlos war? Nö ne! oder?
würdet ihr euch eigentlich wirklich wundern wenn ihr bald gar nichts mehr merkt
weil ihr nur noch im ganzkörperkondom durch die Welt latscht ihr deppen?
...............doch da würdet ihr euch schon wundern oder?

ALSO WIR JEDENFALLS

wir finden euch so gnadenlos bescheuert
Wir können euch leider überhaupt nicht ab ihr/innen und außen sorry ey

und sacht mal seid Euch überhaupt klar darüber
daß ihr in Eurer hinterhofverlausten grunzdoofen Ikeamentalität und
zum Himmel stinkenden Arschkriecherischen Trau-mich-nicht-spießbürgerlichkeit
euren sozialpädagogisch nicht sehr wertvollen NEUREICHEN-WOHLSTAND in die
Waagschale werft, gegen alles häßliche was man nicht mit der Fernbedienung
ausschalten kann?
und jetzt hört mal endlich auf ey
immer Eure plärrenden, abnervenden, pickelbürger-nintendopanzen vorzuschieben
weil Ihr noch nicht mal den Mumm habt für euch selber das

Maul aufzumachen
Und glaubt jetzt bloß nicht
daß ihr aus dem Schneider seid nur weil ihr den röhrenden Hirsch gegen einen
Kandinsky eingetauscht habt.
Nicht spießig zu sein ist ganz schön teuer wa ey?

Wo wir grad davon sprechen

Ihr seid so gnadenlos bescheuert
Wir können euch leider überhaupt nicht ab ey sorry ey

sachma' kommt ihr euch überhaupt nicht doof vor
auf die Straße zu gehen "FÜR SAUBERE STRASSEN"?
Und fangt jetzt bloß nicht wieder mit euren Kindern an.
und sachma kommt ihr Euch überhaupt nicht doof vor
wenn ihr so tut als würdet ihr euch um die Fixer sorgen machen?
sachma das müßtet ihr doch sogar merken, daß es euch nur um eure miese, noch
nicht mal ranzige, werbespottaugliche, zum Dünnschiß kriegen langweilige, heile-Hitler-Welt geht.
Ihr vorzeige-gefühlsbehafteten Diplomneurotiker. Volvofahrenderweis. (bleifrei)

Und Noch was! Gehirnwichser!!!!!!
Ihr habt doch echt überhaupt noch nichts begriffen, also auf jedenfall nichts was
sich zu begreifen lohnen würde. Nicht das es da etwas geben würde.......
Begriffen?
Na macht ja nichts Du.

weil Du bist ja eh so gnadenlos Bescheuert
und beim besten Willen jetzt, wir können Dich echt nicht ab
Sorry Du ey

und wißt ihr eigentlich was?
Ihr werdet trotzdem sterben, und wenn ihr noch so viel
Körnerfutter in eure
Schwabbelbäuche preßt.
Das wußtet ihr wohl noch nicht was?

Ihr seid das
Viertel?

begriffen ?!

Jens Petz Kastner

Lebt in Münster und bezeichnet sich als Anarchist & Dichter, geb. 20-10-70 in Essen; Schule, Kabarett, Totale Kriegsdienstverweigerung, Studium, ebenda. Fortführung des Studiums in Soziologie, Kunstgeschichte, Politikwissenschaft und Pädagogik. Kastner schreibt Rezensionen, Essays, Pamphlete, Kommentare in diversen Publikationen der Polit- und Alternativpresse.

mit dem mythos planschen
wenn es an der zeit wäre
das haus zu verlassen
das kartenhaus aus riten
zu hassen
und zieh gummisstiefel an
im land der unbegrenzten örtlichkeiten
sich was vorzumachen
can't hear cos your
mouth's full of shit
und meins erst
wenn's um liebe geht
oder so was
bin ich der eroberer aus tradition
während sich sicherlich einiges aufbäumt
dagegen oder auch ganz unphallisch wehrt
aber den staat im kopf
mit der eingefleischten justiz
bekämpfen zu wollen
kann nur zum scheitern führen oder
zu massakern sich im wettstreit befindender
gedankenstränge
die in all der enge
vorsicht oder rücksicht walten lassen
weil sie im entscheidenden moment
doch wie blindfische
an die aquarienfenster schlagen
davon muß abgesehen werden oder
komm doch mal zur vernunft
oder mal zum tee vorbei
in dieser widerwärtigen nation
wie theweleit sie nennt
und lerne
wie man sachzwänge ordentlich verwaltet
was willst du mehr
ja eigentlich alles
fällt mir auf

eisung · platzanweisung

wenn man sicherheit schon wählen kann
ist es endgültig an der zeit
wahllokale und verwandte
wirtschaften in die luft zu sprengen oder zumindest
zu mißachten
der illusion von eigener flexibilität wegen
aber mal wirklich jetzt
es gibt doch berührungen
die schön sind und die eingefahrenen panzerspuren
ignorieren
alle tage sabotage
wenn das so einfach wäre
und wenn ich dauernd an dich denken muß
was weiß ich was das für ein zeichen ist
symbole
markierungen
es gibt nichts unverdächtiges mehr
und harmloses schon gar nicht
laß mich dein supermarkt sein
und du kannst mich guten gewissens
angreifen
porentief schwein
ich
so gesehen alles andere
als back to the roots
und hoffentlich wird alles glut
gibt es etwas langweiligeres als
jammertäler
nö und wer mit dieser sprache
ein liebesgedicht schreiben will
versucht vegane t-bone-steaks
zu grillen

Kein schöner Land

Axel
Klingenberg

Jahrgang 68, aber kein Alt-Achtundsechziger, nach der Schule folgte das Ausführen nichtselbständiger, entfremdeter Arbeit im Dienste des deutschen Staates. Mitgründer der S.U.B.H. (Organ für Social Beat, Punk und Weltrevolution). Prosa- und Lyrik-Veröffentlichungen in diversen Fanzines und Literatur-Mags, u.a. *Labyrinth und Minenfeld, Überdruck, Der letzte Versuch, Brainsurfer.*

Ich muß wohl etwas weiter ausholen, damit ich diese Geschichte so verständlich erzählen kann, wie es mir möglich ist. Ich rufe mir immer wieder die Details ins Gedächtnis zurück; so oft, daß mich nachts oft Alpträume plagen und ich schweißgebadet aufwache. Dann klammere ich mich an mein Bett und versuche, mich selbst festzuhalten. Ohne Licht kann ich nicht mehr einschlafen. Wie ein kleiner Junge, der Angst vorm Schwarzen Mann hat, beäuge ich jeden Winkel meiner Wohnung, die übrigens sehr spartanisch eingerichtet ist, denn so habe ich wenigstens alles im Blickwinkel. Aber ich will euch nicht langweilen und vielleicht hilft es mir, diese Geschichte aufzuschreiben. Ich weiß es nicht.

Die Gegend, aus der ich komme und in die ich damals zurückgefahren bin, um meine Eltern zu besuchen, ist die Lüneburger Heide. Den Namen des Dorfes werde ich jedoch an dieser Stelle nicht verraten, da die dort lebenden Menschen das mit Sicherheit nicht wollen. Und mit Heidebauern ist nicht zu spaßen.

Meine Eltern besitzen einen kleinen Hof - ihr Eigentum ist er nicht, da sie hochverschuldet sind, was meinen Vater jedoch nicht daran hinderte, Schützenkönig zu werden. Jeder, der was auf sich hält - und auf den Namen seiner Familie, muß einmal "den König machen". Damit stand mein alter Herr ein ganzes Jahr im Mittelpunkt des gesellschaftlichen Lebens. Er wurde überallhin eingeladen und mußte auch überall erscheinen: Dorffeste, Burgfeste, Mühlenfeste, Seefeste, Heideblütenfeste, Parkfeste, Stadtfeste, Heimatfeste...

Nun, daß mein Vater König war, ist schon sehr lange her, und bei meinem letzten Besuch fuhr ich nur hin, um meine Eltern zu besuchen. Ich nutzte meine Anwesenheit, um auch noch bei meinem alten Schulfreund Enno vorbeizuschauen, der in dem Ort als Briefträger arbeitete - ansonsten war er etwas fehl am Platze. Er verrichtete seine Arbeit so, daß er gegen Mittag fertig war, nach Hause ging und erstmal kiffte. Ich habe keine Ahnung, woher er das Geld für die vielen von ihm konsumierten Drogen hatte, doch ich nehme an, daß es in der Lüneburger Heide nicht schwer ist, "homegrown" anzubauen. Ich fragte auch nicht danach.

Wir wollten uns den Spaß machen, das Schützenfest zu besuchen und zuzusehen, wie die Deppen in ihren altertümlichen Uniformen durch's Dorf latschen und sich vollaufen lassen.
So ein Schützenfest ist ein gutes Beispiel, um das Überleben archaischer Rituale im Zeitalter des "global village" zu beobachten. Es stimmt, daß es Telefone, Fernseher und Computer gibt in der Lüneburger Heide. Es stimmt nicht, daß die Lüneburger Heide damit Bestandteil des globalen Dorfes geworden ist. Die restliche Welt - Hannover, Hamburg, New York - gilt als fast unerreichbar, auch wenn man manchmal von Leuten hört, die noch weiter weg waren, z.B. in Indien oder Guatemala, und fast mit Genugtuung wird erzählt, wie die betroffenen Personen dort ausgeraubt wurden. Nun, was verlassen sie auch ihren Hof, ihr Dorf, ihre Heimat. Wer sich in Gefahr begibt, kommt darin um.
Nach Osten hin gab es eine Grenze, die noch undurchlässiger war als alles andere - Bombay war dagegen nur einen Fußmarsch weit entfernt. Hinter dem Minenfeld begann die DDR. Dort in der Zone regierte "der Russe", die Verkörperung alles Bösen. Vor dem Russen sind damals die ganzen Schlesier, Ostpreußen und Pommern geflohen, die nun schon seit 50 Jahren in der Lüneburger Heide leben und immer noch "die Flüchtlinge" sind. Da sie aus ähnlich provinziellen Gegenden wie die Heidjer stammten, paßten sie auch ganz gut hierher (wenn auch rituelle Schlägereien zwischen Ortsansässigen und den Fremden zumindest in den ersten Jahren zum guten Ton gehörten).
Nach der Grenzöffnung prallten somit zwei scheinbar verschiedene Welten aufeinander. War es vorher wahrscheinlicher gewesen, mal in L.A. einen Cocktail zu schlürfen als in Salzwedel in der Altmark ein Eis zu essen, so wurden Ausflüge in die Zone zur Normalität. Die scheinbar verschiedenen Welten erwiesen sich als sehr ähnlich. Zonenrand ist Zonenrand, ob nun rechts oder links von der Grenze.

Das Schützenfest hatte frühmorgens begonnen und die Gildebrüder hatten schon gehörig getankt. Sie zogen in einer großen Kolonne - mehrere hundert Mann - durch den Ort.

Marschmusik erklang dazu. Wer "Auf der Lüneburger Heide" in der Version von Laibach kennt, weiß vielleicht, welchen Eindruck man von so einem Aufzug bekommt. Die alten Uniformen, die Säbel, die mit Blumen geschmückten Holzgewehre ließen mich immer wieder mißtrauisch fragen, was in den Köpfen dieser Leute vorgeht. Die Abschlußparade fand vor dem Rathaus statt. Im Stechschritt wurde über den Platz marschiert. Nur einzelne Grüppchen von "Junggesellen" - einer eigenen "Rotte" - blieben zurück oder scherten aus den Reihen aus. Teils weil sie zu besoffen waren, um noch richtig laufen zu können, teils, weil es ihnen Spaß machte, gegen die Regeln zu verstoßen, die sie doch selbst akzeptiert hatten, als sie sich um die Aufnahme in die Schützengilde bemühten. Es war ein seltsames, jedes Jahr wieder zu beobachtendes Spiel und den Sinn darin mögen andere versuchen zu entschlüsseln.
Die Fahnen, die Uniformen, die Musik ließen die Beteiligten zu einer Gemeinschaft zusammenwachsen. Herkunft, Abstammung und Standeszugehörigkeit verschwanden aus dem Bewußtsein, auch wenn die Zugehörigkeit zu einer bestimmten "Rotte" Ausdruck der gesellschaftlichen Stellung oder zumindest der angestrebten gesellschaftlichen Stellung war. Orden und Säbel blitzten in der Sonne und verstärkten den festlichen Glanz des Tages. Überhaupt war es - vom rein rationalen Standpunkt aus gesehen - unerklärlich, daß am Haupttag des Schützenfests, dem Pfingstdienstag, immer die Sonne schien. In all den Jahrzehnten, in denen ich dieses Fest erlebte, hatte es nie geregnet. Meine Mutter wußte mir von einem einzigen Tag - vor vielen Jahren - zu berichten, als es einmal einen Regenschauer gegeben hatte.
Enno und ich sahen uns die Parade mit einer Mischung aus Faszination und Ekel an. Wir beschlossen, uns danach erst einmal in seine Wohnung zu begeben, um eine Tüte zu rauchen.
Das Gras ließ uns die Mittagsmüdigkeit überwinden, und wir tranken noch einige Biere, um uns dem Niveau der Feiernden anzupassen, wie wir sagten.
Wir hatten uns lange nicht gesehen, denn ich lebte inzwischen

in einer Stadt, die nur achtzig Kilometer weit weg war und doch eine andere Welt repräsentierte. In meinem Dorf war alles beim alten geblieben. Die Jahre zogen ins Land, doch es änderte sich nicht viel. Ein neuer Supermarkt war gebaut und das Heimatmuseum in der alten Burg war eröffnet worden. Es waren hier nicht nur einige von den Landfrauen handgemachte Puppen zu sehen, sondern auch Ausgrabungen aus der Umgebung - sogar ein paar Moorleichen. Mein Dorf soll aus einer uralten Langobarden-Siedlung entstanden sein.
Gegen Abend beschlossen wir, noch einmal das Schützenfest zu besuchen. Vorher nahmen wir jedoch noch eine Droge zu uns, die auch unsere germanischen Vorfahren schon kannten: Psillos. Diese kleinen, unangenehm schmeckenden Pilze machen einen wach und gutgelaunt. Manchmal führen sie auch zu einer Änderung der Sinneswahrnehmungen. Da sich in ihnen Bandwürmer befinden konnten, die wir abtöten wollten, warfen wir sie in heißen Kaffee. Das erleichterte auch den Verzehr etwas.
Wir wollten auf den Festplatz und einige der wässrigen Biere von der Bierbude trinken. Wir hatten sogar das Glück, daß noch "Kommers" war. Das heißt, daß es im Saal des Schützenhauses Freibier gab. Es wurde gerade eine Rede gehalten und zwar auf "Platt", dem hiesigen altertümlichen Dialekt, der nur noch von wenigen alten Menschen gesprochen wird. Ich verstand das meiste, wenn ich auch nicht selbst in der Lage bin, diesen Dialekt zu sprechen. Es ging um das Dorf und seine angeblich 2000jährige Geschichte.
Nach der Ansprache wurden neue Bierspenden verkündet. Die einzelnen Parteipolitiker versuchten, sich in den Spenden gegenseitig zu übertreffen. Es gewann - wie jedes Jahr - der örtliche CDU-Politiker und Besitzer einer Konservenfabrik. Doch in einer Gegend, in der sogar die SPD rechtsradikal ist, würde ein Wahlsieg dieser Partei auch nichts ändern. Wenn der Promillespiegel stimmt, reißt hier jeder den rechten Arm hoch. Aus diesem Grunde treffen sich in der Lüneburger Heide gerne immer wieder Alt- und Neonazis, um ihre Sonnenwendfeste zu feiern.
Nach Beendigung des Kommers begaben Enno und ich uns

zurück nach draußen an die Bierbude. Mein alter Hausarzt und Vorsitzender des Welfenbundes lud uns zu einem Bier ein, wahrscheinlich, weil es so billig war und er die Möglichkeit nutzen wollte, sich kostengünstig in die Dorfgemeinschaft zu integrieren. Wir tranken das Gesöff in Windeseile, denn der nächste Spender wartete bereits und die autistischen Erzählungen des Doktors waren nur mäßig interessant.
Inzwischen konnten Enno und ich kaum noch stehen, und der Platz leerte sich langsam. Wir faßten den Entschluß, noch in eine Discothek zu fahren. Die Fahrtzeit würde wohl eine Stunde betragen - unter Benutzung der Schleichwege etwas weniger.
Wir beschlossen, Ennos Wagen zu nehmen und gingen die paar Meter zu seiner Wohnung. Enno ging nochmal kurz hinein und kam mit einem Rucksack wieder.
Wir waren beide sturztrunken, doch Enno meinte, daß sein Wagen den Weg kennen würde, so daß ich mit einem etwas unguten Gefühl auf dem Beifahrersitz Platz nahm.
Enno beschloß, den "Alkoholikerschleichweg" zu nehmen. Er bestand aus einem kurvenreichen Asphaltweg ohne Leitpfähle, der schwierig zu fahren war, wenn man ihn nicht kannte oder wenn man zu besoffen war.
Wir ließen die Nebellandschaft (wir befanden uns in einem Torfabbaugebiet - also im Moor) an uns vorbeiziehen, während Ministry uns voranpeitschte. PSALM 69 hieß das nächste Stück, und ich war fast bereit zu beten, denn Enno raste über die winzige Straße, als würde er ein Rennen fahren.
Seine Augen starrten auf die Fahrbahn. Ab und zu holperten wir über den unbefestigten Seitenstreifen. Ich beschloß, die Fahrt etwas weniger unannehmlich zu gestalten, indem ich die Augen schloß. Sofort begann sich alles um mich zu drehen und Übelkeit überfiel mich. Ich riß die Augen wieder auf und klammerte mich krampfhaft an den Haltegriff. Irgendwann gelang es mir, die Augen zu schließen, ohne daß mir alles hochkam.
Ich muß wohl einige Minuten lang eingenickt sein, denn als ich mich umsah, stellte ich fest, daß mir dieser Teil der Strecke unbekannt war.
"Wo sind wir hier?" fragte ich Enno, der mich angrinste und ant-

wortete: "Weiß nich'. Aber es ist cool!"
Wir rasten über diese Straße, die wahrscheinlich auf keiner Landkarte verzeichnet war. Ministry brüllten ihr "Never trust a junky" heraus.
Mir wurde kalt. Es war stockfinster, wenn auch hier und dort helle Lichtstreifen zu sehen waren. Ich überlegte, woher sie stammen konnten, doch sie waren immer viel zu schnell verschwunden, als daß ich etwas hätte ausmachen können.
Ich ging davon aus, daß wir nicht allzu weit von der Strecke abgekommen sein konnten, und es mußte sich hier irgendwo der "Galgenberg" befinden, auf dem früher die Hinrichtungen vollzogen worden waren. Als letztes Opfer fand hier eine angebliche Kindsmörderin ihr Ende. Auf dem Hügel werden nun alljährlich die Osterfeuer entzündet (mit anschließender Verbrennung einer Hexenpuppe), doch es war Pfingsten und nicht Ostern.
Eine weitere Möglichkeit hätte sein können, daß es sich um Dörfer handelte, doch für Zimmerbeleuchtungen waren die Lichter zu hell. Noch nicht einmal die als "Ickes" beschimpften Berliner und Berlinerinnen stellten sich ihre Wochendhäuschen in diese verlassene Gegend, so daß die Ortschaften keine Straßenbeleuchtung besaßen. Es handelte sich hier um den am dünnsten besiedelten Landstrich Deutschlands, und so hatte die Regierung beschlossen, hier ein Atommüllager zu errichten. Die Menschen wehrten sich verzweifelt dagegen. In einzelnen Dörfern hatten die Bewohner und Bewohnerinnen eine eigentümliche Physiognomie - gedrungene Körper, braune Haare und dunkle Augen. An den Schulen des Landkreises waren die Jungen für ihren Drang bekannt, sich zu prügeln.
Ich war in Gedanken versunken, als Enno urplötzlich das Lenkrad herumriß und der Wagen in rasanter Geschwindigkeit die Straße verließ. Wir holperten über den Seitenstreifen durch die Büsche. Enno legte noch eine Vollbremsung hin, doch es war schon zu spät. Wir knallten gegen einen Baum.
Einige Sekunden lang saßen wir da und warteten auf das Ende.
"Hoffentlich haben wir nicht eine der aus der Eiszeit übrig gebliebenen Zwergbirken erwischt", dachte ich als nächstes.

Schließlich, nachdem die Schrecksekunde vorbei war und wir uns wieder bewegen konnten, stiegen wir aus. Wir stellten zu unserem Entsetzen fest, daß der Motorraum massiv eingedrückt war. Der Wagen war fahruntüchtig.
"Scheiße!" sagte ich und sah Enno fragend an. Er fing lauthals an zu lachen. Er konnte sich gar nicht wieder einkriegen und lachte und lachte. Tränen rannen über sein Gesicht, er war geradezu hysterisch.
"Geil", meinte er schließlich, "das ist die Chance unseres Lebens, in so eine Situation kommen wir nie wieder, abgeschnitten vom Rest der Welt, cool."
Ich sah ihn fassungslos an: "Du Idiot! Das Auto ist Schrott, wir wissen nicht, wo wir sind, und du freust dich?"
"Cool man, bleib cool", antwortete er. "Sieh doch das Positive. Wir machen das beste draus und intensivieren das Ganze. Wir bleiben einfach die Nacht im Auto und haben noch bißchen Spaß. Ich hab noch was Leckeres dabei. Komm mit."
Ich folgte ihm zum Auto und wir stiegen ein. Der Motor sprang wie erwartet nicht an. Ich versuchte vergebens, das Radio anzuwerfen, doch es gab keinen Ton von sich. "Toll", murmelte ich enttäuscht.
Enno kramte währenddessen im Rucksack herum und holte schließlich eine kleine Dose hervor. "Das hier ist das Glück. LSD, Mann", sagte er.
"Scheiße, ich will keine Pillen, du Arsch, warum hast du den Wagen überhaupt in den Straßengraben gelenkt!" schrie ich ihn an.
"Na wegen den Baumstämmen auf der Straße."
"Welche Baumstämme? Siehst du hier irgendwo Baumstämme?"
"Nö, jetzt nicht mehr."
Bevor ich noch was sagen konnte, hatte er schon die Dose aufgeschraubt, ein Blättchen herausgeholt und es in seinen Mund genommen. Er öffnete ein Bier und spülte nach.
"Du Wichser, was soll der Scheiß?" Ich war fassungslos.
Enno versank in Schweigen. Nach einigen Minuten machte er die Autotür auf und verschwand im Busch. "Pissen".
Ich sah mich um. Die Landschaft wirkte aufgrund des Nebels

und der Dunkelheit bedrohlich. Feuchtigkeit und Kälte krochen durch die leichte Kleidung und ließen mich zittern.
"Hast du noch was zu trinken?" rief ich schließlich Enno hinterher.
"Joh, im Rucksack, bedien' dich!"
Ich hatte die Wahl zwischen Bier, Bier und Bier - und einer Flasche mit einer Flüssigkeit, die aussah wie schwarzer Tee.
Da mein Mund wegen der Drogen und des Alkohols trocken war wie die Wüste, nahm ich einen gewaltigen Zug.
"Scheiße, der Tee schmeckt ja widerlich", rief ich Enno zu.
"Welcher Tee, ich denke, du willst keine Drogen nehmen?"
"Wieso Drogen?" Ich stutzte.
"Na, der Stechapfeltee!"
Ich riß die Autotür auf und stürzte nach draußen. Mein Finger glitt in den Hals und berührte das Zäpfchen. Eine braune Brühe ergoß sich auf den schlammigen Boden vor mir. Ich würgte und würgte, da ich so viel wie möglich von dem Zeug wieder loswerden wollte. Nach einigen Minuten kam nur noch Galle.
Mir war bewußt, daß es eigentlich schon zu spät war, die Droge würde ihre Wirkung zeigen, da war ich mir sicher.
Langsam machte ich mir Sorgen um Enno. Er war schon recht lange beim Pissen.
Ich begann seinen Namen zu rufen. Einmal. Zweimal. Dreimal.
Keine Antwort.
Ich rief nochmal.
Hinter mir knackte es. Schritte. Und eine Art Kichern.
"Enno?" fragte ich in die Stille hinein.
Keine Antwort.
"Enno, du Arsch, komm her!"
Keine Antwort, dafür wieder Schritte.
"Enno?" Ein letzter Versuch.
Aus einer ganz anderen Richtung war plötzlich ein Schrei zu hören. Er brach abrupt ab. Danach herrschte wieder Stille.
Ich versuchte auszumachen, woher der Schrei genau gekommen war, doch es war vergeblich.
Ich wollte weg, ich wollte unter Menschen.
Meine Kopfhaut kribbelte, die Wirkung des Stechapfels begann

einzusetzen.
Langsam bekam ich es mit der Angst zu tun. Ich beschloß, irgendwoher Hilfe zu holen. Da die Straße schließlich irgendwo hinführen mußte, ging ich einfach weiter.
Mit der Zeit wurde ich schneller und schneller, mein Herz pochte, ich hörte es in den Ohren dröhnen, lauter und lauter.
Ich spürte Schritte hinter mir. Einbildung. Und vor mir. Ich wurde noch schneller.
Ab und zu sah ich mich um. War hier jemand? Irgendwer, irgendwas beobachtete mich, da war ich mir sicher. Wenn ich an den Bäumen hochsah, wirkten sie riesig. Ihre Äste sahen wie Arme aus, ihre Zweige wie Finger. Sie zeigten auf mich.
Irgendwann fing ich an zu laufen. Es war stockfinster. Ich drehte mich um, um zu sehen, ob hinter mir jemand war, was dazu führte, daß ich von der Straße abkam.
Ich rannte um mein Leben.
Äste, die über die Straße hingen, brachten mir blutige Schrammen bei. Schützend hielt ich den Arm vors Gesicht.
Nach einer Ewigkeit hörte die Straße plötzlich auf. Ohne Ankündigung, ohne Warnung. Sie endete einfach an einem Gatter. Dahinter begann ein Wald.
Ich wollte nicht mehr zurück, und so betrat ich den Forst und versuchte immer geradeaus zu gehen.
Die Stimmen waren wieder zu hören. Vor mir, hinter mir, neben mir und unter mir. Ich versuchte sie zu verstehen, doch es gelang mir nicht.
Stattdessen lief ich und lief ich. Ein Bach kreuzte meinen Weg. Ich versuchte, ihn zu überspringen, doch ich landete mit einem Bein im Wasser, wodurch das Laufen, das verdammte Laufen, noch anstrengender wurde.
Ich stolperte, fiel hin, holte mir Schürfwunden, ein Ast schlug mir fast ein Auge aus, so daß ich noch weniger sah als vorher. Es brannte höllisch. Die Bäume schienen nach mir zu greifen. Ich war außer Atem, meine Lunge schien zu glühen, doch ich rannte und rannte.
Endlich war ein Licht zu sehen. Eine Lampe oder etwas ähnliches leuchtete durch die Bäume. Menschen. Ich lief drauf zu. Schon bald war vor mir eine Lichtung zu erkennen. Am Rande

des Baumwuchses sank ich auf die Knie.
Vor mir sah ich nun eine Szene, die mich nicht glücklicher machte. 20 bis 30 Menschen befanden sich auf der Lichtung. Sie standen in einem Halbkreis um einen größeren, für unsere Verhältnisse jedoch sehr kleinen, Mann herum, der mir den Rücken zuwandte. Einige trugen brennende Fackeln, die flackerndes Licht warfen.
Ich sah sie mir einige Augenblicke lang an. Sie sahen seltsam aus. Sie waren klein, faltig, häßlich und ausgetrocknet. Dunkel erinnerte ich mich an Fernsehbilder. "Moorleichen!" schoß es mir durch den Kopf. Sie alle trugen Waffen: Äxte, Speere, manche auch nur Knüppel.
Der etwas größere Mann drehte sich zu mir um und deutete mit seinem Schwert auf mich.
Die Gestalten setzten sich umgehend in Bewegung. Ich rannte los, diesmal in die andere Richtung. Ich sah mich nochmal kurz um und erkannte, daß sie mir folgten. Einige humpelten, manche krochen mehr, als daß sie liefen.
Ich rannte so schnell ich konnte, ich wollte weg, weg.
Aus den Augenwinkeln erkannte ich, daß sie ausgeschwärmt waren, um mir den Weg abzuschneiden. Sie kamen näher. Das Waldstück war schließlich zu Ende, ich mußte nun auf schlammigem Boden weiterlaufen. Ich versackte mit meinen Füßen im Schlamm.
Plötzlich erfüllte ein gutturaler Laut die Luft.
Panisch sah ich mich um und stellte fest, daß die Gestalten langsamer wurden. Sie blieben stehen.
Ich jedoch lief weiter und weiter, bis ich hinfiel, versuchte aufzustehen und wieder hinfiel, weil mir die Arme wegknickten. Ich atmete schnell, hektisch und laut. Ich war am Ende. Ich ließ mich auf den Boden sinken und drehte mich auf den Rücken. Ich war am Ende. Die Sonne ging auf.
Erschöpft schlief ich ein.

Gegen Mittag erwachte ich und setzte meinen Weg fort. Nach zwei oder drei Stunden traf ich auf eine Siedlung. Die wenigen Menschen auf der Straße beäugten mich mißtrauisch und gingen in ihre Häuser, als sie mich sahen. Schließlich klingelte ich

an einer Haustür. Die hier wohnende Familie ließ mich in ein Krankenhaus einliefern.
Ich war noch nicht ganz bei mir, redete wirres Zeug, versuchte, Schlamm von mir abzureißen (auch nachdem ich frisch gebadet war) und riß mir weitere Wunden auf. Einmal schlug ich sogar nach der Krankenschwester. Beruhigungsmittel ließen mich traumlos schlafen.
Nach einigen Tagen ging es mir besser, die Beruhigungsmittel fielen weg, dafür begannen die Alpträume.
Enno wurde Tage später 300 km von mir entfernt aufgefunden. Ihm ging es wesentlich dreckiger. Ich glaube nicht, daß er die Klinik nochmal verlassen wird. Manchmal besuche ich ihn, auch wenn er mich nicht erkennt.
Das einzige, was in seinen Augen zu sehen ist, ist die Angst, daß sie wiederkommen.

DER Froschkönig

Courtney Love saß in ihrer verwüsteten Bude. Als Prinzessin der RiotGrrrls [1] fiel sie der Langeweile anheim. Auch das Fixen vermochte nicht, ihr einen letzten Kick zu verschaffen. So erhob sie sich von den vom Müll geholten Obst- und Gemüsekisten [2]. So machte sich Courtney Love, lange bevor sie die Stimme ihrer Generation werden sollte, auf, um etwas zu erleben; etwas, was ihr Langeweile, Einsamkeit und die schlechte Umgebung erträglicher machen konnte [3]. Ihr Weg führte sie an einem Brunnen vorbei. Dort saß ein Frosch, der den Anschein erweckte, sie anzuhimmeln. Er schien zu lächeln. Verlegenheit spiegelte sich allerdings ebenso in seinen Augen. "Küß mich, holde Schönheit", krächzte er und fügte hinzu, "denn ich bin ein verwunschener Prinz, und wenn du mich küßt, nehme ich meine menschliche Gestalt an!" Fein, dachte die gute Courtney, das fehlt mir noch in meiner Biographie [4]. Und so küßte sie den kleinen grünen Frosch [5], immer noch benebelt vom letzten Schuß, aber klar genug im Kopf, sich einzugestehen, daß sich hier ein Wendepunkt ihres Lebens in den Gully ihres Daseins erbrach. Der Wolke einer Verwandlung entsprang ein schmuddeliger Kerl mit langen Haaren. Seinen Augen haftete ein melancholischer Glanz an. Er wirkte leicht verstört [6]. Dann schien er sich zu fangen und sah Courtney an: "Hey, du billige Schlampe. Was soll das Outfit eines Flittchens?"

Courtney verliebte sich auf der Stelle in ihren Prinzen. War es göttliche Vorsehung [7]? Und dann sprach er wieder zu ihr: "Ich bin jetzt dein Macker! Keinen Ton mehr..." Sie lächelte ihn an. "Du wirst sehen, ich werde einmal Rockstar werden, und nur du wirst die Möglichkeit haben, als mein Groupie in die Annalen der Weltgeschichte einzugehen. Und vielleicht hast du ja Begabung und wirst auch Musikerin, dann werde ich berühmt und du berüchtigt!" Sie lachten beide. Wie gesagt, bei Courtney war es Liebe auf den ersten Blick, und da sie gerade nichts Besseres zu tun hatte und eher an den nächsten Stoff denken konnte als an etwas anderes, stimmte sie unwidersprochen zu. Zum ersten Mal in ihrem Leben küßte sie Herrn Cobain auf den Mund, ohne das Bild eines Fröschleins vor sich zu haben.

TUBERKEL Knuppertz

Gebürtiger '68er, und das mit "Widerwillen"; gelernter Industrielakaie; von '86-'88 Mitherausgeber des Punk-Zines <Ausgebunkert>; ab '91 erste, in minimaler Auflage publizierte "Eigentitel", zahlreiche Veröffentlichungen in Musikzines (Punk; Oi!; Metal); Little Mags & Art-Zines; Prolet und Großmaul, wenn er zuviel des Alkohols genossen hat, ansonsten eigenartig, aber auch bemüht, normal und nett mit seinem Gegenüber umzugehen; militanter Gelegenheitsdrummer; LEDIG(-lich unverheiratet)...; lebt in Aachen.

98

In der Nacht fickten sie wie wild. Irgendein Gemisch aus Shit, Trips und "H" putschte sie zu Hochleistungen wie im Pornofilm auf [8]. Es war fast ein Schritt über die Grenzmarke ins Nirvana [9].

Schon bald führte die beiden der gemeinsame Weg an den Traualtar [10]. Als Hochzeitsgeschenk hatte Courtney sich etwas ganz Besonderes ausgedacht für ihren Kurt: eine Schrotflinte! Nichts sollte bei der Sicherung und Planung ihrer Zukunft dem Zufall überlassen werden.

[1] Das war noch zu Beginn einer Entwicklung zur Szene hin, als 5 unansehnliche Schlampen aus ihrer finanziellen und optischen Not eine Tugend machten & der soziale Status der RiotGrrrls oder Girlies oder Bitches aufgewertet wurde. Mittlerweile verfügt die Volksgruppe immerhin über eine Sozialversicherung!

[2] Heute verfügt die oberste Kaste dieses Stammes über die Möglichkeit, bei IKEA mit Hilfe einer Scheck- oder Kreditkarte einzukaufen. Seitdem sind die Einrichtungen ihrer Wohnungen bedeutend ansehnlicher geworden. Man möchte meinen, fast schon der Spießigkeit anheimgefallen.

[3] Schon ein Blumenstrauß zum Valentinstag hätte hier wahre Wunder (Vatikan prüft noch) gewirkt!

[4] Jahre später wird die gute Courtney sich dieser Aussage erinnern und sie für die Biographie, welche sie einem autorisierten Autoren anvertrauen wird, ändern. "Fein", dachte sich die gute Courtney, "das fehlt mir noch in meinem Schlagzeilenkabinett", wird es dann lauten.

[5] Oder sollte es gar eine Kröte sein.

[6] Was eigentlich einleuchten wird, war er doch eben noch ein mieser, kleiner Frosch mit der Wahrscheinlichkeitsrate 1 zu 100, die nächste Wanderung von einem Gewässer zum anderen zu überleben...

[7] Diese Frage wird in ihrer Biographie leider ganz dem Rotstift zum Opfer fallen müssen. Eine wie Courtney Love und "göttliche Vorsehung", das paßt nun wirklich wie die Faust aufs Auge eines Hafenarbeiters. Und würde auch so zurückfinden!!!

[8] Daß mir hier also niemand/niefraud mit derartigen Mittelchen aus dem Beate Uhse-Katalog kommen wird (z.B. Spanische Fliege, Exzess Massage-Öl, Magic Fever Body-Balsam, Liebes-Lust-Creme, Paarungs-Gleiter, Erotin-Dragees, Liebeszucker, Energy for Love, Dauer-Bumser-Dragees, Penisex, Wollusttropfen, Hengst, Penis-Kraft-Dragees oder wie sie alle heißen mögen), wenn es ums Erreichen sexueller und paarungsmäßiger Höchstleistung geht.

[9] Was auch Courtneys Biographie hartnäckig oder trotzig verschweigt: nach dieser ersten Nacht der beiden faßte Kurt im totalen Rausch sinnlicher Wollust den Entschluß, seine zukünftige Band ebenso zu nennen, wie das, was ihm in den Sinn kam, als er Courtney zum letzten Mal nahm und dann über ihr zusammenbrach. Liegt es daran, daß Courtney längst eingeschlafen war und sie nichts von seinen Plänen erfahren konnte? Jedenfalls äußerte sich Herr Cobain in mehreren Interviews in diese Richtung.

[10] Auch davon ist in Courtneys Biographie nicht mehr die Rede; sie spricht immer von einer "wilden Hochzeit", mehr nicht, was allerdings den Zustand einer wilden Ehe naheliegend werden läßt.

P O M P E J I

Der Zug rauscht durch eine dunkle, mir fremde Welt. Jetzt endlich glaube ich, daß Träume wahr werden können - manchmal. Jindra schläft, seine Beine überbrücken die Sitze, seine Füße ruhen neben mir.

Jahrelang haben wir auf diesen Augenblick hingearbeitet: Alle Anträge auf Privatreisen haben sie abgelehnt, bis Jindra auf die Idee kam, einen organisierten Ausflug zu bezahlen. Klar, ohne einen Vetter beim Cedok zu haben, bei unserem staatseigenen Reisebüro, kannst du dir sogar eine normale Touristenreise abschminken - mit den paar Bussen, die pro Jahr rausfahren, werden in den Westen überwiegend Rentner exportiert. Vor kurzem haben in Hamburg alle Teilnehmer einer Europa-Rundreise Asyl beantragt, samt Chauffeur. Um den Bus abzuholen, mußte man einen Ersatzfahrer nach Deutschland schicken - einen Mann aus einer uralten Arbeiterfamilie (das sind diese Proleten mit blauem Blut in den Adern). Doch auch von ihm fehlt seitdem jede Spur. Wenn wir in dem Reisebüro nur einen Bekannten hätten...

Wir haben uns nach Feierabend an das Cedok-Gebäude in Ostrava angepirscht und auf ein geeignetes Opfer unter den Angestellten gewartet. Sie war nicht unhübsch - eine Blondine mit kurzem Haar, einem schüchternen Blick, so um die fünfundzwanzig. Wir verfolgten sie bis zu einer Milchbar, dort kippte ihr Jindra einen Milchshake über den Minirock. "Paß auf, du Idiot!" sagte sie. Hektisch putzten wir die hübschen Beine mit unseren Taschentüchern. Sie fing an zu lachen: "Das reicht! Hört auf!" Milchshakes sind dankbare Getränke. Wir konnten sie zum Essen ausführen.

Die erste Woche schickte mich Jindra noch selbst vor das Cedok-Gebäude. Ich sollte sie nach Geschäftsschluß immer abholen. Die Bekanntschaft mußte gepflegt werden. Doch irgendwie verselbständigte sich die ganze Sache. Tanja gefiel mir von Tag zu Tag besser. Und Jindra wurde von Tag zu Tag mißtrauischer. "Heute hole ich sie ab!" sagte er einmal.

"Nein, nein! Mann, willst du sie aufscheuchen?" Ich wartete weiter jeden Abend vor dem Reisebüro. Wie ein Wachhund! Eine Zeitlang war sie nicht übermäßig begeistert, doch nach

Jaromir Konecny

1956 in Prag geb.. Zwei Jahre Gastarbeiter in Libyen. 1982 Emigration in die BRD.
Verö., u.a. in: Die Zeit, Cocksucker, Der Störer, Impressum, dandelion, Journal of Theoretical Biology, Journal of Molecular Evolution.
1995, Fritz-Hüser-Preis des Werkkreises Literatur der Arbeitswelt.

vier Wochen brach ihr Widerstand zusammen. Sie guckte mich müde und traurig an und beantwortete endlich meine Frage mit "Ja". Was blieb ihr auch sonst übrig? Und ich saß in der selbstgebastelten Falle. Ich Blödmann!

Statt wie früher in langen Nächten von Pompeji zu träumen - ach, Pompeji -, hielt mich Jindra jetzt mit seinen Predigten wach. Ich hab' wirklich mit dem Gedanken gespielt, unsere Pläne sausen zu lassen, das Mädchen aus dem Reisebüro zu heiraten und in unserem Ameisenhaufen der roten Königin weiter zu dienen. Jindras Stimme drosch mich aus dem beginnenden Schlaf wie ein unerbittlicher Zugansager: "Wir werden fahren. Tanja muß mit dir Schluß machen. Wenn du Schluß machst, läßt sie uns im Stich."

Dazwischen ein schüchterner Einwurf von mir: "Ich schreib' ihr aus Deutschland 'nen Abschiedsbrief. Dann ist alles scheißegal."

"Ja, spinnst du, Mann? Willst du sie so ausnutzen und ihr dann noch das Herz brechen?" Und dann wieder von vorn: "Wir werden fahren. Tanja muß mit dir..."

Sie versprach, uns eine zweiwöchige Westeuropareise zu organisieren. Wir mußten versprechen, zurückzukehren. Kleines! Alle Schwüre würden wir brechen, um aus diesem Saftladen rauszukommen. Tja, und dann mußte ich noch mein Versprechen an Jindra einhalten, nämlich Tanja vorführen, was für ein Penner ich sei. Ich hab mir fast ein Loch in die Leber gesoffen, jeden Abend eine wilde Nummer auf der Straße vor ihrer Wohnung abgezogen. Einen Monat vor unserer Abreise sagte sie mir: "Roman, wir passen nicht zusammen..." Hat ein Mann je mehr für Pompeji geopfert?

Jetzt muß ich wohl erklären, was diese Pompeji-Geschichte eigentlich soll. Tja, das ist es eben...Pompeji! Ich hatte Jindra...ja, neun Jahre ist es her...in einer Disco kennengelernt - er schlug mir damals bei einer Prügelei einen Zahn aus. Bis jetzt habe ich da eine Lücke. Na, und zwei Jahre später traf ich ihn wieder, als wir beide in Kosice in der Kaserne herummarschierten. Menschenskinder! - Zufälle gibt's...

Als Soldaten unserer sozialistischen Armee mußten wir uns jeden Abend im Fernsehen die Nachrichten anschauen - "politische Erziehung der Mannschaft". Und da haben wir zum erstenmal von Pompeji gehört: In einem kurzen Spot hat man die Hunderte von Jahren von Lava bedeckte Stadt gezeigt - die wunderschönen Bauten, die Statuen, die Wandmalereien - ein Hauch von Vergangenheit. Ja, ein Hauch anderer Zeiten wehte plötzlich durch unser Soldatenzimmer - Traum vom Vergangenen als Alternative zu unserem zukunftsträchtigen Staat... Pompeji wurde zu unserem Stonehenge.

Wir haben uns gleich am nächsten Tag jede Menge Bücher aus der Kasernenbibliothek geholt. Gandhi, der politische Offizier der Mannschaft, freute sich: Endlich fragten wir nicht mehr nach diesem dekadenten Kafka. Gandhi war der größte Idiot in der Kompanie. Jede politische Schulung pflegte er mit einer Schimpftirade gegen Mao Tsetung und die chinesischen Revisionisten zu beenden: "Unsere sowjetischen Brüder hätten schon längst das Ussuri-Problem mit ein paar Atombomben lösen sollen!" So kam der alte Pazifist zu seinem Spitznamen. Aber Pompeji gefiel ihm auch - so viel Asche!

Sieben Jahre später war es endlich so weit. Wir verabschiedeten uns in Ostrava von Tanja. Ich fühlte mich wie ein Verbrecher. Warum kann ich nicht hier mit ihr bleiben? Was sind schon Träume gegen das schöne Leben zu zweit?

Unser Autocar startete in Prag. Vor der Abreise haben wir unsere Bürgerausweise (der böhmische Löwe mit dem sowjetischen Stern überm Kopf) in eine Mülltonne am Bahnhof geworfen. Ein kleiner feierlicher Akt sozusagen. Wer konnte sich schon so was leisten im Sozialismus? Unsere frischen Reisepässe mit westdeutschen Visa darin hatten uns ganz schön übermütig gemacht. Unterwegs zur Grenze bereuten wir freilich unsere Tat: Vielleicht würde ein fleißiger Müllmann noch heute Abend die Ausweise finden und sie bei der Staatspolizei abgeben. Oh Gott, wenn sie uns noch vor der deutschen Grenze abfangen...

Selbstverständlich haben wir die Adressen der Westbekannten irgendwo verloren. Der tschechische Grenzschutz nahm sich eine Stunde lang Jindras Koffer vor. Jeden Augenblick erwarteten wir die Frage: "Und was macht ihr Freund in Frankfurt eigentlich?" Tja, wenn ein Bulle plötzlich mit einem kleinen Zettel in der Hand gewedelt hätte, wäre alles verloren gewesen: Ein paar Schläge mit dem Knüppel und "Ab nach Hause, ihr Elemente!"

Endlich passierten wir die Grenze. Hierüber kann ich wirklich nichts sagen - für dieses Gefühl find' ich einfach keine Worte... Nach sechsundzwanzig Jahren bist du endlich raus aus dem Bunker! Erst jetzt waren wir cool genug, uns die anderen Fahrgäste ein bißchen anzusehen. Wie schon gesagt - lauter Rentner. Die Reise hat zehn Monatslöhne gekostet. Wer kann schon so einen Batzen zusammensparen? Das ist eine Lebensaufgabe! Wie wir an die Knete gekommen sind, ist eine andere lange Geschichte, die werde ich mir jetzt ersparen. Seit mich die Redakteure der Literaturzeitschriften anflehen, ich solle meine Stories kürzer halten, hab' ich keine andere Wahl: Maximal sechs Seiten - mehr ist nicht drin.

Deutschland! Huh! Alle Mitreisenden winkten uns aus den Busfenstern zu, als wir in München ausstiegen und unsere Koffer zu einer Polizeistation schleppten. Wir hatten vor, das nächste Verkehrsmittel zu nehmen und weiter nach Neapel zu reisen, um die Sache mit Pompeji abzuhaken - dann würden wir weiter sehen. Nur ein kleines Gespräch mit den hiesigen Behörden...dachten wir uns. Hoppla! - die haben uns die Pässe abgenommen und uns in ein Sammellager in einem Dorf in Niederbayern gesteckt. Je freier du sein willst, um so wahrscheinlicher ist es, daß sie dich einsperren... Ach, Pompeji! Wie lange noch sollst du auf uns warten? Es wurde genau ein Jahr... Und ich schwöre! Lieber zehn Jahre Sozialismus als ein Jahr in diesem Lager. Aber!...vorbei ist vorbei.

Mit frischem Reiseausweis in der Tasche sieht das Leben wieder ganz hübsch aus. Jetzt noch das Reisegeld verdienen. Wo sonst in Bayern als in einem Biergarten? Wir lieben Klischees. Doch gleich als wir etwas Knete beisammen hatten, schmissen wir die Küchenhilfen-Jobs hin. Nur noch schnell bei Aldi vorbeischauen. Den Rucksack mit Schweinefleischbüchsen à 1,90 DM vollgestopft, machten wir uns auf die Socken. Da konnte nichts mehr schiefgehen.

Und jetzt endlich sitzen wir in dem verdammten Zug. Ich ziehe eine abgegriffene Pompeji-Ansichtskarte aus der

Tasche. Die habe ich mal auf dem Flohmarkt in Ostrava gekauft. Sogar eine Briefmarke ist noch darauf.

Rom! Wir wollen kurz aussteigen und im Vatikan dem Polen (fast ein Landsmann!) die Hand schütteln. Gleich auf dem Bahnsteig klaut jemand Jindras Schlafsack. Und der Pole hat keine Zeit für uns!

In Neapel nachtet es schon bei unserer Ankunft. Wir schlafen am Bahnhof schichtweise. Ich die ersten zwei Stunden, Jindra die nächsten - für uns beide ist der verbliebene Schlafsack zu klein. Die südlichen Nächte scheinen nicht so zu sein, wie es die Reiseprospekte versprechen - saukalt ist es hier! Aber macht nichts: Morgen werden wir endlich Pompeji erleben. Jindra weckt mich. Unwillig krieche ich aus dem Schlafsack, wickle mich in mein winziges Handtuch ein und haue mich auf den kalten Steinboden.

Meine Blase erweist sich noch lästiger als die aufgehende Sonne. Ich flitze auf die Toilette. Es ist für einen Mann (und das bin ich verdammtnochmal!) schon eine Zumutung, nach einer sibirischen Nacht, einen stolzen, nur ins Pissoir gerichteten Strahl zu erzeugen: Ich ziehe die nasse Hose aus, wasche sie und trockne sie unter dem Händetrockner - die Italiener, die hier von Zeit zu Zeit reinspazieren, lachen nur und klopfen mir auf die Schulter. Jindra schläft noch - jetzt ist auch der Rucksack mit den Schweinefleisch-Konserven weg. Es wird mit unserem Cholesterinspiegel doch nicht so arg werden. Dann machen wir eben eine Nikotindiät, wie sie Doktor Marlboro empfiehlt.

Nach Pompeji fahren wir mit einer Art S-Bahn. Und da sind wir. Erst 10 Uhr vormittags, doch hier tummeln sich schon Unmengen von Touristen, Bussen, Autos. Der Pforte unseres Traumparadieses direkt gegenüber liegt ein Cafégarten. Von dort genießen wir die Aussicht auf das gelobte Land. Die bunten Touristen im Café wechseln sich genauso schnell ab, wie unsere Biere nachgeschoben werden. Sieben Jahre haben wir gebraucht, um hierher zu kommen! Ist es nicht irre? Bald werden wir durch die Straßen spazieren, die schon vor Tausenden von Jahren von armen Schweinen aus dem Boden gestampft wurden. Von kleinen armen Schweinen wie uns.

Zeit aufzustehen, Zeit reinzugehen. Aber! - diese Unmengen an Touristen, diese Besucher aus aller Welt! Deutsche, Engländer, Japaner, Amerikaner...Und überall die hochgehaltenen Regenschirme und Stöcke der Reiseführer. Dieses Gedränge! Wir schauen uns an, lange, wir suchen in unseren Augen nach einer Erklärung. Jindra blickt noch mal auf das so ersehnte Panorama und sagt: "Es ist sowieso alles nur ein Haufen Steine..." Wir trinken unser Bier aus und gehen weg.

In der S-Bahn nach Neapel zwitschern überall die italienischen Kinder. Der heutige Ausflug, die Aufregung haben ihre Wangen rot gefärbt - es gibt so viel zu erzählen.

Und was habe ich zu sagen? Leute! Glaubt nicht an Träume! - in uns, tief drinnen, schlummern unheimliche Kräfte, fremde Strategen, die unsere Pläne gnadenlos vereiteln.

Der Vorstadtphilosoph

Hardy Krüger

geb. 1962 in Oldenburg, lebt in braunSCHWEIG!. Schreibt Kurzgeschichten, Romane, Stücke und betätigt sich hin und wieder als Herausgeber. Verschiedene Jobs zum Ausgleich des Mietwucherzins und zur Nahrungs- und Genußmittelbeschaffung. Reisender in Sachen Literatur. Veröffentlichungen in Anthologien und Zeitschriften. Außerdem u.a.: "Göttlicher Met", Fantasyroman (Kaiserslautern 1993); "Meien Woche", Stories (Berlin 1995); "Dilettanten", Kriminalroman (Essen 1996); als Herausgeber "In Deutschland nichts Neues", Antirassismus-Reader (Leutkirch 1992) und "Die sehr verschiedenen Fälle des Privatdetektivs Rick Xaver Morton" Krimi-Anthologie (Essen 1994).

Der Alptraum war Wirklichkeit geworden. "Du sollst nicht soviel denken" hatte ihm jeder Bekannte oder sogenannte Freund geraten.
Aber er hatte sich nicht irre machen lassen und mit dem sogenannten Stammtisch Probleme erötert und diskutiert, an denen sich schon Generationen von Philosophen versucht hatten. Aber nicht nur die großen Probleme aller existierenden Welten waren sein Lieblingsthema gewesen. Gerade und vor allem die kleinen alltäglichen Fragen wollte er mithilfe der Synektik lösen, die leider nach dem fünften Glas Bier in ein von Fremdwörtern wimmelndes, unzusammenhängendes Gestammel überging.
Leute, die ihn kannten, nannten ihn Kopf. In ihren Augen bestand er nicht aus sehr viel mehr, als aus einem ewig denkenden, Probleme wälzenden Kopf, in dem ein Mund eingebaut war, der hin und wieder in der Hitze des Diskurses kleine Speichelbläschen absonderte, die sich, je nach Größe des Zuhörers, entweder in deren Augen oder sonstwo in ihren Gesichtern ablagerten.
Es war nun so, daß er sich bald mit dem Namen Kopf, den ihm die Leute gegeben hatten, abfand. Nein, er fand sich nicht nur damit ab, er veränderte sich, und wurde immer mehr wie sein Name.
Die Menschen kamen anfangs zu ihm, wenn sie einen Ratschlag brauchten, obwohl ihnen natürlich völlig unklar war, woher Kopf sein Wissen haben mochte. Man munkelte aber, daß er alles aus Büchern wußte. Denn wenn er zum Beispiel nach dem 6. Kurzen einen Vortrag über die Schönheit Thailands hielt, hörte ihm niemand mehr zu, weil alle wußten, daß er bis jetzt nie aus der Stadt herausgekommen war.
Als er merkte, daß die Leute sich von ihm abwendeten, einigen war sein Alkoholkonsum mittlerweile unheimlich geworden, anderen ging sein angelesenes Halbwissen, mit dem er, oft ungefragt, um sich peitschte, auf die Nerven, zog er sich seinerseits von den Leuten zurück, in dem festen Glauben, sie seien nicht würdig, seine Erkenntnisse mit ihm zu teilen.
Eines Nachts kam er vom Stammtisch nach Hause, den er mittlerweile mit zwei Spinnern teilte, die es schick fanden, mit

dem niemals lachenden Mann, in dessen Stirn die bohrenden Fragen dieser Welt tiefe Furchen hinterlassen hatten, bis tief in die Nacht zu trinken, und sich gegenseitig die Psyche des Menschen, die Geheimnisse der Chemie und Physik, den einen oder anderen Gott (natürlich kannte Kopf jeden) oder den Aufbau des Weltalls zu erklären. Natürlich kamen sie immer an einen Punkt, wo die Fragen so gewaltig waren, so ungeheuerlich, daß nur der Alkohol helfen konnte, wollten sie nicht den Verstand verlieren.

Als er seine kleine Wohnung erreicht hatte, fühlte Kopf seine Glieder nur noch schwer unter der nach Tabakrauch stinkenden Kleidung. Nur mit der größten Anstrengung konnte er sich ihrer entledigen und kaum hatte Kopfs Kopf die Kissen berührt, fielen ihm schon die Augen zu. Im Traum stritt er sich mit einem ewig grinsenden Jüngling, mit grünen Haaren und schlechten Zähnen. Was für Argumente Kopf auch immer vorbrachte, der junge Mann hatte ein besseres. Erst spät bemerkte Kopf, daß es immer das gleiche war.

Als Kopf sich abwenden wollte, was sonst nicht seine Art war, redete er doch sonst so lange, bis sich die Leute von ihm abwendeten, hielt ihn der Junge am Arm fest und sagte: "Ey, Alter. Fang ma 'n bißchen an zu leben, wa."

Kopfs Kopf schmerzte nicht, als er erwachte. Er war das viele Trinken schon zu sehr gewohnt. Als er die Bettdecke an das Kinn hochziehen wollte, weil er meinte, daß ihm kalt wäre, merkte er, daß er keine Arme mehr hatte. Verwirrt wollte er die Bettdecke heben, um nachzusehen was los war, aber so sehr er sich auch anstrengte - die Decke bewegte sich nicht. Dann drehte er sich heftig herum und fiel aus dem Bett. In dem Spiegel, an der Wand gegenüber, sah Kopf nur seinen Kopf auf dem Teppich liegen.

Nur mit viel Mühe schaffte Kopf den Weg vom Schlafzimmer in das Bad. Eigentlich wollte er sich übergeben. Aber da er keinen Magen mehr hatte, ging das natürlich nicht. Auch hätte er große Schwierigkeiten gehabt, die Kloschüssel zu erreichen. Auf halben Weg bog er ab, robbte mit dem auf und zu klappenden Kinn in die Küche, und schwang sich, mit den Zähnen an einem herabhängenden Handtuch klammernd, auf den

Küchentisch. Es hätte nicht viel gefehlt, und er wäre durch den etwas zu kräftigen Schwung auf der anderen Seite wieder heruntergerollt. Aber die Kaffeemaschine bremste ihn.
Kopf dachte über seine Situation nach und versuchte sie dialektisch zu analysieren.
Nach Stunden kam er zu dem Schluß, daß er die Wahrheit wohl akzeptieren mußte. Mehr noch, er wurde langsam stolz auf sich. Er hatte es geschafft, sich vom überflüssigen Ballast seines Körpers zu trennen. Triviale Dinge, wie Essen und Trinken waren für ihn nun kein Thema mehr. Er konnte sich ganz dem eigentlichen Zweck seines Daseins widmen. Endlich war er glücklich, und grinste.

Das Furzgedicht

DAS FURZGEDICHT

Du mein
Seligmachender
Süßlicher,

Du mein
Scheißlicher
Gestank
Bist ein Gedicht.

DAS DHARMA-LAMM

Stan Lafleur

zu den äquinoktialwenden zumeist 186 cm in der vertikalen. kam aus der vergangenheit, geht in die zukunft & hält sich dabei in der gegenwart auf. zahlreiche weitgehend fehlgeschlagene versuche zur überwindung von raum & zeit & diesen dingen.
kann sehr viel trinken, ohne hinzufallen. bewegt sich nachts behender als tags. diverse jobs & phasenanwandlungen.

in einer mulde lag versteckt das letzte lamm & sie nahmen es heraus, öffneten es bei lebendigem leib, schnitzten einen trichter in den rücken & puhlten das mark heraus, um aus der weichen zahmen masse neue menschen zu formen. während das schaf pulsierte & blökte, griffen sie nach den eingeweiden. ulrike sagte: "es gibt auch böse schafe." die anderen schauten sie respektvoll an. sie war die einzige in der association, die agrikulturelle erfahrung mitbrachte. das lamm selbst hatte sowas noch nie erlebt. viele der inneren organe waren nicht mehr brauchbar, im magen fand sich eine aufgeschlitzte, angesengte & mit hack & gemüse gefüllte barbiepuppe, die offensichtlich in der mikrowelle zubereitet worden war. sie besaß eine platine, was darauf hindeutete, daß sie früher einmal "spiel-mit-mir" sagen konnte. hinter ihr saß ein makrobiotischer dichter, der angewidert war, ohne es zugeben zu wollen, & sprach gleichförmig plätschernd, in einer art gutturalem singsang: "ich gehe dann mehr so - ich laufe dann da so rein - zwei bis drei machen sex - einer fällt & verdirbt & schießt ein foto - taugen schnappschüsse als souvenirs? - in den bestiarien schwappen die wurzelmundquallen wie lemminginversionen an den strand - bedeuten vorübergehendes - ufer...wozu ufer? - es ist wie durch einkaufsstraßen joggen - es gibt alles nix her - plüschverklappte ansichten - aquarellierter tod im winter - mit dem bewußten unterschied zwischen grinsen & raunen - in die welt..." sie ließen sich nicht auf das geschwätz ein & griffen weiterhin heraus, was sie vorfanden, legten es auf einen gemeinschaftlich bestimmten ort, den sie den haufen oder auch den abraum nannten. die koketterie der lammöffner wuchs & wurde grenzenlos, in bögen zu einem netzwerk ohne horizont gespannt, das kleine intervallartige boten, die ihre impulse in laute umsetzen konnten, befuhren. so entwickelte sich ein schamloses morsesystem, das auf allerlei notwendigkeiten hinwies. als sie fertig waren, klappten sie das lamm um & ließen es gemächlich angehen. sie hatten genug getan, soviel war klar. erst als ihnen das blut meterhoch in den augen stand, sahen sie rot. doch da war der größte teil von ihnen bereits weggespült.

SOUNDCHECK & ELISA

Im staubigen Hinterhof der Stadt
duftet es nach Sandelholz
& der süßliche Sound
vergangener Tage
wird zwischen bunten Tüchern
& Rastablicken
die kein Joint mehr trüben kann
auf totgesilberten schwarzen Scheiben verramscht
alles easy, man

& deine Seele schminkt
sich mit dem cayalgewandeten
Bernsteinen deiner Augen
& zwischen all dem muffigen Kitsch
der in seiner sterbenden
welkenden faltigen Blüte
mehr Leben birgt als die
balsamgeglättete Faust des Commerz
Zwischen all dem Kitsch entdecke
ich für eine lumpige Mark das
Buch einer dänischen Journalistin
namens Suzanne Brogger
die u.a. in Vietnam gearbeitet hat
& behauptet, Monogamie
sei der Kanibalismus unserer Zeit
& Henry Miller meint im Klappentext
seit Rabelais habe er nichts Kühneres gelesen
gut, denke ich & weiß nicht
auf was ich mich einlasse
aber für eine Mark...
& überhaupt sind dies die
Hinweise, die zu picken ich liebe
wenn ich durch den Materiepark von Tante Zeit
marschiere

GrIngo Lahr

* 26.05.1970 in Leverkusen; Bass-Spieler in versch. Rock-Kapellen; schreibt Stories & Gedichte seit 1989; Veröffentlichungen im Manana-Verlag sowie in div. Literaturzeitschriften & SubLit-FanZines; Buchbeiträge; Lesungen. Herausgeber des Literaturbriefs "LAHR LIT-LETTER" (vormals Quarter-Lahr); gelernter Diplom-Verwaltungswirt, jobbt beim Sozialamt.

...& eine Frau wie dich in meinem
unscheinbaren Auto zu kutschieren
kommt einer Gnade gleich
die ich nicht mit schalen Komplimenten zu
entweihen gedenke
(also halt' ich lieber die Klappe)
& nachdem ich dich später deinem
Schlaf überlassen habe
wogt auf sanften, durchädernden
Streicherwellen der graue
trockene 16°-Abend das
Verglimmen des Sommers ein
& ich begegne in den Straßen des QL
einer rassigen eleganten Südamerikanerin
& als sich unsere Augen treffen & in
Sekundenkammern Wissen gebären
wenden sich unsere Blicke nicht
voneinander, sondern
lächeln verschwörerisch
Ob's den goldbehangenen Seidenschnäuzer neben
ihr schert, daß ich
ab & an mein Gesicht in ihren
Schoß wühle
& bei gedämpftem Businesslicht
allerhand weiche sanfte & schlierige
Dinge zwischen unseren Körpern & den
Zuneigungsräumen unserer Seelen
geschehen
Ein Rhythmus zwischen Comtess & Junker
mit wenig Worten
ein duftender praller samtener Rasseherzschlag
jenseits der 40 mit dem
drahtigen Körper einer
20jährigen
& einem ausladenden Latinohintern
& in ihrem Schoß trieb ich die
Zeit meiner Audienz zu einer Ballade hoch
ohne daß gerade sie mich arm gemacht hätte

nun den Schrank zu ihrer Seite kümmerts wenig
denn das Gold an seinem trainierten Körper
finanzieren ich & meine Mitfreier
& so schreiten wir lächelnd & wissend & atmend
aneinander vorbei in den bunten
rauschenden Neonschein von
Nichtigkeit & falschem Getöse
die Materie gewordenen Scherze neckischer Bälger

& durchs Fenster vom Luxor
seh ich Randy Hansen
beim Soundcheck zu
wie er verhalten mit seinem
stirnbandgeflankten
Haarschopf auf der Bühne wirbelt
& er spielt wirklich nicht
schlecht Gitarre
muß er auch
wenn er sich für Jimi Hendrix
hält
Ich strolche weiter
muß morgen früh raus
& ins Büro
& auf dem Sozialamt Kettenhund
spielen für den
Jackpot
der Reichen

Die kleine Kunst, sich den Makel der Jugend zum Nutzen zu machen.

Hartmuth Malorny

"1959 in Wuppertal geboren, kurze Jugend, diverse Jobs, und seit 7 Jahren Tram-Driver in Dortmund. Brandneuer Gedichtband im Ariel-Verlag: Bewegungen im Untergrund. Keine Frauen, wenig Geld und 'ne Menge Perspektiven. Lebt noch."

„Dein Vater liegt vorne am Spielplatz“, sagte unser Nachbar stockend zu mir an der Haustür, und er hielt sich mit seiner gewaltigen Schlagseite am Lebensbaum im Vorgarten fest.
„Ich hab ihn einfach nicht hochgekriegt“, meinte er und bog einen Ast als Stützhilfe für sich zurecht, der ihn zur Straße balancierte, von wo er auf seine Haustür zutorkelte. Wen oder was hat er nicht hochgekriegt?, fragte ich mich, seinen Schwanz oder meinen Alten, denn ich war als 13jähriger einiges gewohnt.
Mein Bruder und ich machten uns dann auf den Weg und wollten Müllabfuhr spielen, so wie wir es schon oft getan hatten.
Das Neue an dieser Situation war die Tatsache, daß wir ihn erst noch suchen mußten. Normalerweise schaffte er es nach Hause, und wir stellten ihm jedesmal Schnaps hin, bis ihm der Kopf auf den Küchentisch knallte, und wenn er endlich eingeschlafen war, konnten wir ihn ausmisten: Meine Mutter bekam die Scheine, und wir begnügten uns mit dem Hartgeld, und anschließend schleppten wir unseren Alten nach oben ins Bett, und durften ebenfalls beruhigt schlafen gehen.
Es war spannender als die Tagesschau, wenn er bis zu diesem Zeitpunkt nicht da war: Ist er angetrunken? Betrunken oder volltrunken, so daß ihn der Taxifahrer vor der Haustür ablud?
Na ja, diesmal gingen wir ihn suchen. Am Spielplatz (es war Sommer und erst 19 Uhr) sahen wir einen uns bekannten Mantel neben der Parkbank liegen, in dem, so vermuteten wir, unser Alter steckte. Also nahmen wir den Mantel und was darin war und trugen es zu unserem Haus.
Die Gardine im Wohnzimmer des Nachbarn bewegte sich. Drinnen, in der Hälfte des Mantels, die auf meinen Schultern lastete, bewegte sich auch etwas, und mein Bruder flüsterte mir zu, daß wir diesmal mit dem Ausmisten als erste dran seien.
Meine Mutter öffnete uns die Tür und lamentierte unter vorgehaltener Hand: „Die Nachbarn, seid leise, was sollen die denken?“
„Einer“, sagte ich mit normaler Lautstärke, „einer jedenfalls hat ‘ne Menge mit sich und seiner Frau zu tun.“
Wir legten das Bündel direkt oben im Bett ab, und während es mir von den Schultern rutschte, faßte ich in die rechte Manteltasche und bekam einen Geldschein zwischen die Finger.

So wie meinem Alten damals, sollte es mir selbst noch öfter ergehen, doch an diesem Abend wurde ich einmal im Leben Millionär, und der Hundertmarkschein brannte die ganze Nacht wie ein Höllenfeuer unter meinem Kopfkissen.

In einer Nacht

In einer Nacht,
in der die Stille deinen Kopf sprengt,
in einer Nacht von Sonntag auf Montag.
Die Besoffenen bleiben aus, die Irren eingesperrt,
der letzte Peso war vor Stunden vertrunken.
Eine schwarze, verlotterte Katze hetzt über die leere Straße.
Ein bewegendes Schweigen herrscht in der Stadt.
Drüben, auf der anderen Seite, brennt noch in einigen Zimmern Licht.
Ein kurzer Fick, ein letztes Glas, und dann rückt der Zeiger unaufhörlich nach rechts.
Schließlich schlafen sie ein.
Verschwitzte Körper in lausige Bettlaken gehüllt, und nur der warme Arsch daneben, den man eben noch mit hitzigen Stößen malträtiert hat, schützt vor der Dunkelheit.
Langsam züngeln die Kobras am Fußende empor, gönnen dir den Schlaf nicht und gleiten gleichmäßig nach oben.
Nebenbei scheißt ein Nilpferd in dein Bett und du wälzt dich im klebrigen Kot.
Dann tauchen die Messerstecher auf, wilde Hunde und Frauen mit großen Brüsten versammeln sich bei dir.
In dieser Nacht haben sie Ausgang, und die größte Hure aller Zeiten spreizt ihre trockene Möse vor deinem Gesicht.
Weit und breit kein Geschehnis, das sie zurücktreibt.
Jeder wirft seine Granate, feuert seine Salve aus dem MG, und jeder genießt die Macht über deine Träume.
Sie belagern den roten Knopf und lieben und lecken, scheißen und fressen in deiner Bude, und du fragst dich wie sie alle hier reingekommen sind.
Kurz bevor du dein Sperma entlädst, kurz bevor der weißhaarige Gringo den Abzug betätigt und kurz bevor sich alles zum Guten oder Schlechten wendet, schellt der Wecker.
Plötzlich sind alle verschwunden, und wenn du neben einem warmen Arsch eingeschlafen bist und wenn du Glück hast, ist wenigstens dieser noch da.
In solch einer Nacht gibt es aber auch welche, die nur ihren eigenen Arsch retten wollen, über eben genau so eine Nacht hinweg.

Text Titel kurz vor Schluß

Mattis Manzel

1960 in Berlin geboren. Musikstudium (Kontrabaß). 1985-89 Bassist der Post-Punk-Hippie-Band "The Rubbermind Revenge". 1993/94 Stipendium auf Schloß Solitude, Stuttgart; Gründung des Hiphop-Jazz-Core-Trios "Der Pulk". 1991 verlegt der Berliner Gatza-Verlag Manzels Erzählungen "Zwei Seemänner sitzen in Barcelona und essen einen Albatros", und 1995 erschien bei Ammann, Zürich, das Roman-Debut "Peinlich"; weitere Prosa- und Bühnentexte in der Edition Solitude, Stuttgart; Literaturstipendium der Stadt Esslingen.

Gewisse gesundheitswahnmäßige Ansätze, Gemüse zu fressen wie ein Geisteskranker, bewirkten... - insbesondere Salat, weil der wenig Arbeit macht: angebrannter Reis mit Salat - das Zeug gärte halt vor sich hin, und ich konnte stramm was wegfurzen dieser Tage. Auch während meiner Rückfahrt in die heimische Zone gemäßigter Breite. Die verschiedenen Autofähren, durch deren Bugklappen ich einfuhr, um irgendwelche Öre und Sunde zu überqueren, waren mit Reihen von Liegesesseln ausgestattet: und so wartete der gemeine Ostseefährgast dann wie gelähmt vor sich hin, von wegen der vollkommen überflüssigen Rekord-Fährkatastrophe unweit und nur zwei Tage zuvor. Erst war's mir ja peinlich, es war doch ziemlich voll und man saß so dicht beieinander, dann dieser andauernde kollektive Anfall mentaler Hochseekrankheit: die Ostsee war zwar nach dem großen Sturm mittlerweile wieder spiegelblank, doch >>Mamma, ich lebe!<< hauchte die Headline des nordischen Boulevardblatts, bekloppte Warterei jedenfalls, und da kam's mir halt: Zacko! - und auf stand er. Ging wohl raus die Rettungsboote zählen. Ich hab dann aus lauter Scham bzw. Todesangst oder aus Langeweile oder aus beidem, ja wahrscheinlich aus beidem, Todesangst und Langeweile, diese Geschichte aufgeschrieben: >>Schweden wegfurzen<< sollte sie eigentlich heißen, aber das geht ja nicht, weil das alles vorwegnehmen würde. Deshalb heißt sie jetzt >>Text, Titel kurz vor Schluß<<, was nicht witzig ist. Weiß ich. Ist nicht alles witzig auf der Welt.

Newbie, Wein und Troubleshooter

Grobilyn Marlowe
*1970. Wohnhaft in Dortmund, Student, Packer und Mitarbeiter der Bochumer / Dortmunder Obdachlosenzs. BODO.
1996 erster Einzelband "Die dunkle Seite eines Hippies", Robsie Richter Verlag und Baby "Licia", Familienproduktion.
Steht voll auf die Heidi Tripp Band.

Ein letztes Mal küßte ich Olympia, tütete sie ein und packte sie wehmütig in die hinterste Ecke des Kleiderschrankes. Eigentliich hatte sie es verdient, das kriminelle Biest. Wieviel kuriose Perversionen hatten wir in manch' weingetränkter Nacht zusammen ersonnen, wieviel Verbrechen waren ihr in den Jahren vor mir durch den Kopf gegangen? Ich hatte ihr Sex gegeben, ihren Körper mit sirrenden Fingerspitzen gestreichelt, dem sanften, aber steten, bluttreibenden Rhythmus gelauscht, den wir gemeinsam erzeugten, in den Nächten des delirierten Trübsals. Freilich war ich manchmal über ihr eingeschlafen, was aber nie an ihr, sondern immer an dem Zeugs, das sie in den Wein mischen, gelegen haben mußte.
Jetzt begrub ich sie unter schmutzigen Unterhosen und stinkenden Socken, die alte Polizeischreibmaschine meines Opas, denn Cousin Josh brauchte allen Platz auf meinem Schreibtisch, um den neuen Rechner zu installieren. Irgendwann war mir einfach die blöde Tipp-Ex-Kleberei gehörig auf den Sack gegangen.
"Du entschuldigst", wischte Josh mit einem Handstreich einen Stapel Titanics, U-Comix und persönlicher Manuskripte von der Platte.
Dann verkabelte er alles und mit einem bleep sprang der Bildschirm an.
"So, damit kannst du bald deine Stories formatieren, korrigieren, tabellieren, speichern, Studentenausweise fälschen und ganze Romane auf 'ner Diskette verschicken. Du bist soeben in die Zukunft eingetreten, Alter."
"Hm, fühl mich schon wie Kirk", beobachtete ich skeptisch, wie er nach und nach Disketten in den Schlitz steckte und mysteriöse Anweisungen tippte. Ich hatte das Gefühl den old style zu verlieren, den ich gerade mal erschnuppert hatte. Die paar Stories, die ich in Anthologien und Undergroundgazetten losgeworden war, hatte ich alle auf meiner Schreibmaschine gehämmert. Und hinterher zusammenkopiert. Ein Schriftsteller mit einem Computer war ungefähr wie Luther Allison auf 'nem Technotrip oder Paul Bocuse mit 'ner Mikrowelle, obwohl der eh nur Glibber kocht.
"Tja, die Realität macht eben nicht halt", schob Josh die

Mouse auf dem Filz rum.
"Im Unterschied zur Wirklichkeit", warf ich ein.
"Wie meinst du das?"
"Während in der Realität ständig zwischen Möglichkeit und Notwendigkeit unterschieden werden muß, liegt die Wirklichkeit auf der faulen Haut und tut so, als ob sie das alles nichts angeht."
"Na, wie gut, daß dein Cousin Informatikstudent ist und dir die Möglichkeit zur Notwendigkeit offenbart hat, du verschlunzter Möchtegern-Schriftsteller."
"Hm, das ist dann wohl die rauhe Wirklichkeit im Seienden, sag mal, kannste mir auch noch Doom in den Rechner laden? Du weißt doch, dieses Ballerspiel..."
"Ich dachte, du wolltest ein reines Textverarbeitungsprogramm?"
"Naja, wenn mal die Inspiration fehlt."
"Soso, also ich möchte nicht die Kosten der Entziehungskur zahlen, wenn du drauf bist. Und das geht ratzfatz."
Es klingelte und der Pizzabote stand mit zwei Luxuspizzen samt einer Tüte Weidmann-Bierdosen vor meiner Tür. Wenn Josh erstmal einen leichten im Kahn und die Spinat-Gorgonzola-Brokkoli-Pizza im Magen hatte, würde er mich schon in die Geheimnisse düsterer Labyrinthe und höllischer Außerirdischer einweihen. Er hatte eine ganze Kiste schwarz kopierter Disketten dabei. Seit er Informatik studierte, war er zu einem Computerkretin sondergleichen mutiert, in seinem Kellerzimmer wimmelte es von wichtig aussehenden schwarzen Kästen mit blinkenden Lichtern, Konsolen und Druckern. Irgendwie hatte er die Möglichkeit gefunden, von seinem Heimatrechner über das Telefonnetz mit Zeitverzögerung sich selbst anzurufen. Das ganze ging einmal um die Welt, kostete ihn keinen Pfennig und war natürlich illegal, und das lustigste, anscheinend auch völlig sinnlos.
"Hör mal Josh", raunte ich ihn nach dem vierten Bier an, "ich weiß, du steckst im Geschäft, irgendwie machst du dick Kohle, sonst könntest du dir die ganzen Apparate doch gar nicht leisten. Verrat doch deinem arbeitsscheuen Lieblingscousin mal ein paar faule Tricks, meinetwegen wie ich mein Konto ein

wenig aufstocken könnte, oder die Telefonrechnung manipulieren oder so."
"Also du bräuchtest erstmal ein Modem, um überhaupt in line zu sein, dann wärst du ein newbie, sozusagen drauf, aber nicht drin", knackte er die nächste Dose. "Damit du als user des internet on line kommst, brauchst du Informationen, die dich auf die verschlungenen Pfade des globalen Dorfes führen. Dann wärst du ein natty, also drauf und vor allem dran."
"Wenn einer solche Informationen hat, dann du."
"Sicher, aber das ist alles Kinderkram. Die dicke Platte mache ich im Moment mit meinem Labtop."
"Du meinst diesen aufklappbaren Aktenkoffercomputer, was machst du damit, Lottozahlen voraussagen, persönliche Horoskope erstellen?"
"Zeig ich dir noch, ist so 'ne Art mobile
Fälschungsangelegenheit. Ist noch Bier da? Was schreibste eigentlich für'n Zeugs?"
"Ach, was mir gerade so einfällt."

Zwei Tage später saßen wir in seinem rostigen Golf und fuhren zu einem Bombengeschäft.
"3000 Laschen in 'ner Viertelstunde. Und die Software, mit der ich arbeite, kommt direkt aus der Ukraine. Schau dir genau an, wie ich's mache. Die paar Drähte kann ein Baby anschrauben. Hauptsache, die Befehlschronologie stimmt."
"Sind die Befehle etwa auf kyrillisch?"
"Nein, die Russen benutzen mittlerweile alle KeyBGRs, deutsche Tastaturen. Die Wagen, die sie verschieben, kommen ja schließlich auch aus Deutschland."
"Du meinst, wir werden gleich 'ne geklaute Karre durch die Gegend chauffieren?"
"Cool down, Newbie. Die Patienten, die ich mit meinem Köfferchen behandel, sind gecleaned. Ziemlich sauber und sehr lange geschrubbt. Neue Papiere, Fahrgestellnummer, etc. Und Onkel Josh gibt ihnen den letzten Schliff. Macht sie koscher, gibt ihnen den nötigen Schub Verjüngung, der sie wieder an die Spitze der S-Klasse katapultiert. Das ganze absolut seriös."

Der Typ, der uns in einem verfallenem Vorort-Garagenhof empfing, hatte den unsteten Blick eines amphetaminschwangeren Wichtigtuers, trug Nadelstreifen, der noch aus der wilden Zeit seines Vaters stammen mußte und sah alles andere als seriös aus. Josh und ich gaben artig die Hand, folgten ihm zum rostigsten Blechtor von allen und traten in ein eigenwillig tapeziertes, nach Öl riechendes Gemäuer, in dem ein feister, schwarzer BMW stand. Jemand mußte die Monatsgirls von Jahrzehnten und aus mindestens fünfzig verschiedenen Wichsblättern an die Wände der Garage gepappt haben. Gespreiztes, Befeuchtetes und Ordinäres. Selbst die Decke war vollgekleistert. Ich fühlte mich in einen dreidimensionalen Autokalender der untersten Mittelklasse versetzt.
"Der Besitzer von dem Stall ist Heavy Metal Musiker, hähä", lachte der Typ und zeigte auf die Karre, "und das Baby hier", streichelte er einen Kotflügel, "bräuchte eine Substraktion von 20.000."
"Alles klar", antwortete Josh und kletterte mit seinem Köfferchen auf den Fahrersitz, ich hockte mich daneben. Tatsächlich fast genau eine Viertelstunde später hatte er den computergesteuerten Tacho um 20.000 km runtergeschraubt und die Codierungsnummer auf die neuen Fahrzeugpapiere abgestimmt. Ich hatte mir alles genau angesehen. Hier ein bißchen Plastik abschrauben, da einen Draht anklemmen, ein paar Befehle, ganz einfach. Sein Labtop übernahm leise summend den Rest. Nadelstreifen mußte sich derweil an der blankpolierten Motorhaube zu schaffen gemacht haben. Als wir aus der Karre stiegen, stachen drei unterarmlange Lines weißlichen Pulvers aus dem Schwarz des Lackes.
"Gönnen wir uns doch was!" feixte der feine Herr händereibend, während ich auf den Boden spuckte. Der sah aus, als gehörte er genau zu den Typen, die ich schon immer quer hatte. Eine verlogene Mischung aus abgewrackten CDU-Politiker, Metzger, Schulhofdealer und Zuhälter. Und dann die miesen Kratzer auf dem Lack.
"Laß lieber die Platte rüberwachsen", zeigte sich Josh ebenso unbeeindruckt.
"Äh", nervöses und goldrandbebrilltes Nasengequetsche, "das

Geld rücken die erst raus, wenn ich die Kiste abliefere."
"Suck, suck, suck, suck, suck!!" imitierte Josh Beavies oder Butthead. "Wenn du uns leimen willst, Arschloch, dann mach dich auf was gefaßt. Wir hatten Barbezahlung vereinbart."
Doch Nadelstreifen war wieder ganz cool.
"Ein kleines Transferproblem, weiter nichts. Regt euch nicht auf, Jungs. Lockern wir uns erstmal", schwenkte er hypnotisch einen gerollten Hunderter unter unseren Nasen.

"Scheiße, hoffentlich haut der uns nicht ab", sagte Josh hinter das Lenkrad seiner Schrottkarre geklemmt, "ich hab' heut noch 'ne Verabredung."
Der BMW verwandelte sich in ein schwaches Leuchten, das sich irgendwann in Scheinheiligkeit auflöste. Aber Josh war gut drauf, hielt an einer Tankstelle, ließ sich das Telefon geben und mir eine Flasche Schraubwein.
"Micha?" fragte er in den Hörer. "Könntest da mal Sysoperator für mich spielen? Ich glaub 'n Troubleshooter hat mich gelinkt."
Dann öffnete Josh sein Köfferchen, klinkte den Telefonhörer unter den staunenden Augen des Tankwarts in eine Art Saugnapf neben der Tastatur und tippte, was das Zeug hielt.
Der Wein schmeckte nach den Kirschlippen-Kaugummicharme einer zu kurz gekommenen Kneipenhure, während sich ein Geschmack wie Waschpulver unsere Rachen hinabseilte. Die Straße ein einziges, windiges Aufblitzen von reflektierenden Rehwarnungsschildern, und Josh rief mit zugehaltenen Augen:
"Das Leben, die Liebe und der ganze Rest wollen mich verbrennen, doch ich bin aus Asbest."
"Guck nach vorne, du Idiot!" schrie ich und schon kamen wir von der Landstraße ab und bretterten durch Unterholz wie ein Mähdrescher auf Kerosin. Äste und Büsche peitschten aus der Dunkelheit gegen die Windschutzscheibe, Steine und Baumstümpfe versuchten uns von unten zu schlitzen, während irgendein Rotwild wie in Zeitlupe an meinem Seitenfenster vorbeiflog und einen Schwall Blut auf die Scheibe spuckte. Endlich kam die Karre rumpelnd zum Stehen. Josh hielt sich immer noch die Augen zu.

"Wow, murmelte er, "hat geklappt!"
Ich nahm einen tiefen Schluck Wein und konnte es nicht fassen. Jeglicher klarer Gedanke hatte sich anscheinend von ihm verabschiedet.
"So", sagte er, "den Rest gehen wir zu Fuß. Dreihundert Meter hinter diesem Unterholz muß sich ein altes Gehöft befinden, das einzige an der ganzen Landstraße. Hab ich über Internet erfahren. Entweder der Sack kassiert da gerade die Knete ab, oder ich mach künftig aus Kacke kleine Zwerge."
Der Sack war nirgends zu sehen, dafür der BMW. Er stand in einer offenen Scheune, die von dem Gestrüpp, in dem wir uns befanden, durch ein ca. 30 Meter breiten Streifen Kornfeld getrennt war.
"Woran schreibst du eigentlich gerade?" fragte Josh und ließ ein paar Äste zurückschnappen.
"Da gibts so 'ne Ausschreibung zum Thema "Computer, Realität und Literatur". Fällt dir dazu was ein?"
"Dazu fällt mir nur Chaos ein."
"Hm, und was machen wir jetzt?"
"Gucken, ob der Troubleshooter für uns nochmal den Lack zerkratzt."
"Haben die Jungs Schießeisen?"
"In einer Storie von dir hätten sie vermutlich welche...?"
"Na logo", antwortete ich und steckte mir eine an.
"Bist du bescheuert? Mach das Ding aus, was meinst du, warum ich im Gebüsch geparkt hab? Dies ist eine verdeckte Operation."
Kurz darauf robbten wir durch die Ähren des Feldes und hofften, keine Krähen aufzustören. Wir bemühten uns vergeblich. Plötzlich war da dieses Rohr. Hinter dem Rohr befand sich ein Abzug, ein Gewehrkolben und eine schwarzgelockte Frau in Kampfweste, die aussah wie aus einem Werbefilm für Survival-Training im Tiefsauerland. Die Frau fragte:
"Hallo, auch auf Entenjagd?"
"Nein", antwortete ich vom Boden. "Wir haben unser Geld verloren."
"Genau", richtete sich Josh auf, "und zwar dreitausend Laschen."

"Schnauze und leg dich wieder hin", stieß sie Josh den Lauf in den Magen. "Solche Typen kenn ich. Ihr seid sicher die Strolche vom Frauenholz. Hasso, komm her. Hasso, bei Frauchen!"
Ich hörte Hasso durch die Ähren preschen. Er schien direkt auf mich zuzufliegen. Sein Hecheln wurde bedrohlich, ich vermeinte schon den Schaum seiner Lefzen auf meinem Gesicht zu spüren, da durchschnitt der unnatürliche Todesschrei eines Tieres die Nachtluft, ein kurzer, schriller, quäkender Ton, und neben mir stoben Federn auf. Anscheinend hatte der Köter eine Ente gekillt. Die Frau war einen Augenblick abgelenkt, Josh sprang auf und schlug ihr seinen Labtop unters Kinn, sie knallte hintenüber und ballerte vor Schreck in Richtung Scheune. Keine zwei Sekunden später explodierte die untergestellte Limousine. Sie hatte volle Kanüle in den Tank getroffen. Die Scheune brannte lodernd, der BMW glühte aus, der Hund begann zu jaulen und mir fiel ein, daß ich meine Flasche Schraubwein im Auto vergessen hatte.
"Josh", rief ich, "laß uns abhauen. Ich hab noch Wein im Auto."
"Okay, das hier ist alles sowieso nicht wahr", hob Josh abwehrend die Hände.
"Warum?"
"Ich hab so 'n Gefühl, als ob ich in 'ner komischen Storie von dir wär."
"Aha, hätten sich dann nicht zumindest Realität und Literatur vermischt? Und wenn man das alles mit Computer aufschreibt...", grübelte ich trockenen Mundes, "hätte ich alle drei Anforderungen der Ausschreibung "Computer, Realität und Literatur."
"Und in Wirklichkeit würden die Leser die Geschichte für völlig an den Haaren herbeigezogen halten", zeigte mir Josh zuhause einen Vogel. "Von wegen plötzlich in 'ne Storie reinrutschen und so. Zu comicmäßig. Aber sei beruhigt, ich hab dir jetzt Doom auf die Festplatte gebannt, du Ballerfreak, nur die Startdiskette laden und killen. Übrigens hervorragend, die Pizza. So, du weißt Bescheid. Immer schön die Fenster anklicken und wenn's Probleme gibt, einfach anrufen. Wegen der Sache mit dem Telefonkartenbetrug melde ich mich dann", verabschiedete sich Josh.

Doom interessierte mich erstmal nicht. Ich holte meine Flasche Schraubwein aus dem Kühlschrank, nahm ein für besondere Zwecke Glas mit Goldrand aus dem Schrank, goß es voll, legte Chopins "Nocturnes" in den CD-Player und hockte mich vor die Tastatur, um meine neuen Arbeitsbedingungen auszutesten. Computer, Realität, Literatur, tja, was für 'ne mistige Themenvorgabe. Da fiel mir nix zu ein. Ich tippte ein paar unmotivierte Sätze, rollte mir eine Kippe und da passierte es: Mein Ellbogen stieß unvorsichtigerweise gegen das Weinglas für besondere Gelegenheiten und der gute König Artus schwappte rot in die Tasten. Plötzlich spielten die Zeichen auf dem Bildschirm verrückt, erst erschienen Buchstaben, die ich gar nicht schreiben wollte, dann wurde plötzlich alles rückwärtslaufend gelöscht, und ich riß entnervt den Stecker aus der Wand.

Erst als ich meine alte Olympia wieder aus dem Schrank gekramt hatte, fühlte ich mich einigermaßen in die Wirklichkeit zurückversetzt, schrieb ein Schmähgedicht gegen Weingläser in der Nähe von Computertastaturen, überklebte manche Passagen wieder und beschloß beim Schreiben fortan nur noch aus der Flasche zu trinken, die konnte man besser festhalten beim Umfallen.

aus:
Die dunkle Seite eines Hippies - 23 Stories von Grobilyn Marlowe
ISBN 3-9803027-6-8, Kopfzerschmettern Medien 1007

KUß

KUß KUß KUß KUß

Catherine
Meusburger

Geburt: 7.1.1978 in Innsbruck, Österreich. Lebt seit 1983 in Heidelberg. 1984-96 Gymnasium. Zukunft: in Freiburg Physik studieren. Erste Veröffentlichungen in TRYSTERO, Heidelberg.

Wie ein zäher Belag hafteten die Wolken über der Stadt, schwer, unbewegt erstickten die Farben in ihrem stumpfen Grau; und alle Dinge wurden flach, spalteten sich in harte Gefüge scharfumrissener Flächen.
Als es Abend wurde, hörte ich die Kinder aus ihren Ecken kriechen, auf Nahrungssuche durch die Räume huschen. Ihre Gesichter schimmerten bläulich im flackernden Licht der Fernseher. Manchmal tanzte ich zu der Melodie ihrer leisen Schreie vor der Dunkelheit, lachend, denn ich wußte, daß sich ihre Gesichter gierig in die bereitgestellten Essensreste wühlen würden, tief in die Freßnäpfe eintauchend. Eine Weile noch lauschte ich dem schabenden Geräusch, mit dem sie ihre Körper an den Wänden rieben, die Stille des verlassenen Hauses überdeckten, bis sie sich wieder hinter die zersplitterten Möbel duckten, um dort die Nacht zu erwarten.

In einem anderen Raum waren Freunde zusammengekommen, in deren Kleiderfalten schon die Schatten hingen. Enger rückten sie zusammen, drückten sich an die Wände, bis sie mit ihnen verschmolzen - unbewegliche, schwarze Ausstülpungen bröckelnder Mauern, ihre Gesichter glatte Hüllen. Dann und wann stand einer von ihnen auf, um in schweren, schleppenden Schritten den Raum zu durchqueren, hin und zurück, bis er die Sinnlosigkeit, die darin lag, einsah und wieder zu Boden glitt. Einige der Freunde hatten unterdessen begonnen, eine weiche Zuneigung zu verspüren, klebrig, eine überreife Frucht mit dem aufdringlichen, goldenen Glanz verborgener Fäulnis.

"Sie tun es nur aus Langeweile", dachte ich, "man fürchtet die Stille und wartet daher auf den Kampf der Worte, bemüht sich, anregende Gedanken in der Leere zu finden." Mein Blick trieb zu Z., deren Hände mit gleichbleibendem Druck Mörtelstücke zu feinem Staub zerrieben. Immer wieder ging dabei über ihr Gesicht ein nervöses Zucken, doch ihre Augen blieben unbeweglich, dunkel, spiegelten nichts als die Lichtstrahlen - grelle verborgene Blitze, hart das Dämmerlicht durchstoßend.

Langsam begannen die Worte zu fallen, sanft zuerst, wenn sie sich von den Mündern lösten, dann schwer niedersinkend, jedes ein harter Block im Raum, durchdrungen von kühler Anstrengung, das zuletzt Gesagte beiseite zu drängen. Ideen rieben sich aneinander wie starke Tiere; tastend traten sie ins Gespräch, um dann heftig vorzustoßen, schlugen genießerisch Löcher in fremde Gedankengebäude. Ein feines Schnalzen der Finger folgte, wenn einer unter der Last der Angriffe zusammenzuckte, das Zerren spürte und hastig versuchte, seine Unterlegenheit zu verbergen.

"Man muß sich versichern, daß es ein schöner Abend wird", fiel mir ein; "Beteuerungen vor sich selbst anstellen, die beruhigen und überzeugen wie ein Schlaflied", und eine falsche Seligkeit erfaßte mein Denken. Doch die Anspannung legte sich wie ein Ring um uns, jede Minute enger, nahm den bedeutungsvollen Blicken ihren Inhalt, ließ Gesten in ganz unnützem Gefuchtel verebben.
"Laßt uns gehen", schrie ich, "es wird schon dunkel."

Türen öffneten und schlossen sich, Menschen peitschten vorüber, der Sog der Straße erfaßte uns. Unter dem Dröhnen der Schritte, dem Stimmgewirr, schaukelten spielerisch unsere Hände, warteten darauf präzise, ineinanderzugreifen, als festes Schloß einzurasten. Jeder war ängstlich bemüht, eine gute Position zu erlangen, wußte, daß es zu spät sein würde, wenn sich die Gruppe verdichtete. Starr würde sie dem Aufprall standhalten, gestützt von einem stabilen Gerüst, unaufbrechbar, sobald sie sich geschlossen hatte. Wir kannten den Schmerz der Verbindungslosigkeit, das hilflose Anrennen gegen unsichtbare Verstrebungen, und ahnten, daß nichts bliebe als ein Strecken der Mundwinkel, ein unbefangenes Lachen, als ahne man nichts, wenn sich die Sekunden stauten, alles von neuem vergeudet worden war. Ich suchte Z. in der Menge: "Was man auch tut, es wird in dieser Situation zur Lächerlichkeit", ging es mir durch den Kopf, "ein vergeblicher Versuch zu verbergen, zu handeln, als denke man in anderen Kategorien; ja, als sei das alles einem ganz fremd.

Man fürchtet ihre Verachtung, das Mitleid, und alle Sinne schärfen sich für das leise Anzeichen von Spott."

Wie weiche Münder begannen sich die Straßen vor uns zu öffnen, warm und düster, tiefe Gräben zwischen den Hauswänden, und besinnungslos stürzten wir uns hinein. Weit oben schwankten die Dächer, berührten sich fast, aufeinanderzustürzend, um dann wieder auseinanderzutaumeln; und unten trieben Grüppchen von Menschen aneinander vorbei, türmten sich wie Eisschollen. Kalt wurden Zurufe hinundhergestoßen, man klopfte sich auf die Schultern, spann biegsame Netze neuer Bekanntschaften. Gelegentlich warf ich ein hartes Lachen in die Fenster der Häuser, spürte, wie es sich in einem scharfen Schmerz von den Lippen löste. Immer schneller strömten wir dahin, ohne einzuhalten, rissen lustig an vereinzelten Spaziergängern, trieben sie vor uns her, um ihre unbestimmte Furcht zu genießen.

"Ihre Einsamkeit steigt beißend in ihnen auf", dachte ich, "eine klare, giftige Flüssigkeit, wie Benzin, bis dann die ersten Flammen hervorzüngeln, alles in einem warmen, roten Feuer explodiert, das die Umstehenden begeistert. Beifall wird auf sie niederbrechen wie das das Knacken kleiner Zweige im Herd.

Leuchtreklamen starren wie böse Augen aus der Ferne auf uns nieder. Ich bemerkte, daß Z. sich losgerissen hatte. Einen Moment sah ich ihr Gesicht an einer Straßenecke schimmern; hell leuchtete es unter einer Laterne auf, verschwand dann in einem Hauseingang, und ich versuchte ihr zu folgen - weiter, durch finstere, verschmutzte Hallen, Keller unter zerfallenden Häuserblöcken, aus denen wirre, abgehackte Musik dröhnte. Man fiel in einen Tanz, ein heftiges Trampeln, daß sich monoton durch die Nacht wälzte. Immer neue Versuche des Entkommens, während sich die Körper weiter wiegten, wie Ähren im Wind einander streiften, sich rieben. Weich gaben die Niedergefallenen nach, zerstoßen von unseren hämmernden Füßen, und ihre Bilder wichen schnell im saugenden Bann der Eindrücke.

Plötzlich stand Z. vor mir, ruckartig aus dem zuckenden Licht tauchend, dann festgebrannt, erstarrt in der Bewegung, und eine warme, gekrümmte Hand schlang sich um meine, begann mit den Fingern zu spielen. Es zog uns hinaus in das Labyrinth der Steine, wo Menschen lauernd aus vorbeifahrenden Autos starrten, mit verkniffenen Gesichtern grelle Scheinwerfer auf uns richteten.

"Ich hatte einen Traum", begann ich, "in dem ich an einem grünen schäumenden Meer stand, hoch auf den Klippen. Es war neblig, und ich konnte nur schemenhaft erkennen, was geschah. es näherten sich Leute, zuerst nur fernes Poltern, dann so nah, daß ich sie fast sehen konnte. Ihre Körper waren zusammengesetzt aus Metallteilen und rötlichem Fleisch. Obwohl mir ihre Bewegungen vertraut schienen, wußte ich nicht, wer sie waren, denn als Gesichter hatten sie große, glänzende Platten. Ich versuchte auf gut Glück einige von ihnen zu küssen, und sie begannen sich ins Wasser zu stürzen. Ganz allein blieb ich zurück, während am Himmel brennende, schwarze Fetzen aufstiegen, einfielen wie Schwärme von Insekten."

Z. schwieg, und unter lastendem Schweigen gingen wir weiter, bis wir an einer Wiese standen, umrahmt von Bäumen, die sich ächzend hin und her bogen, zum Zerbrechen gespannt. Ihre Zweige peitschten scharf in den Himmel. Kalt, weißlich stand Z.s Gesicht vor mir, geglättet im giftigen Glimmen des Grases. Ihre Haare wehten im Wind, pendelten sinnlos hin und her, lange Fäden, stumpf, als sich Z.s Mund zum Kuß bog. Die Lippen berührten sich, und ich begann Z. zu streicheln - eine müde, wischende Bewegung, die ein leises Kratzen auf der Haut erzeugte.

Der 'gute Ton' der RICHTIGE ist selten

"Und immer wenn ich diese Melodie höre,
zerbricht ein bißchen mehr in mir."
(Frei nach Tom Waits)

Jeder kennt diese Melodie.
Bei vielen ist sie die gleiche,
zum Beispiel jener Klang von Worten,
die etwas anderes sagen,
als sie meinen.
Das Problem ist nur,
wenn ein Anfänger niemals seine Gitarre stimmt,
kann er keinen schrägen von einem richtigen Ton unterscheiden.
Der Mensch gelangt an einen Punkt,
nachdem kein neuer Satz beginnt.

Irgendwann steht er dann
an der Lehn-Theke
eines alten Bahnhofs-Kiosks,
die beschlagenen Fenster klirren im Rahmen
und die Oberfläche seines Plastikbecher-Kaffees kräuselt sich,
wenn ein Zug über ihn hinwegdonnert.

Eine Hand stützt den Kopf,
während die andere nicht weiß,
ob sie zur Zigarette
oder zum Jägermeister greifen soll.

Zitternd,
die Beine weich,
das flaue Gefühl eines 7-Uhr-30-Magens,
hektischer Blick
mit der Angst
in der Vergangenheit
den richtigen Ton
nicht erkannt zu haben.

Thorsten
Nesch

*1968 in Solingen (Soll da keiner behaupten, man hätte die Flammen nicht voraussehen können!). Ausbildung zum Sozialversicherungs angestellten, Zivildienst, Studium abgebrochen, Jobs als Kellner, Pizzataxifahrer, Rhetorikdozent und Statist bei TV & Film & Leben, z.Z. freier Journalist, K.I.Medien & Radio Leverkusen. 1992 Gründung des Manana-Verlags. Das Buch zu den Filmen und über das Filmen abseits staatlicher Filmförderung. Mit den Original-Drehbüchern zu: GERMAN FRIED MOVIE & BARSCHEL-MORD IN GENF.

aus: BIZARIA GERMANIA

ISBN 3-929177-48-X

Gypt gypt

Alex Nitsche

geboren 72 in Cottbus / kindheit im saalkreis & in halle/s.
gärtner / erzieher / alleskünstler / herausgeber der reihe BiblioViel und der Heulsuse - Journal für Xerografikkunst & zeitgenössische Literatur / macht bücher / druckt & dichtet / moderiert mit HEL das berliner OpenMike /

Gregory schöpft wasser im sumpf. Dort hüppen
die frösche so schön. Gregory hat gläser mit
deckel für sie. Sammelt frosch ein für frosch.
Sortiert. Selektiert. Sicheren blicks. Schicke
unken. Schmale kröten. Fast fünfzig - sagt Gregory.
Gregorys gegend heißt Tschernobylsumpf. Lurche in
massen zerpflügen das moor. Achtbeinfroschmonster.
Mutationsmolch. Riesenmaul. Doppelschwanz.
Ganzkörperaugen. Viele farben haben seine frösche.
Fünfzig gläser klimpern im gammligen regal. Schau
- sagt Greg - ganz blau der dort fast rot auch gelb
mit punkten. Unken aller colör.
Krischan ist auch da. Krischan sammelt kälber.
Doppelkopfkühe. Sechsbeinrinder. Offne bäuche
beine wie säulen. Acht stück stammelt Krischans
kuhsammlung ist berühmt wie im fernsehen war er oft.
Krischan forscht nicht. Krischan hat spaß.
Gregory lacht über frösche.
Doktor Schiwago kommt. Schwankt vom Wodka. Der
hat kinder zuhause.

gypt

Die Stadt der Suchenden

Wir verließen die Wohnung und gingen die Admiral-Hartmann-Straße hinunter. Baustellen säumten wie Maulwurfshügel die Straßen, doch die Architektur wirkte syphig und auf eine funktionale Weise schlicht tot. Menschen krochen durch das Ambiente wie Gerippe über ein gewaltiges H.G.Giger-Relief. Fast beschlich einen das Gefühl, auf festgelatschter Asche zu gehen, über ein Massengrab zu wandeln.
Bestimmt gehörte dieser Stadtteil zu den weniger attraktiven Wohngegenden. Die Häßlichkeit vierspuriger Autostraßen, gewaltiger Hochhäuser, kurz, die gesammelte Häßlichkeit großer Städte offenbarte sich hier in archetypischer Reinheit. Mein Gefühl, ich sei in eine befremdende Welt geworfen, verstärkte sich beim Anblick dieser Straßen. Vereinzelt huschten Gestalten vorüber, sie blickten starr zur Erde oder demonstrativ woanders hin. Jeder Blickkontakt konnte fehlgedeutet werden und Aggressionen auslösen.
"Wie ists dir gegangen?" fragte ich Kittekat.
"Ach je..bei den Fun-Punkern wurde es mir schnell zu fade. Die haben sich fast nur für ihre Motorräder interessiert. Oft sprang einer von ihnen mitten im Frühstück auf, kickte seine Maschine an, gab ein paarmal Gas im Leerlauf, nur um den dröhnenden Klang zu hören, dann schaltete er den Motor wieder ab, setzte sich und aß weiter. Völlig bescheuerte Typen! Nach drei Nächten bin ich da dann weg und in eine Disco. Dort habe ich eine Braut mit reichen Eltern aufgerissen. Bei der habe ich zwei Wochen gewohnt. Sie lebte in einer Eigentumswohnung in Schöneberg. Wir haben ständig gefickt, Sekt in der Badewanne gesoffen, und am Wochenende sind wir raus zu ihrem Pferd gefahren. Naja, sie hatte einen festen Freund, der verreist war. Als er zurückkam, warf sie mich raus. Ich bin wieder in eine Disco gegangen. Dort habe ich eine neue Frau mit einem kleinen Sohn kennengelernt. Der ist fünf Jahre alt. Bei der Frau wohne ich jetzt. Manchmal gehe ich mit ihrem Sohn ins Kino oder in die Kneipe...Weißt du, er will immer Billard spielen. Aber ist noch so klein, er kann kaum über den Tisch hinweggucken...Einmal kam der Kneipenbesitzer und hatte Schiß, der Kleine würde mit dem Queue den Filz ruinieren. Da mußte ich den dann beruhigen."

Thomas Nöske

geboren 1969 in Bottrop, aufgewachsen in Göttingen, lebt zur Zeit in Ost-Berlin/Friedrichshain. In den frühen 90er Jahren erlangte die von Nöske herausgegebene Literatur- und Collagen-Gazette "HoKaHe" (aus dem Indianischen: ein guter Tag zu sterben) mit nur wenigen Ausgaben Kultstatus.
Das Berliner Triumphirat Henze, Dahlmeyer und Nöske gründeten den Szene-Verlag DEAD MONKEY und veranstalteten die ersten SOCIAL-BEAT-Literatur-Festivals 93 und 94 in Berlin, Prenzlauerberg.
Die Erzählung "Mein Leben mit Kittekat" ist sein Debut als Buch-Autor.

Kittekat lachte wie über einen Witz, dessen Komik fremden Menschen verborgen blieb. Doch ich begriff sehr gut das Lustige dieser kleinen Geschichte. Wie er da so neben mir entlangschlenderte, dachte ich unvermittelt, daß Kit wohl genauso an mir hängen mußte wie ich an ihm gehangen hatte; ein Gedanke, der mir neu und vertraut zugleich vorkam.
Langsam kam der Frühling näher. Nach jedem überstandenen Winter hatte ich das Gefühl, in meinem Leben einen Schritt vorangekommen zu sein. Bald würde die Sommerhitze die Menschen in kurze Hosen und T-Shirts treiben, und wie jedes Jahr würde auch dieses Jahr die BILD-Zeitung die Schlagzeile bringen: "Busengrabscher-Alarm im Freibad!" Diese Schlagzeile ist natürlich unsinnig, das Wort Alarm erinnert an Sirenen und paßt irgendwie überhaupt nicht. Zudem hatte ich das Gefühl, diese Schlagzeile würde jedes Jahr zum selben Tag gedruckt werden, jedes Jahr am 17. Juli oder 17. August, glaube ich, Juli, August, leider kann ichs nicht genau sagen, weil ich so schlampig bin und jedes Jahr vergesse, wenigstens einmal eine Bild-Zeitung aufzubewahren. Doch: Selbst wenn es mir gelänge, was würde die BILD-Zeitung beweisen? Oder hätte ich sie nicht eh, wenn die zwölf Monate vergangen und ich bestätigt oder widerlegt wäre, ins Altpapier gegeben - wie Winston Smith die korrigierten Times' in die Gedankenlöcher?
Bei Tage jagten die Menschen durch die Straßen wie durch Schützengräben. Der Himmel wurde durch die Parallelen der Hausdächer zu einem blauen Streifen, ein Wasserkanal mit betonierten Ufer. Der Ostteil der Stadt war ein einziges Grau in Grau. Nur vereinzelt traf man auf Orte, an denen so etwas wie Leben stattfand. Also konnte man nur hoffen, daß Phoenix aus der Asche emporkäme. Meistens jedoch erstickten Funken schon im Staub. Und dort, wo die freie Marktwirtschaft ihre Pflanzen durch den Asphalt stoßen ließ, leuchteten bunte Neonschilder am abgewrackten Stein. Einsame Parolen verhießen Glück. Dazwischen soffen sich die Trinker ihre Gesichter rot. Wir liefen durch einen der ärmeren Stadtteile dieser europäischen Großstadt, und bald würde er den Slums einer asiatischen Metropole näher sein, als wir es jetzt für möglich hielten.

Wir bogen vom Borschojie-Platz in die Braunschweiger Allee ein, und es war, als hätte ein Mediziner ihr voraussichtliches Sterbedatum bekanntgegeben. Nun feierten Punks mit bescheidenem Budget letzte Totenmessen. Während in den Spitzen der Wirtschaft die Manager an Simulatoren trainierten und der Flügelschlag eines Schmetterlings in Tokio ein Haus umfallen läßt, übte sich die Jugend im Überlebenskampf. Manchmal zerstachen lächelnde Blicke den Dunst wie Lanzen. Der Mensch taucht auf aus dunklen Ozeanen an die Oberfläche. Als fahre ein Blitz in die Hölle, leuchtet die Stadt dann für Sekunden (das war der Punkt, an dem der Schutzschild durchbrochen werden konnte), und in den Seelen der Suchenden verglimmte dieser Augenblick wieder in schmerzvoller Ewigkeit. Nahrung für weitere Unrast auf dem Schlachtfeld moderner Städte.

aus: "Mein Leben mit Kittekat"

ISBN 3-9804214-0-6

LANGWEILER MIT HANG ZUM ZEITLOCH

Sir OFF

Geb. im Jahr des Herrn 1967. Vorkoster einer braunschweiger Imbißkette; nebenbei als Leprakranker bei Hochzeiten und Familienfeiern tätig. Verfasser diverser Standardwerke zu den Themen: 'Brauchtumspflege des körperlichen Verfalls', 'Silberfisch-Zucht' sowie 'Ehehygiene in der Eisenzeit'. Traktor Tscheljabinsk-Anhänger.

Jeden Tag dasselbe Programm
zum Dealer rennen
oder zum Supermarkt
zwei Gramm Heroin, 'nen Klumpen Shit
oder 'ne Literflasche Feuerwasser - extra stark
'ne handvoll Ecstasy oder 'nen Beutel Koks
und dann ab nach Hause
die Zeit im Rausch verleben
vorm Fernseher einen kiffen
oder Sätze denken
die das Hirn verkleben
die Angst mit Alk erschrecken
und totgebor'ne Pläne schmieden
oder ab in die Nacht
mit den anderen Autisten
nach Lebensfunken suchen
Zwerge auf Plateausohlen, die sich gegenseitig Lügen in die Ärsche blasen
Zombies, die Reisen in die Gegend buchen, wo man das Wort Erinnerung nicht kennt.

Ja, jeden Tag dasselbe Programm - dieselben Sorgen, Nöte, Plagen
und immer das Festhalten an der einen Sicherheit
die Droge, den Schnaps, die Medizin
in den Magen
und ab geht's in die verschwommene Zeit
keine Veränderung im Ablauf
keine Bewegung im Gehirn
und auf allem der Stempel
antibürgerlich
du nennst sie Outlaws, Rebellen,
Sucher, die den Regenbogen jagen
Ich find
man kann auch
Spießer sagen

SPIESSER

LEIBEIGENE DER MODERNE

Die Scheinmenschen
mit den Schakalgesichtern
die alten Freunde
denen nach und nach die Zeit ausgeht
die ohne Luft zu holen
Gedankenbrei
absondern
die armen Schweine
für die du nur noch Nebel bist
weil ihnen das Pulver die Ohren
die Herzen verstopft
das Gesicht nur noch Nase
das Gehirn zerlöchert
wie ein Panzerwrack
sitzen sie dir gegenüber
suhlen sich im Rausch
absoluter Gefühlslosigkeit und
vermeintlicher Allmacht
und bemerken gar nicht
daß sie längst
einem Sklavenhalter gehören
einem Sklavenhalter
dessen Gier
erst dann befriedigt ist
wenn er neben dem Körper
auch die Seele besitzt

EINEM SKLAVENHALTER
GEHOEREN
einem Sklavenhalter
dessen Gier
erst dann befriedigt ist
wenn er neben dem Körper
auch die Seele besitzt

Mother Drug

Alper Öncül

Geboren 12.12.66 in Istanbul, Türkei. Aufgewachsen im Kino Deutschland, lebt in Ludwigsburg. Beruf: Toningenieur, arbeitet als freier Beleuchter an der Stuttgarter Oper. Die Liebe: der Film; 35-16-8 mm, freier Filmemacher. Experimentalist bei "The Love Group", Saxophonist und Schlagwerk.

Es war Freitagabend und wir saßen bei Musi an der Wasserpfeife. Für die Christen war heute Weihnachten und wir sahen Jesus im Fernseher.
Recep und Can unterhielten sich über Brigitte Bardots Titten. Sie zerpflückten sie und brachten sie zum Orgasmus, zur Ekstase, bis sie freiwillig für beide auf den Strich ging.
Musi war in die untere Wohnung gezogen, die geräumiger war. Die Oma, die hier gelebt hatte, war im Bett gestorben, vor ein paar Wochen. Sie war sehr alt und einsam gewesen und als sie starb, kümmerte sich niemand darum. Ihre Sachen wurden in einen Container geworfen, und einiges davon behielt Musi für sich. Eine schöne Pendeluhr, die bestimmt hundert Jahre alt war, und noch viele kleine Erinnerungsstücke der Oma.
Musi dachte über sein Schlafzimmer nach, während er das Kokain zerhackte.
Er hatte ein neues Schlafzimmer gekauft, daß einem Liebes-Chateau glich, mit eingebautem Radio. Das Bett war so groß, das er die Tür nicht aufbrachte. Durch einen Spalt mußte er sich ins Zimmer würgen.
An diesem Tag erzählte meine Mutter, daß der Nachbarjunge Kadir, der ein Loch im Herzen hatte, in der Heimat gestorben ist. Als Kinder spielten wir immer zusammen Murmeln, und beschmissen die Jungs von den anderen Straßen, wenn sie durch unsere gehen wollten. Oft schlugen wir uns in schon recht blutigen Straßenschlachten mit Stock und Schleuder.
Ich hatte ihn schon lange nicht mehr gesehen; Jahre. Er konnte durch sein Leiden nicht körperlich arbeiten, also arbeitete er mit Geld. Er verlieh es an Spieler in privaten Spielhöllen.
Es klingelte.
Musi erschrickt, stellt die Pfeife vom Tisch, räumt das Koka weg.
Es klopft an der Tür.
Musi steht auf und schaut aus dem Fenster, geht zur Tür und öffnet sie.
Recep und Can sind mit Brigitte beschäftigt. Sie übertrumpfen sich in ihren Phantasien, feilschen mit Imperien, die ihnen nicht gehören. Amigo kommt ins Zimmer, begrüßt uns, setzt sich auf den Schaukelstuhl und lächelt. Er ist sehr zerstreut und nervös,

reibt sich die Handflächen. Er ist blaß im Gesicht.
Musi kommt ins Zimmer, packt das Kokain wieder auf den Tisch und holt die Pfeife hervor.
Amigo greift sich das Ding und zündet es mit einem Streichholz an, zieht tief und tiefer. Er lächelt, während er den weißen Rauch ausatmet, hustet, lehnt sich zufrieden in den Stuhl und wippt. Seine Blicke haben sich verändert, der Wahn ist in ihn geschlichen.
Ich frage ihn, wie es ihm geht, er nickt und sagt gut. Er spricht kaum deutsch, dadurch ist es für uns sehr schwer, einen Dialog mit ihm zu führen. Er sitzt da und ist ein Teil von uns, lacht, wenn wir lachen, und frischt die Wasserpfeife auf.
Amigo wohnt ein Stockwerk tiefer und er hat außer Musi keinen Freund, keinen Verwandten, keine Arbeit, und die geliebte Frau ist auf und davon mit dem Kind.
Sie hatte ihn von der Heimat weggelockt und ihn in den schweren Zeiten im Stich gelassen. Seine Schwiegereltern, die im Nachbarhaus wohnten, ignorierten ihn, wollten ihn noch nie, seine Religion hatte er getauscht, um es ihnen ja recht zu tun. Die Frau war weg mit einem anderen, in ein anderes Land.
Amigo, so nannten wir ihn, den Kalabrier, der bei seiner Großmutter aufgewachsen war. Sie muß ihn aus dem Haus gescheucht haben. Jetzt ist sie tot, und Vater und Mutter hatte er nie gesehen. Amigo verfiel den Drogen in der Einsamkeit, heimlich schluckte er Pillen und anderes Zeug.
Wir sahen es, aber wir konnten ihm nicht helfen, vielleicht wollten wir gar nicht.
Musi reicht den Spiegel mit den Straßen, meine heißt U 47, U, wie U-Bahn.
Ich hasse dieses Zeug, es macht mich immer so melancholisch, reißt die Wunden in mir auf, und weckt das Vergangene, Bild für Bild.
Can denkt laut darüber nach, wieso Jesus keine Frau bei den Jüngern hatte.
Recep meint, sie würden nur Unglück bringen.
Musi bringt eine Trommel und spielt. Er sagt: "Vergeßt heute die Frauen, mein Kind haben sie gestohlen und die Falten in mein junges Gesicht gezogen. Vergeßt heute eure Frauen, heute ist

Weihnachten." Er steht auf und tanzt zu seinen Trommeln.
Wir sind Moslems und feiern heute mit Amigo das Fest der Christen, in Solidarität mit Jesus.
Amigo lacht wie ein verstörtes Kind, sucht die Nähe von Musi und hält sich an seinem Arm.
Can witzt über das Bild, spottet sie Pärchen.
Wir beschließen einen Solidaritätsmarsch mit Trommel und Geige für Jesus.
Es ist dunkel und kalt, es schneit in dicken Flocken.
Ich schreibe in den Schnee mit warmem Urin meinen Namen, Alp. Die Fenster öffnen sich, Menschen schauen auf uns herab und schimpfen, was der Krach denn an Heiligabend soll.
Wir fordern sie auf, im Namen Jesu mit uns zu gehen, im Glauben an die Wiedergeburt.
Sie lachen, und ihnen ist der Weg zu weit, schimpfen Blasphemie und leeren Wasser aus der Höhe.
Wir gehen bei Bekannten und sogenannten Freunden vorbei, doch ihnen ist der Weg auch zu weit, wir ihnen unheimlich, peinlich.
Während ich die Geige weinend spiele, klopft Musi den schweren Rhythmus.
Amigo hält sich an Musis Jacke wie ein Kind, das sich im Licht des Dunklen verliert. Er lächelt und es hat den Anschein, daß er glücklich ist.
Recep hat nasse Füße, er schreit seinen Wunsch nach Sonne, nach Meer, nach schwarzen Frauen, die mit ihren Lippen die Männlichkeit saugen, so daß man ihn nicht mehr sieht. Er setzt sich in den Schnee und rollt einen Joint.
Musi und ich bekommen uns in die Haare, er zeigt mir seine geschwollene Hand vom Spielen.
Wir hechten uns aufeinander und seifen uns ein. Amigo lacht.
Wir nehmen ihn an den Händen und Füßen, schleudern ihn in einen großen Schneehaufen, stellen ihn auf und formen ihn mit Pappschnee zu einer Skulptur.
Recep der Nimmersatte zerschmeißt die Glühbirnen von dem Tannenbaum, der die Nacht erhellt.
Wir beobachten Amigo, er steht immer noch als Skulptur da.
Wir bombardieren ihn mit Schneebällen, aber er rührt sich

nicht.
Musi wischt ihm Schnee vom Gesicht. Amigo weint, umarmt ihn und weint.
Ein tiefes Mitgefühl überkommt uns, machtlos stehen wir da und so manche Träne schwillt im Auge. Wir setzen uns alle zusammen im Kreis auf die Straße und rauchen traurig einen Joint, bis die Kleider durchnäßt sind und die Nase läuft.
Recep und Can beschließen, heim zu ihren Familien zu gehen, in das warme Bett ihrer Frauen zu liegen, ihnen den Unsinn von heute abend zu erzählen.
Wir bleiben noch, und gehen weiter.
Wir steigen den Hügel hinauf und schauen über die Stadt, die in den Schlaf ging und wie der Tag erwacht. Setzen uns auf eine Bank, mit wartenden Blicken in den Himmel, daß eine Sternschnuppe fällt.
Wir leben, und schweren Atems rauchen wir den Joint, während Amigo zwischen uns in seinem Schmerz einsam seinen Körper verläßt.

steck deinen kopf ins gedicht!

Rayl Patzak

erster schriller Schrei 1971 (O-Ton Geburtsurkunde) in München. Performance Poet, Quasselstrippe, Slam-Moderator und Tatar-Gourmet. Diverse Jobs als Bettenmacher, Buchhändler, Mülltrenner, Kulturjournalist und Party-Veranstalter. Studiert in München Amerikanistik & Germanistik. Veröffentlichungen: "Andere Fenster", "5773 Worte wie ein Sprung in die Menge", "Wordcore" (Audio-Tape).

steyl

morgens im klapperraum aufzuwachen

die verwühlung

der gestern - gedichte im matschkopf

zu spüren

ein mächtiges SLAM!

richtung waschbecken zum schrey zu erheben

und das ausrufezeychen pfeylgleych

vom spiegel abprallen zu sehen

das zurück in deinen nachtschloddermund eintaucht

welch ein wecker:

morgensex mit dem rufzeychen!!!

gottchen, das leben ist bitterleycht

wenn die augen geschlossen sind

und die roten feuerwehrsirenen

in deine wortbrände jaulen

die du mit ver-rap-tem grüntee löschst

Es stimmt. DER TOD ist immer lästig

Markus Peters

geb. 1965, Journalist für TV und Hörfunk, zwei Einzeltitel.

Es ist Sommer und kein Taxi fährt. Ich wache auf und bin ein Held. Ich wache auf und bin Cowboy, Bruder. Sie haben die Wachen gewechselt. Die Ertrinkenden hören uns. Es ist Zeit für ihre Andacht.

Wir sind wütend und glücklich. Wir achten auf gute Presse. Das ist legitim. Ganz recht Bruder, Afrika liegt irgendwo da unten. Ich ging nach Kairo und stellte mich den Behörden. Ich ging nach Westen und starb nicht.

Der Fluß ist breit und grau. Regen auf Straßen und Palästen. Die Verliebten immer noch in den Tavernen. Die Bars und diese verfluchte Mariachi-Musik. Und erst das Meer Bruder. Schon haben wir das notwendige Szenario. Die Concierge nickt wissend. Sie ist anspruchslos. Aber ihr Mann tägt sein Messer offen. Seine Tochter kriegt zehn Vorhänge, wenn sie sich morgens wäscht. am Brunnen, im Hof, ihre Haut so weiß. Du weißt wovon ich rede Bruder. Du reklamierst niemals. Du bleibst immer nüchtern. Trotz Liebe, Freiheit und anderen Visionen. Deine Immunität macht eifersüchtig. Schlag Deine Mutter. Schwängere Deine Töchter Bruder. Schmück Dich mit abgemeldeten Autos. Und einem Hotel in Griechenland.

Du versuchst nicht ernst genommen zu werden. Zerkratzt sind Deine Hände. Wie die „Blonde on Blonde“ vom Flohmarkt. Und Dein Rücken. Ich beneide Dich Bruder. Deine Geliebte rein und schwanger. Meine Geliebte mächtig und müde. Morgen öffne ich die Adern. Du darfst dabei sein Bruder. Noch trage ich Bart. Und die U-Bahn ist eine große gelbe Raupe. Jeden Monat frißt sie zwei von uns. Mein Gesicht bunt wie ein Kirchenfenster. Dein Gesicht zu schwarz für einen Vergleich.

Ich löse den Haushalt auf.
Mehr bleibt nicht zu tun.
Mein Bruder ist fort.

Späte RACHE

Jorge Petersen

heißt im wahren Leben Ulli Meyer Degering. Geboren 1964 in Freiburg/Breisgau und ab 1967 in Braunschweig tätig. Unverheiratet, abgebrochenes Studium, gescheiterte Beziehungen; 2 unveröffentlichte Romane, Texter und Hundehasser mit Bißverletzungen.

"Hallo?" sagte Jutta Fröse in die Sprechmuschel. "Wer spricht?"

"Ist ein Mann bei dir? Bist du allein?"

Erschrocken starrte sie den Hörer an und wollte schon wieder auflegen, aber irgend etwas lenkte ihre Hand.

"Ich erkenne ihre Stimme", sagte sie zögernd. "Ich hab sie irgendwo schon mal gehört..."

"Ganz genau, denn ich bin's: Frido!"

Jutta erschrak heftig. "Aber wie kann das sein? Ich dachte, du..."

"Falsch geraten!" kroch es eiskalt durch die Leitung.

"Aber..."

"Ich hab mich verpißt."

"Dann - wo bist du jetzt?"

Frido lachte grimmig.

"Ich steh in der Telefonzelle vorm Haus - ich komm jetzt rauf!"

Jutta Fröse wurde ganz anders. Aufgeregt stammelte sie:

"Ooooh, mach dir bloß keine Umstände, Frido! Ich komm ganz gut allein zurecht zur Zeit."

Ein Moment des Schweigens, dann Frido, todernst:

"Warum hast du mich das Treppenhaus hinuntergetreten?"

"Wie bitte, WAS sagst du?"

"Du hast mich geschlagen und an der kurzen Leine geführt, Jutta, du hast mir schlechtes Essen aus billigen Konserven serviert, und dann mußte ich sogar noch zusehen, wie du mit deinen Typen... zusammenlagst! Weißt du selbst DAS nicht mehr, hast du alles vergessen? Glaubst du, ich hatte KEINE Gefühle dabei?!"

"Halt SOFORT die Schnauze, Frido, du hast überhaupt kein Recht!" wurde Jutta ausfallend.

"Weil du mich behandelt hast wie den letzten..."

"Jaaa, jaaa, jaaa, ich weiß genau, was du sagen willst - aber vergiß EINS nie: ich hab dich bei mir aufgenommen und durchgefüttert, als kein Mensch überhaupt was mit dir zu tun haben wollte, weil du so HÄSSLICH bist! Du hattest es nie anders verdient! Nur ICH hatte ein Herz für dich!"

"Ein Herz? Dann - dann hast du mich WIRKLICH - geliebt?"

"So einen wie dich kann man nicht lieben, Frido, schneid dir erstmal die Haare und wasch dich, du Dreckschwein, ich RIECH dich doch bis hierher!" sagte Jutta zornig und bereute es nicht.

"Wie - wie kannst du nur - so grausam zu mir sein?" stotterte Frido, seine dunklen Augen liefen flackernd an.

"Grausam?! Weil ich dich nicht ein einziges Mal an mich herangelassen hab?"

"Weil du's dir NIE getraut hast!"

"Weißt du, Frido, ich hab schon Dinge hinter mir, da schlackern dir lang die Ohren."

Aber Frido lachte nur grimmig.

"Erzähl mir doch nichts, Jutta, ich hab so viele Jahre mit dir zusammengelebt, ich kenn dich genau, und da ist mir NICHTS entgangen, Baby! Du blendest nur!"

"Ach, und du meinst, ich hätte nicht ein einziges Mal mit Tränen an dich zurückgedacht, ich hätte dich nie vermißt, du undankbares Geschöpf?!"

"Wahrscheinlich, als es keinen Zuschauer gab, wenn deine Typen dich...liebten..."

"Ich war in Gedanken öfter bei dir, als du es dir JE vorstellen könntest, du Kleinhirn, du widerlicher GARTENZWERG!"

Fridos Atem stockte, er rang heftig nach Luft.

"Nenn mich NIE wieder so! Du weißt genau: ich HASSE es!" röchelte er in die Sprechmuschel, aber Jutta hatte Blut geleckt.

"Was willst du WINZLING eigentlich von mir?!"

"Noch EIN Wort, du - du - du willst es doch nicht anders!"

"Und wenn es denn so wäre?!"

"Ich find dich zum...!! Rrrrrrrr, dein rüdes Verhalten stößt mich ab!

Rrrrrrrr, ich zerfetz dich in der Luft!!"

"Bastard!"

"Du Miststück, rrrrrrrrrrrrrrrr! Wenn du wüßtest..."

"Wie du's dir immer vorgestellt hast?"

"JAJAJAAAA! Ganz genau!! Rrrrrrr! RRRRRRRR! Ich komm jetzt rauf, Fröse, und dann REISS ich dich in Stücke!!!" brüllte Frido durch die Zelle und knallte den Hörer mehrmals gegen den Apparat. "Ich hab' noch die Schlüssel..."

Frido hinkte auf Juttas dunklen Mietsblock zu, über die Fußwegplatten und an der stinkenden Ecke vorbei, die er so genau kannte. Seine Zeit war gekommen. Späte Rache. Jutta sollte büßen für die vier Jahre im Heim. Sie sollte endlich die Quittung für ihre Treulosigkeit erhalten.
Frido war völlig von Sinnen und stürzte in die Wohnung. Er zerrte sich die Kleider herunter und feuerte die viel zu große Mütze mit dem Donald Duck-Aufnäher in die Ecke. Jutta konnte sich kaum wehren, als er ihr den Bademantel vom Leib riß. Ja, sie kam sich plötzlich vor wie schuldig, eine, die ihre gerechte Strafe zu empfangen hätte: Sie hatte Frido immer wie ein Stück Dreck behandelt und ihn für ihr eigenes verpfuschtes Leben verantwortlich gemacht.
Jutta roch den fauligen Geruch, den Fridos Rachen entließ. Er sabberte vor Geilheit und fuhr die schlapprige Zunge aus, er atmete schwer. Sie spürte den heißen Schleim in seinen grauen Barthaaren auf ihren Wangen. Mein Gott, wie alt er geworden ist, dachte sie angeekelt, dieser Greis. Frido wollte es noch ein letztes Mal wissen. Mit gekrümmten Leib astete er sich das letzte Gramm Fett von den Rippen. Vier lange Jahre und noch länger hatte er auf diesen Moment gewartet - und jetzt war er am Ziel! Sein eisiger Lohn! Vier Jahre für sie, mal sieben für ihn. Er war im besten Alter gewesen...Er wollte Jutta beweisen, wozu er noch fähig war. Sie sollte ihn nicht mehr für ihr Spielzeug halten, ihren Zeitvertreib, und auch nicht für den Sündenbock, weil's in ihren Beziehungen NIE klappte! Nein - er war ihr ebenbürtig!
Wie rasend biß Frido ihr die letzten Zähne in den Nacken und krallte sich in den weißen, glatten Rücken. Jutta jaulte auf. Frido gab ihr noch einmal alles, was in ihm steckte. Wie Stromschläge durchzuckte es seinen ausgemergelten Körper. Sein Herz rannte davon. Nie mehr zurück! Seine dunkelbraunen Augen verdrehten sich und das Weiße kam zum Vorschein. Das letzte, was Frido sah, war die schwarze Wand, die auf ihn niederkrachte.
Mühsam wälzte Jutta den leblosen Körper von sich. Wie alt er geworden war, dachte sie schaudernd, steinalt.
Sie unterdrückte ein leises Schluchzen und setzte Frido, so gut

es ging, in den alten Schaukelstuhl, den er immer so liebte. Sie schlug die Hände vors Gesicht und sank in Fridos haarigen Schoß. Bittere Tränen standen ihr in den Augen.

"Ich wollte dich NIE ins Heim stecken, aber WARUM ging es wohl nicht anders?! WARUM hast du mich nie VERSTANDEN?! Du Miststück, ich..."

Schließlich beruhigte sie sich und sammelte wie in Trance die seltsamen Klamotten zusammen, in denen er gekommen war, und zog ihn an, solange die Leichenstarre noch nicht einsetzte. Mit letzter Kraft schleifte sie ihn vor die Tür, aber der leblose Leib paßte nicht in den Müllschlucker.

Mit ihren Siebensachen unterm Arm verließ Jutta Fröse noch in dieser Nacht die Stadt.

Es war ein eiskalter Wintermorgen, als der Rentner Otto M. unter einem Packen Zeitungen im Treppenhaus seines Mietblocks die Leiche einer unnatürlich kleinen Person in Kinderkleidern entdeckte und die Polizei verständigte; es sei eine Art behaarter Zwerg in bunter Jacke, Latzhose und einer viel zu großen Mütze auf dem Kopf.

Der zuständige Beamte nahm den Vorfall schweigend zu Protokoll und wies Otto M. schließlich darauf hin, daß es sich um die Kleider vom gestrigen blutigen Überfall auf den Kinderspielplatz Comeniusstraße handele, und er die Leiche des seit Tagen gesuchten Ausbrechers aus dem Tierheim Ölper gefunden habe.

Kopfschüttelnd wollte Otto M. wieder nach oben gehen, da überlegte er es sich anders - er mußte plötzlich an das Gemetzel auf dem Spielplatz und seine eigenen süßen Enkelkinder denken - und trat der steifgefrorenden Promenadenmischung noch einmal mit seinem geballten Rentnerhaß schwungvoll in die häßlich graue Schnauze, wie sie es verdient hatte.

Alexander Pfeiffer

Geboren 1971 in Wiesbaden. Als Jugendlicher diverse Betätigungen in der Punk/Hardcore-Szene, so z.B. als Sänger der Band DISEASE und Herausgeber des Fanzines MUG-WUMP.
Abitur, abgebrochenes Studium, Taxifahrer.
1994 Verlagsgründung ELLUWAHNAA.
Hrsg. der Social Beat-Anthologie "Restlicht", ISBN 930820-00-5; 1996 Lyrikband "Stacheldrahtherz".
1995 Organisation der Lesungsreihe "Blicke ins pralle Menschenleben".
VerÖ in div. Lit.Zine, z.B. VENTILE, COCKSUCKER, DER STÖRER, KULT.
Freier Mitarbeiter des Musikmagazins VARIOUS ARTISTS, Leverkusen; Veranstalter von Underground-Konzerten und Gitarrist der Band VERNUNFT.

in tiefschwarzer Nacht versinken
oder bis ganz auf den Grund der Flasche tauchen
am besten beides
die Nacht und die Flasche
und das Vergessen

Oder auch...
sich in den Körper einer frau reinwühlen
sich in einem buch ertränken
und nirgendwo sein
irgendwo anders
nur nicht hier
oder jetzt

Oder auch...
sich im Schlamm wälzen
sich einen monströsen Hammer immer wieder
selbst auf den Schädel schlagen
vollkommen beansprucht werden
Körper und Geist
das Fleisch so sehr Oberhand gewinnen lassen
daß der Geist völligst überwuchert
und lahmgelegt wird

Oder auch...
sich den Schädel spalten
mitv dem Kopfhörer über den ohren
der plärrenden Musik im Hirn
und der am Lautstärkeregler
immer weiter
bis zur Schmerzgrenze
und weiter
bis der Schmerz
aufhört

Oder auch...
einfach alles in sich reinwerfen
das vergessen verspricht
und wissen:
Die Momente
ohne Nachdenken
sind die besten

Oder auch...
in das dunkelste Loch kriechen
das man finden kann
weil man nicht existieren will
gar nichts und
niemand sein will
und nichts gefragt
gar nicht gehört
oder gesehen
werden will

Oder auch...
arbeiten bis alle Muskeln schmerzen
heimgehen, saufen, glotzen, alles vergessen
weil alles zuviel ist
und man in keinerlei Beziehung
zu dieser Welt
oder sich selbst
oder irgendwem
stehen möchte

Es ist der Self Eradication Blues
dieses Programm
für die Suche nach Erlösung

Es ist das
was Henry Rollins meint
wenn er singt:
„Will nicht so viel denken
das läßt mich soviel denken
richtet meine Gedanken auf meine Gedanken."

Es ist das
was Hermann Hesse meint
wenn er feststellt
„Intensiv leben
kann man nur auf Kosten des Ichs."

Es ist das
was Charles Bukowski meint
wenn er davon spricht
„Selbstmord zu begehen
und wieder aufzuwachen
und sich wieder zu töten."

Es ist das einzige
was einem bleibt
im Gefängnis
des Daseins

Ex

Jürgen Ploog

1935 in München geboren, lebt heute in Frankfurt. Arbeitete als Langstreckenpilot, (z.B. 1952/53 in den USA.) Stories von Ploog ziehen sich wie rote Fäden durch die deutsche Literaturszene. Und einen mittlerweile repräsentativen Story-Überblick ergeben die "einblick" Editionen. "In meinen Aufzeichnungen lebe ich das kaum logische Schicksal einer Filmfigur." Als Mitherausgeber der in Sub-Literaturkreisen hochgeschätzten Zeitschrift "Gasolin 23" (Anmerkung der Redaktion, die letzte Ausgabe erschien 86) und als routinierter Cut-up Autor machte sich Ploog hierzulande einen Namen, nicht zuletzt gilt Ploog als sachkundig im literarischen Werk des amerikanischen Schriftstellers William Seward Burroughs, mit dem ihn eine persönliche Freundschaft verbindet.

Letzte Telefonate vor dem Abflug. Wieder mal hinter einer scharfen Ex-Frau her? Weisst ja, was dabei herauskommt: du landest auf allen Vieren. Oder ihr Macker lässt dich erst gar nicht ran, knallt den Hörer hin...
Alles, was sie mir immer wieder klarzumachen versuchten, war, dass ich gar nicht mehr da war. Entweder war es "Na, gerade aus Kalkutta zurück?" oder "Wann kommst du mal wieder nach New York?" Das Beste, das mir passiert, ist, dass man mich als harmlosen Ex-Junkie einstuft, all das nur, weil ich nichts für die Sauna übrig habe oder eine Zeit lang nichts von mir hören lasse.
Etwas aus den 40er Jahren schwang mit, als ich sagte: "Du hast was vom Schmutz übriggebliebener Schneereste, Mann. Rechne nicht mit mir." Was überflüssig war, denn er tats sowieso nicht. Wenig später kam die Heiratsanzeige, ich konnte es kaum fassen. Ich kam mir altmodisch vor mit Masstäben, die mal für way out gegolten hatten. Wenns über mich kommt, brauche ich keinen von ihnen, um mir den Rücken zu kratzen.
Ich korrespondiere mit einem illegalen Labor in der Nähe der schweizer Grenze. Schicke Filmspulen hin, die sie entwickelt zurückschicken. Alles andere sagt mir die Leinwand, wenn ich das erste Mal sehe, was ich aufgenommen habe.
Inzwischen ist eine andere Jahreszeit hereingebrochen. Die weissen Wände meines Zimmers halten mir die liebsten Schmerzen fern. Ein paar Geheimnisse sind noch übriggeblieben, aber die findet man nicht am Supermarkt. Ich hatte mich mit Linken herumgeschlagen, mit heimlichen Junkies, mit Globetrottern, Schlangenbeschwörern, mit Künstlern & Anarchisten oder wie sie sich sonst nannten. Verquere unverbrauchte Girls aus den kaputtesten Gegenden hatten mich ausgelacht...wenn ich wieder zu mir kam, dann nur, weil ich sie hatte fahren

lassen samt ihren engsitzenden Jeans & allem, was sich darunter bewegte. Kurze, unglaublich vielversprechende Begegnungen...

"Du kannst ja alles aufschreiben, wenn ich weg bin." Jeder hat seine Chance. Der Tag begann mit einem der üblichen Vormittage. Ich wache auf & höre von nebenan das Rückspiel vom letzten Krach mit Bessie. Ich wühle den Medizinschrank durch, bis ich die Pillen finde. Versuche zu vergessen, lege eine Kassette auf & lasse Billy the Kid durchs Zimmer galoppieren in seiner lässigen Art, die er sich im Westen zugelegt hat. Ein paar Flaschen Coke sind vom Abend übriggeblieben. Charlie stand vor mir, ich knackte den Stöpsel, naja das Zimmer hatte nur eine Tür & die führte nirgendwo hin. Seine aufgeschwemmten, schmuddeligen, blinden

Bewegungen...seit Monaten habe ich ihn nicht mehr ohne eine Flasche angetroffen...nie essen gesehen...ein fetter Schweissfleck sass unter seinen Achseln auf dem Hemd...

Nach 3 Stunden hielt ich an, um die Windschutzscheibe von der Russchicht zu säubern. Der Geruch verbrannten Öls lag auf den Strassen. Nebensächlichkeiten, die niemand sonst aufzufallen scheinen...ein kalter Januartag. Ich war am Ende, hätte kaum weiter runterkommen können. Mein Abschied von dem, was sie Wirklichkeit nennen. Die üblichen Wahnvorstellungen, die einen irgendwie am Leben erhalten, diese Notizen von unterwegs. Eine sehr kühle tiefe Stimme, die mir am Eingang zur Snack Bar begegnet. Das Gespenst einer Schwarzen aus den goldenen Zwanziger Jahren, die einen Packard mit französischer Nummer fährt. Sie nimmt die Kurven, dass man sich kaum auf dem Sitz halten kann. Heisser Zigeunerswing kommt aus dem Autoradio...die Strasse teilte sich wie eine Arschfalte & verschluckte uns...

Abends bleiben wir in einem überfüllten Überland-Hotel

mit lauter Jukebox-Musik. Der Coffeeshop ist voller Freaks, die unterwegs sind nach Key Largo, Santa Fe, Casablanca, Lissabon, Tanger, Kathmandu oder auch ins Nirwana. Ein überbelichteter Film mit hartem Rock, Hot Dogs, Milkshakes oder einer Prise Coke...nach einer Tasse Kaffee verkrümeln wir uns...am Ende des Gangs steht eine künstliche Zimmerpalme...Bessies Schatten hat etwas von einer spöttischen Statue...wir ziehen uns aus...ihr gekräuseltes Schamhaar zeigt einen Stich ins Violette, ihr Körper schimmert wie Robbenhaut...ein leichter Schauer streift die Spitzen ihrer Nippel...
Den Nachmittag verbrachte ich gegenüber der Strasse, die in Richtung Mekka lief. Das Flimmern der Hitze hatte etwas Unangenehmes. Nach 3 Wochen "ich würde dir überall hin folgen" war das Zusammensein mit Bessie nur noch eine schlechte Nummer, ein müdes Happy End, an dem die Erinnerung nagt. Charlies Worte fielen mir ein, er sei ein alter Mann mit kalten Füssen. Lichtschatten einer verzerrten Landschaft zogen über die Windschutzscheibe, auf der Stosstange machte sich eine verkleinerte Wolke breit...Gehsteige führten hinaus bis zu einem entfernten Horizont, eine niedrige schwarze Hügelkette. Ich drehte mich um & sah einen Plastikhocker. "Für wen hältst du dich?" Ich zündete mir eine Pfeife an & spürte Paranoia sich ausbreiten, das Kopfweh der Piranhas. Schluckte 2 von den Pillen, die mir der englische Drogist gegeben hatte. Verlassene Gegend übriggebliebener Schneereste...Bessie stand vor mir unter freiem Himmel...ein leichter Wind bewegte ihren Umhang...

Sternzeit 23

Geräusche der Zeit, die mich bis in den letzten Winkel meiner Existenz verfolgen. Autolärm, das Anzünden eines Streichholzes, der sachliche Seufzer eines

Fotokopiergeräts. Reklamewände grosser Städte, der tätowierte Kudamm, die verschmierte Leopoldstrasse.
Ich lese diese Zeichen wie elektronische Postkarten aus einem anderen Raumzeitalter. Traurig, wenn man zusehen muss, wie der alte Joe versuchte, etwas Stoff aufzureissen...
Der Rausschmeisser vom Blauen Flamingo kriegte keinen richtigen Ton mehr raus. Er krepierte, einfach so. Ein halber Schrei fiel die Treppe hinunter. Die Gäste brachen auf, trieben hinaus auf die Strasse, lautlose Schatten unter schweren Sternen.
Kurz vor Shannon öffnete die gekremte Hand der Stewardess langsam die Cockpittür. "Tolle Musik, die ihr da hört", sagte sie. "Und die Sterne!"
"Nix als schwarze Kotze", sagte der Kopilot.
"Ihr seid aber wieder mal sachlich. Wie gebrauchte Pariser." Dann verschwand sie wieder.
Die süssen Gerüche der schon fast vergessenen Langstreckenfliegerei beim Überflug der Wüste Gobi. Die Passagiere müssen zweimal hinschauen, bevor sie irgend etwas erkennen. Geschichte von Kontinenten, die sich wie die Kriechspur eines wildgewordenen Virus hinzieht...
'Stoffel' war der Sheriff eines niederbayrischen Dorfes. Heiterkeit überzog sein Gesicht als er das Schild "Einfall" sah. Die-Preussen-kommen war genau, was er brauchte. Er wischte etwas Schnupftabak vom Schreibtisch & verliess das kleine ungelüftete Büro, ganz Figur aus einem Vorstadt-Western. Leise Schlagermusik wehte ums Eck...auf einem matten Foto waren Sterne zu sehen... Schimmer eines verchromten Himmels, über den schwarze Kotze gelaufen war. "Jessas", sagte er in der Prinzregentenstrasse. Er brauchte dringend ein Bier. "Von der menschlichen Seite zeigen, verstehen Sie?" Im Wirtshaus sah er dem Doktor in die Augen. "Ich wusste,

dass Sie den Föhn nicht vertragen." Etwas Tödliches rührte sich in seinen Därmen. "Bisschen durcheinander, was? Zuviel bayrische Folklore, wie?"
Ungefähr zu der Zeit erreicht das elektronische Zeitalter den europäischen Schauplatz. Der Kommissar lächelte steif wie ein Sprengstoffexperte. Seine geschulten Finger bewegten sich über Fotos von tödlichen Verbrechen. Der Untersuchungsbericht fiel ihm aus der Hand wie ein kaputtes Abhörgerät. Traurig anzusehn wie er mit müden Dackelaugen dem Botschafter der Mandschurei nachsah. Der Rausschmeisser warf ihm einen fragenden Blick zu. Aber die Sache war schon gelaufen, die Zivilen verschwunden. Was zum Teufel wollen wir also noch hier?
Wir rauschten in einem weissen Cadillac die Autobahn entlang, vorbei an süsslichen Gerüchen verlassener Tankstellen. Ein grelles Licht, in dem nicht mehr als Konturen zu sehen waren. Die City in der Wüste lag unter einer violetten Dunstschicht aus verstreuten Fahndungsfotos & aschgrauem Blütenstaub. "Es riecht nach Traumpolizei", sagte Bessie mit ihrer sanften Lautsprecherstimme aus durchwachten europäische Nächten. Die City galt als Hauptquartier der Organisation Rotes Fleisch. Es wimmelte von Bullen, die apokalyptische Gebete ausstiessen. Wir fuhren durch eine Gegend mit leeren Parkplätzen & Spätvorstellungskinos, die, wie aus dem Inneren einer gefrorenen Blase heraus beobachtet, an uns vorüberzogen...
Nach Jahrzehnten als umschwärmter Passagier ist es immer wieder interessant einen alten Flugplatz zu betreten. Keinen Zweck den Flugplan zu studieren, lassen Sie sich das von einem alten Flüchtling gesagt sein. Kommissar 'Stoffel' hatte die Aufgabe, Verdächtige unter den Abfliegenden herauszufischen. Er hatte genug Erfahrung, um die Lösung dieses Problems dem Zufall zu überlassen.

In nächtlichen Vororten haben die Einwohner Sprechblasen vorm Mund. Ein Skelett leuchtete auf, als ich ein Streichholz anzündete. Orangefarbener Himmel... apokalyptische Autokolonnen...am Siegestor warteten Verurteilte mit verbundenen Augen auf das Morgengrau-en..." nur ein Glas Wasser, Chef..." Schmutzige kalte Strasse, die sich in schwarzer Dunkelheit verliefen. Unter einer Neonschrift verfolgte der Kommissar, wie die Verurteilten in aufrechter Haltung vornüber gestossen wurden... Aus Sicherheitsgründen wurde die Umgebung der City ständig entlaubt. Die Landschaft lag da wie ein abgenagtes Skelett in der Wüstensonne. "Bitte etwas Wasser, Mister." Ich holte den Kanister vom Rücksitz. Es war kaum mit anzusehn...diese Botschaften einer längst vergangenen Welt...nackte lautlose Todeswünsche aufgesogen von einer dichten Schicht unentschlüsselter Nachrichten... fremdartige Stille von Neonschatten...leises Stöhnen aus Mülleimern...enge Gassen, in denen die Ausgestossenen auf ihr Ende warteten...
Im Blauen Flamingo glotzte der Rausschmeisser einmal zuviel & ich wusste, dass etwas im Busch war. Ich spürte, wie ich in eine Action-Szene gezogen wurde, die auf einer lapprigen alten Leinwand lief. Die City schimmerte wie ein schwarzes Loch, in dem hie & da nationalistische Grimassen aufleuchteten..."uh-huh" dröhnten die Stimmen fallender Körper...
Charlie fuhr schnell. Er war eine Art Computer, der immer unbedingt dabeisein wollte, wenn etwas lief. Er hatte sämtliche Daten im Kopf & alles schon gemacht, bevor wir so recht kapierten, was los ist. Ausserdem brachte er 2 Mädchen mit, die eine hiess Linda. Sie lebte von Blutspenden, wenn ich mich recht erinnere. Gelegentlich nahm sie auch einen schmierigen Knacker aus, bevor er das Handtuch werfen konnte. Dann wieder war da eine Sache mit einem Totschläger.

Mich erwischte jener Virus, der Bessie hiess. Wir hatten uns auf die Emigrantenstellung eingeschossen, einige der wenigen Höhepunkte dieses Trips.
Ich war völlig geschlafft, als ich das Kino verliess. Die glatte Haut eines Gesichts, an dem ich kaum vorbeikam. Verwaschene Erinnerung an mattgelbe Nachmittage. Andeutungen aus magnetisch gesteuerten Pornos. Ein telepathischer Befehl richtete meinen Schwanz auf, & sie sagte: "Schau dir seine Eier an, Joe." Ich erstarrte, der Nebel lüftete sich & plötzlich lag die City unter hellen künstlichen Sternen...
"Jawoll Chef, ich sah die Ladung. Sie war für Salzburg bestimmt." Ich wollte nun endlich alle Verdächtigungen loswerden, die mich seit Tanger verfolgten. Die endlosen Anekdoten des Portiers, den der Verfassungsschutz in der Hand zu haben schien. Nichts gegen eine Geschichte, wenn sie mich weiterbringt...reiste mit diesem Mädchen, das vor allem Vollkost im Hirn zu haben schien... Schattenseiten des Make-ups...weiss nie so recht, worum es eigentlich geht...
Kaum hörbares galaktisches Geheul, als wir den Wagen verliessen & auf das Motel zugingen. Hinterm Empfangstisch sass eine Frau, die sich das Haar zurechtmachte. Sah aus, als wäre sie gerade im Swimming Pool in den Arsch gefickt worden. Ich trug uns ein & sie lächelte in der Art, mit der sie im Süden "nur für Weisse" sagen. Was mir das Gefühl gab, eine Blutbank zu betreten. "Jawoll Chef, der Kerl war hier. Zwei Weiber waren auch dabei." Eine menschliche Datenbank, in der sie dich bis auf den letzten Samentropfen aussaugen & und dann auf den Müllhaufen mit dir. Und woher kam der Lärm & was trieb da in der Kanalisation? Überschuss ungeborener Generationen, Auswurf ausserirdischer Antipoden. Treibgut ausgestorbener Rassen. Übertraf alles, was ich bisher auf meiner Tour durch den schwindenden Westen gese-

hen hatte.
Was gibt eine endogene Story schon her? "Da ist der Kerl, Chef, der mir seit Tanger auf den Fersen ist." Bruchlandung jenseits der Grenze. Nach 3 Nächten im Wrack der DC-3 wollte Linda 'vögeln'. Ein Vakuum, das mich nur so zum Spass mal schluckte. Es war kalt, & Industriedunst trieb über Telefonleitungen. Gegend, die von Todeswünschen widerhallte. Der Pilot lag im Sterben, niemand konnte ihm helfen. In der Nähe der Überlandstrasse lagen verrostete Spielautomaten, verwehtes Unterzeug hatte sich in den niedrigen Büschen gefangen...
Der Geschäftsführer war mehr als unerträglich, er war knallhart & schnell. Eine Wolke nervöser Finger schien ihn vor sich herzuschieben. Eine lebende Registrierkasse, der es nichts ausmachte, auch mal den Totschläger rauszuholen.
Ich reiste mit dem Mädchen, das Bessie hiess. Mir gefiel die Art, wie sie sich bewegte. Wenn sie aufstand, liess sie eine Tätowierung auf der Rückenlehne des Stuhls zurück. Immer kaltblütig & auf Technik bedacht. Wer würde versuchen, eine solche Situation auszunutzen? Magische Nächte, in denen wir uns gegenseitig Nervenfilme zeigten, rauchend, bei einer Tasse Tee oder kurz vor Sonnenaufgang.
Nach seiner dritten Bruchlandung konnte man zusehen, wie Joe immer mehr einfror. Die Frau von der Rezeption machte sich am Swimming Pool an den Kerl mit den Plattfüssen heran. Ihren Alten mit dem Totschläger in der Tasche konnte sie nicht ausstehen. Immer kichernd & mit einem Zittern auf den feuchten Lippen. Ein kleiner Fleck blieb auf dem Polster zurück, als sie aufstand.
Nachmittags sitze ich im Drugstore vor einem Stapel zerlesener Comics. Ich erinnere mich daran, an einem Drehbuch über Flash Gordon gearbeitet zu haben. Ich

spüre eine eigenartige Schwerkraft, so als hätte mich irgend etwas plötzlich fallengelassen. Vielleicht etwas in Bessies Augen als ich mich an sie lehnte, um die Dunkelheit abzuwarten. Ich knipste sie auf der roten Couch. Sie zog ihre verwaschenen Jeans aus & kroch unter die Wolldecke, die auf der Zeitung lag. Es war wieder mal Ziggy Stardust, der irgendwo im Weltall hängengeblieben war & alle Frequenzen störte. Als die Batterien leer waren, lagen wir unter der geblümten Decke & dem lautlos stürzenden Wasserfall der Zeit.
Als wir uns angezogen hatten, war es dunkel genug, um auszugehen. Unter dem Fenster flimmerte ein heller, elektrifizierter Gehsteig. In der Unterwasseratmosphäre der City trieben farbige Kondome, spiegelten sich auf abgegriffenen Spielautomaten. Die typische Halbwelt knallbunt ausstaffierter Zuhälter, halbherziger Kunden & runtergekommener Schnüffler mit schlechten Nerven, die nicht genug Durchblick hatten, um saubere Arbeit zu machen. Mit auffallend langsamen Bewegungen drehten sich die Köpfe der Sex-Marionetten, gaben ihr Abrakadabra für elektrische Freuden von sich...
Ich nahm den Expresslift hinunter zur Eingangshalle. Als ich um die Ecke bog, fiel mir der schäbige Turban des Würstchenverkäufers auf. Gegenüber stand ein dunkelhäutiger Knabe, der sich mit einer kaum angedeuteten Geste eines Toten umdrehte, als ich das Gebäude verliess. Aus der feuchten kühlen Luft & dem Verkehrslärm schlugen mir Stimmen entgegen. Das verzerrte Geschrei gefangener Tiere, die sich mit verzweifelten Bewegungen gegen ein unsichtbares Netz werfen. Gestöhn lepröser Krebskranker unter einem mondlosen Himmel...
Stosse die Schwingtür zu einem elektrischen Nachtklub auf. Jemand sagt "hallo Joe" durch eine Wolke aus farbigem Neon. Die Gäste sind nahezu durchsichtig & bewegen sich zu langsamer Musik durch eine schlechte

Filmkopie. Auf einem Vorhang flimmern Blumen aus einem Unterwasserfilm, aus Umkleidekabinen tönen Orgasmusstimmen. Die alten Leier einer von Jahrtausenden verschlissenen Beziehung: "Ich hab dich satt, aber ich brauch dich". In einer Tiefkühltruhe baumelt ein Spezialpräservativ, Speichel verliert sich zwischen Erinnerungsfetzen... Ein weisser Schatten macht sich in mir breit, sagt "Junk ist Orgasmus. Orgasmus ist Junk". Der Seufzer einer rasierten Möse, unverkennbar levantinischer Akzent...eine blaue Flamme züngelt über rosa Schenkel...

Ich sehe eine alte Illustrierte & taste nach dem schemenhaften Körper eines Mädchens mit spanischem Umhang auf dem Titelblatt. Verwaschene Farben... Geruch von Eiweiss...bronzefarbene Köpfe mit langem Haar auf einer blauen Leinwand...

Aus alter Gewohnheit nehme ich eine Prise, & der Raum beginnt einzustürzen. Ein Schauer heissen Spermas geht auf der Titelseite nieder, zerweicht das matt-gelbe Gesicht des Mädchens mit dem spanischen Umhang & lässt sein Lächeln versickern...

Faltige alte Roboter bewegen die Köpfe. Ein Tango lässt ihre Körper hochschnellen, der Kellner bleibt wie eingefroren stehen & schlängelt sich dann weiter durch das Gewühl schlaffer Geschlechtsorgane...

Ich mache mich auf den Weg zurück ins Motel. Charlie hat eine Mitteilung hinterlassen, "bin eingebrochen...bin untergetaucht". Seine Extratouren passen mir nicht, geben mir das Gefühl, als würde ich in einer Falle herumtapsen. Auf der Autobahn liegen Pfützen schwarzen Dunstes. Ein paar Stunden weiter & wir würden die Supermärkte von Salzburg filzen. Strassencafés mit wild zurechtgemachten Girls, der Kellner schlängelt sich in engen Jeans um die Tische. Ich trinke einen Daiquiri als Erinnerung an Bennie, an alle, deren Rollen tödlich

enden...
Ein Peugeot fährt an, Spielautomaten rattern, & ein Nylonstrumpf leuchtet in der Morgensonne auf.
"Die Rechnung & etwas plötzlich." Bessie mit ihrer angeborenen Schwäche fürs Schaugeschäft, ihrem engsitzenden Seidenkleid. Ich sah zu, wie sie einen Motorradunfall filmten. Abseits, beim friedlichen Anblick einer Gabel...
Ich wachte auf, hörte Schüsse im grellen Licht der Empfangshalle. Oben vom Stiegengeländer sah ich die Bullen hereinstürmen. Charlie nicht weit von mir...er stand im offenen T-Shirt, die Knarre in Reichweite. Das Lächeln eines Scharfrichters verformte seine untere Gesichtshälfte. Seine Augen sagten mir, dass mein Auftrag noch nicht erledigt war. Eine Stimme als hätte Fleisch das erste Mal gesprochen...
Auf der Fahrt zu einem Bauchtanz-Festival in den Bergen...blauer Dunst Nepals...irre Augen in dunklen Tempeln...ich folge einem Sherpa, er deutet auf einen Wildbach...jemand sagt "Gebetsmühlen"...Sätze zerfliesen wie Regenwasser... ein Junge berührt eine Teeschale...
Abends kein Ton unter der schweren Dunstschicht. Das Hotel war in eine schlechte Filmkopie geraten. Undeutlich klang der Gesang der Flipper aus der Ebene herauf. Ich ahnte, dass der Sheriff uns auf den Fersen war. "Jawoll Boss, hab gesehen, wie die beiden Weiber in einem Sportflugzeug vorbeiflogen."
Heimliche Funk-Signale? Stakkato von
Schnellfeuergewehren? Beinah nackt sah ich sie die Eingangshalle überqueren. Gelangweilte Aufpasser spielten Billard. Die leeren Augen eines auf Aussenseiter angesetzten Kapos. "Verlass dich nicht auf deine Sinne, alter Junge. Alles hier ist in einem erschütternden Zustand."
Morgendlicher Nebel lichtete sich über ungeklärten

Flugzeugkatastrophen. Die letzte Nacht verbrachte ich damit, zuzusehen, wie sich das gelbe Schwimmbecken in einen heulenden Mond verwandelte. Geografische Tatsachen, die ein filmisches Instrument aus mir machen, einen Zelluloid-Junkie. Die Strecke zum Flugplatz war genauso flach & grau, wie sie bei der Ankunft auf dem Planeten gewirkt hatte. Kamen gerade noch rechtzeitig, um das Gepäck aufzugeben. Reisende, die krampfhaft versuchten, die Galgen jenseits des Vorfelds zu übersehen...seidig-schwarzen Därme, die sich vor Schmerzen wanden...
An Bord teilte die Stewardess mit geschmeidigen Fingern Süssigkeiten aus. Die Triebwerke wurden angelassen, kein Grund mehr, geheimnisvoll zu tun. Flugzeuge leuchteten wie versilberte Zigarren. Ich lehnte mich zurück & folgte den Konturen der Unterwäsche auf dem Hintern der Stewardess. Der schmale Gang liess mir keine grosse Auswahl. Einen Teil der Passagiere kannte ich vom Bauchtanz-Festival. Ich verfolgte den Start über leere Parkplätze durch eine Flut lautloser Schreie.
Fetzen verstreuten Neons...rosa Dunstschleier, die wie entferntes Mündungsfeuer aufleuchten...Parkplätze, Vorstädte, leblose Körper, bunte Unterwäsche... Ich setzte die Sonnenbrille auf & spürte wie die Deckgeschichte von mir abfiel. Topografie des Reisens nach Wochen nahezu ausgestorbener Riten in orientalischen Bergen. Leblose Augen durchsuchten mich, dann wurde ich in ein Zelt geführt. Folgte dem Posten durch einen Orangenhain. Seine Augen farblos wie Elfenbein. Er winkte mir mit dem Schnellfeuergewehr, während dumpfe Laute seinen Mund verliessen. Ich hörte das undeutliche Geräusch einer laufenden Kamera. Spürte, wie sich der Stoffwechsel mit der Zeitlupe verlangsamte.
Ein Zündholz fiel in den Staub nie gefilmter Hollywood-

Strassen.
Ein Frösteln erfasste mich, als hätte ich mich an einem galaktischen Code vergriffen. Ich tastete nach der Knarre. "Was gibts?" Salzhaltige Luft eines anderen Kontinents...der Kellner im Flughafenrestaurant legte einen Stapel alter Nazi-Comics zurecht...pornografisches Rosa auf dem Gesicht einer späten Reisenden... mit der Zärtlichkeit einer Schnecke verfärbte sich der Himmel...

Eine stickige Nacht mit orientalischen Klängen, erotischen Gesten & blätternden Farben. Bessie sass mit gespreizten Beinen unter einer hellen Glühbirne. Ihre grünen Augen lächelten schmal & eng. Das Zimmer war leer bis auf einen eigenartig konstruierten Musikautomaten, ein altmodisches Metallbett & einen Regenmantel im hinteren Eck. Ich sah alles wie von ausserhalb des Films. Leichter Wind fegte über eine staubige Strasse. Unausgesprochene Regieanweisungen fielen wie leichter Regen. Erregung tastete über mein Rückgrat, Rückmeldung eines längst vergessenen Lächelns...
Ich berührte die Kaffeetasse, hielt mich aber in Reichweite der Knarre. "Nicht anfassen", sagte Bessie. Ein Luftzug bewegte den Flaum unterhalb ihres Nabels. Nach kurzer Fahrt erreichten wir einen primitiven Raumhafen. Feuchte salzhaltige Luft lag über der Landstrasse. An der Bar in der Abflugshalle lehnte ein Kellner mit ungebügelter weisser Jacke. Ich drehte den Kopf & sah Bessies Zunge wie eine kleine rote Schnecke zwischen ihren Lippen hervorkommen. Es war so long, adios & goodbye. Irr, hi-fi & unter freiem Himmel...

Postskript

Irgend etwas sagt mir: bleib dran, nur nicht hängenbleiben. Ich lande in einer menschenleeren Strasse einer anderen City an einem heissen Sommerabend nach einem langen Flug auf der Suche nach einem anderen Namen. Ich bewege mich, als wollte ich den Schatten meiner Vergangenheit ausweichen. Wie vor Jahren, als ich Bessie in New York suchte, irrte ich durchs Westend & fragte in einem grossen Mietshaus nach ihr. Ein smarter Vogel im Morgenmantel warf mich raus...ich telefonierte von einem Hotel, in dem der Portier mit den Beinen auf dem Tisch vor sich die Gäste musterte...

In einem Supermarkt schob ein heruntergekommener Bulle Wache vor Dosen & Regalen. Eine Stadt, die langsam zwischen feindlichen Linien zerfiel...El Jefe, dessen Schicksal sich in einem Landhaus verlief, Zelluloidfetzen flogen über die Leinwand.

Wochenende mit Bessie in einem Nest am Atlantik im Seaside-Hotel von Key Largo hängengeblieben. Die goldenen Ohrringe der schwarzen Seeleute...die letzten der weissen Gangster verlassen den Kontinent. Ich sehe: das Meer, die Treppe zum Lobby, die Bar, die schrägen Schatten der Fensterläden. Gespräche bei einem Glas, die nirgends anfangen & überall aufhören, meist mit einer Emigrantengeschichte. Einsamkeit der Strassencafés von Casablanca, abends wenn die Hitze nachgelassen hat. Im Norden das übliche Gewitter, das matt über den Lichtern der Medina aufleuchtet.

Ich nahm im Ambassador ein Zimmer, bestellte Anis, Hammelbraten & Pfefferminztee, die der Kellner mit orientalischer Lautlosigkeit heraufbrachte. Eine frühe Nacht fiel über die Stadt, mattes Licht, kaum heller als der Mondschein, lag auf den Gängen zwischen den Zimmern. Das Bad war gross, gefliest & wenn man das Licht anmachte, verkrümelten sich die Kakerlaken. In

meinen Aufzeichnungen lebe ich das kaum logische Schicksal einer Filmfigur.
Gewöhnlich verliess ich bei den ersten Anzeichen der Dämmerung das Hotel, bestellte in der Moka-Bar einen Espresso & versuchte mit der fixen Idee fertigzuwerden, Penang sei ein besserer Ort, um ein Comeback vorzubereiten.
Vor einem Sonnenuntergang aus Orangensaft raste ein Taxi den Kai entlang nach Norden...Radios plärrten... Palmen zerflossen mit den ersten Schatten der Dämmerung...
Ich lebte in einer Stadt, die nach meiner Biografie entworfen zu sein schien. Leuchtschriften, nächtlich erhellte Cafés, der Geruch von Hammelspiessen, die dunkel geschminkten, halb-verschleierten Frauen unwirklich wie Aktrizen einer Theateraufführung der schwarzen Serie. Verlassene ehemalige Europäerhotels, in denen Mädchen der Umgebung sassen & mit der Eleganz kleiner Vögel ihre Cocktails tranken.
Spät abends auf der Veranda des Hotels. Mondschein liegt auf leicht zerknitterten Manuskriptseiten. Die meisten Gegenstände haben die Farbe alten Elfenbeins angenommen...die Rufe der Wasserverkäufer in engen Gassen...der jüdische Friedhof mit seinen schweren Schatten...der Scheinwerfer des Leuchtfeuers wischt über die Dächer...Körper bewegen sich mit dem drahtlosen Klicken von Anthropoiden...
Das Hotel hat noch was von der Atmosphäre der 40er Jahre, als die Piloten der Westafrikaroute hier übernachteten. Manchmal leiste ich Louis, dem Portier, bei der Nachtschicht Gesellschaft, um ein paar Seiten zu tippen. Nächte in Hotels sind überall gleich trostlos, die beste Zeit, um mit Bildern einer verwaschenen Vergangenheit fertigzuwerden. Die leere Empfangshalle. Das Schwimmbecken im Innenhof. Pickup gegen Mitternacht, ein klap-

priger Kasten bringt uns zum Flughafen. Papiere, Wettervorhersagen, leichter Bodennebel. Wir starten aufs Meer hinaus, folgen der Küste nach Süden. Die Gegend wirkt kahl & rostig, wie von fotografischer Artillerie verwüstet. Der Navigator wird nervös, Wolken & der Sprit geht zuende. "Trinken Sie ihren Tee", sagt Louis. Ein langer Flug, die Funkverbindung ist schlecht, keine Ahnung, wo wir sind. Die Bilder zittern, eine kalkweisse stumme Landschaft driftet durch die Gesichter. Ich habe keine Lust etwas zu sagen, aus Angst, wir könnten im Urwald landen. Ich finde mich in dieser kalkweissen Mondlandschaft - unbestimmter menschlicher Beziehung - nicht zurecht. Die Sterne werfen kaum sichtbare Schatten, & dazwischen sind die üblichen 2 Kakerlaken zu vertreiben. Das Zahnputzglas zieht seine Kreise... diese gekachelten Badezimmer in den Tropen, die etwas von der Einsamkeit des Langstreckenfliegers erzählen.
Einen Punkt erreicht, an dem alle Fäden zusammenlaufen? Aber das Hauptquartier wird zweifellos bald wieder verlegt. In der Weite des Zimmers erlebe ich die gewalttätige Idylle einer Zivilisation, deren Bestimmung meinen Auftrag nicht berührt. Der Zerfall in gut fotografierte Zeitlupen-Motive.
Der Silberstreifen eines Kometen über der Salzwüste von Afghanistan...
Die glimmende Dunkelheit malayischer Stadtviertel während feuchter Monsunnächte...an der Mauer hinterm Hotel lehnen Nutten, eine hebt ihren Rock & zeigt undeutlich ihre Schamteile, männlich oder weiblich in der schemenhaften Beleuchtung. Das Aufleuchten tropischer Gewitter in gazellenhaften Pupillen. "No English", sobald du gezahlt hast, Lichtjahre bis zu den ersten Umrissen eines dämmrigen Morgens...die heissen Winkel der Wellblechhütten unten am Fluss...halbscheue Buschgestalten verschmelzen mit den Schatten der Gebäude.

"Taxi, Sir?"
Ein Lächeln auf den Lippen entfernt sich mit mir, bleibt zurück als Rest einer undeutlichen Erinnerung. Ein Ort, an dem ich mich zurechtzufinden versuche...der Geruch heissen Öls, knochenloser Finger, locker gebundener Bauchtücher...sehr schwierig, die Einflüsse des Ganjas festzustellen...es ist schon viel, sich so zu verhalten, dass man den Einheimischen nicht gefährlich vorkommt...der Mann aus anderen Breiten...das plötzliche Einsetzen einer Geschichte, durch die man überflüssig wird... "Er scheint doch nicht der Mann von der Landestation zu sein." Alles & immer wieder nur Worte, die mich verfolgen...ich reise mit einer Maschine der Zeit...der Geruch kaum sichtbaren galaktischen Staubes... Louis gibt mir ein Zeichen. Ich winke ab.

1996 Textneufassung
1975 STERNZEIT 23 ursprünglich im Verlag Udo Breger erschienen

Rückholung

Arne
Rautenberg

1967 in Kiel geboren, wo er auch lebt und arbeitet. Veröffentlichungen in div. Lit.ZS, u.a. Scriptum, HoKaHe, Das Gedicht. Hrsg. der Literaturzeitschrift "Das Haupt". 1994 u.a., zweisprachiger Gedichtband mit konkreter Poesie, Runaway-Spoon-Press, Florida. Ausstellung "The short way to death", Kunstakademie Hamburg.

Nachts beim lauten Ticken der Uhr
treibt der Sand durch meinen Blick
rieselt sich zu einem Abenteuer zusammen
in dem alle Spuren tiefer sinken
als es ein Atemzug je kann

Nachts beim lauten Ticken der Uhr
läuft die violette Lebenslinie
durch den klaren Raum dahin
zum tröstenden Rascheln der Baumkronen
die ums leise Überleben wissen

Nachts beim lauten Ticken der Uhr
tötet die Schnelligkeit sich selbst
entlädt sich das zuckende Fleisch
elektrisch nicht einmal so stark
um eine Glühbirne zu erleuchten

Nachts beim lauten Ticken der Uhr
kämmen Spürhunde durchs Schilf
meiner Haare zum kühlen See
dem Spiegel des Himmels
unter dem ich mich verstecke

Nachts beim lauten Ticken der Uhr
brannte ich meinen aus-
gedörrten Körper zurück
in den Boden
meiner Mutter

Kälte

Heike Reich

1963 in Solingen geboren, lebt in Frankfurt. Schreibt Lyrik, szenische Texte, Prosa und Theaterstücke. Lesungen und Theater-Performances. Zahlreiche Veröffentlichungen in Anthologien, Magazinen und im Hörfunk. 1996 Literaturstipendium in Ahrenshoop.

Er spürt die Wärme in seinem Körper, angenehm kreist sie vom Kopf bis zu den Füßen; noch umhüllt sie ihn wie eine zweite, leichte Haut. Er konzentriert sich. Nur mit Hemd und Hose bekleidet, hockt er auf dem Boden, kauert im hellen Gang eines Vorratskellers. Hier kennt er jeden Winkel, das Flackern der Leuchtröhren. Auf nichts anderes lenkt er seine Aufmerksamkeit jetzt als auf die vor ihm liegende, noch fest verschlossene Gefrierkammertür. Steil schießt sie in die Höhe, türmt Weiß auf; eine endlose Wand, hinter der die Kälte dampft. Schon bei dem Gedanken durchfahren ihn prickelnde Schauer; aber noch ist es nicht soweit. Er wendet seinen Blick ab und kann dem Drang nicht widerstehen, wenigstens seinen Mund auf die glatten Steinfliesen zu legen. Er spitzt seine Lippen, leckt die Kühle ab; den Bauch auf den Boden gepreßt, kreist seine Zunge hin und her.
Dann hört er sie kommen: Sie tanzt auf ihn zu, die Treppe zum Keller herunter.

"Ist es soweit?" Schritt für Schritt. Vor der Gefrierkammer bleibt sie stehen, spreizt ihre Beine, rafft den Saum, zeigt helle Haut - seine Schneekönigin! Gänsehaut schüttelt ihn...es klickt, reißt - die Tür springt vom Rahmen ab: Dampf quillt aus dem Raum, wirbelt in sein erwartungsvolles Gesicht. Auf allen Vieren taucht er ein. Sie folgt ihm, treibt ihn tief in die Gefrierzelle hinein.
Weiß und ebenmäßig fließen die Kacheln hier ineinander, an den Wänden hängt gefrorene Luft.

Zoll für Zoll durchmißt sie diese arktische Region; Er spürt, daß sie ihn höhnisch ansieht, als ihr Absatz wie zufällig in eine auf den Boden gekullerte Weintraube sticht. Erregt schwillt sein Geschlecht an. Doch schon hat sie den Eimer von draußen hereingeholt und stemmt ihn über ihm hoch.
"Nein, nein, bitte nicht!" Er umklammert ihre Knöchel, seine Muskeln, süchtig nach diesem Spiel, ziehen sich fröstelnd zusammen. Sie lacht, stößt ihn zurück und stürzt den Eimer aus; Wasser klatscht auf seinen Kopf, die Schultern.
Bevor er reagieren kann, hat sie die Tür erreicht und drückt sie

zu: Wieder das metallische Klacken. Er weiß: die Tür ist nicht mehr zu Öffnen. Nicht von innen. Nur noch von ihr.

Er richtet sich auf, wischt Tropfen aus seinem Gesicht. Empfindlich hebt sich sein Körper gegen die kantige Geometrie der leeren Zelle ab. Es ist eigenartig still. Die Luft um ihn herum dampft. Das Licht brennt. Wieder spürt er Zweifel in sich hochkommen. Ob hier überhaupt etwas gelagert wird? Was, wenn die Zelle nur für sein Vereisen eingerichtet ist? Wenn sie den Zeitpunkt längst kennt, an dem sie ihn für immer hier behält? Seine Beine werden weich. Kribbeln steigt vom Magen auf. Die ersten Gebläse beginnen zu sirren. Sein Gürtel klickt, er öffnet den Reißverschluß. Mit klammen Fingern zerrt er sich die Hose herunter, das triefende Hemd von den Schultern.
"Sie wird Gnade haben, ja, nur verführen wird sie mich."
Ein zärtlicher Gedanke, - für mehr ist keine Zeit - schon liefert er sein befreites Fleisch der eisigen Temperatur aus. Die greift nach ihm. Ihr Atem, ihre Seele.
Er schüttelt die Arme, stößt den Atem aus und preßt die Hände an den Mund. Plötzlich schießt ein Strom durch seine Glieder: ein jähes, inneres Glühen: die Kälte prallt ab. Doch genauso unerwartet, wie er kam, ist der Hormonschub wieder verebbt.

Die Gebläse drehen sich schneller, füllen die Zelle mit einem monotonen Sirren. Unförmig liegen seine Kleider vor ihm, schwer und nass. Fast kann er zusehen, wie die Luft sich als weißer Niederschlag darauf setzt, auch auf den Eimer, das Regal längs an der Wand. Fröstelnde Wellen durchspülen ihn.

Von allen Seiten treibt die Kälte auf ihn zu: Eiszungen, Eisfinger, Eisarme. Er schließt die Augen und spürt ihren unnachgiebigen Druck, ja sie zerrt am Bauch, umklammert seine Schultern, krallt sich an ihn und läßt ihn nicht wieder los. Er schwankt, will sich halten und greift ins Leere. Als er die Augen öffnet, ragt sein Schwanz zwischen seinen Schenkeln hervor, sucht einzudringen in ihre unsichtbare Höhle.
Hastig zwängt er sein Geschlecht in die halb gefrorene Faust,

zieht es heraus, stößt es hinein. Atemberaubend. Die Erregung peitscht den vor Kälte stockenden Kreislauf an. Seine Beine vibrieren inmitten der Kacheln, auch die Wasserlache ist glatt: ja, dein gefrorener Saft...nimm' mein pralles Stück, gib dein Geschlecht...
Er stöhnt auf: Heftiges Stechen reißt ihn in die Gegenwart zurück. Das Ineinanderkrallen der Organe hat begonnen. Er krümmt sich, ihrem Tempo ausgeliefert. Stufe um Stufe eisiger wird die Luft.
Ganze Zellpartien sind taub. Nur zwischen seinen Beinen pumpt es; mit aller Kraft reibt er sein Geschlecht, die einzige Stelle, an der er jetzt etwas spüren will. Dort glüht es, schwillt, wächst, drängt in den Raum - schiebt sich zur Decke, reibt an den Wänden: gigantisch, monströs: er stößt ihre innwendig vereiste Möse, tiefgefrorene Vagina, gekachelter Schlund. Sein Puls trommelt und wirbelt, da zischen die letzten warmen Tropfen heraus; ein dünner, weißer Strahl, der auf dem Boden erstarrt.

Taub sackt sein Arm herab, hängt neben seinem Bein, ein fremdes Stück Fleisch: da ist nichts mehr, was er noch spürt. Die Zelle, die ihn eben erregt hat, starrt ihn plötzlich mit tödlicher Gewißheit an. Er muß sie rufen, entrinnen, sofort. Bevor ein Laut herauskommt, stürzt die Kälte in seinen Mund und durchsticht die eingezogenen Lungen; er schreit auf.

Die Tür bewegt sich nicht. Er fixiert sie, doch verschwimmt sein Blick. Irgendwo da draußen bewacht sie das Thermometer. Zählt sie die Striche? Dreht sie am Regler? Schabt ihr Fingernagel genüßlich über die Linien auf dem Thermometerglas? Ja, nur wie von fern wird sie ihn durch die verriegelte Tür hören können, ein aussichtsloser Kampf.

Vor seinen Augen tanzen Schatten. Gefrorener Schweiß hat sein Haar verkrustet, überzieht die Haut wie ein glasiger Film; die Organe, als wären sie von einem Eisblock umschlossen. Sein Geschlecht ragt auf, als biete es sich noch immer an; das angestaute Blut nicht kann nicht zurückweichen und bewahrt

seine Erektion. Gerade so schafft er es bis zum Regal, fällt steif in eines der unteren Fächer, hängt am kaum noch spürbaren Faden seiner verebbten Lust.
"Öffne doch, komm, ich flehe dich an!"
Seine Gedanken zerfallen zu wirbelnden Reizen.
Dunkel stürzt auf ihn, irgendwo in ihm drückt es. Dumpf senkt es sich herab, quetscht alles nach innen. Er bäumt sich auf und schreit mit allerletzter Kraft.

Das Klacken hört er nicht mehr, so rauscht es in seinen Ohren. Undeutlich erkennt er, wie sich ein Umriß abzeichnet, als hätte sich etwas geradewegs aus den Kacheln gelöst. Mit Mühe fixiert er die verschwommene Gestalt, die Schritt für Schritt näher kommt; dann steht sie vor ihm: Wie ein Standbild, das Kleid hochgeschlossen, die Augen auf ihn gerichtet! Er schluchzt auf und bricht in sich zusammen. Sie ist es! Sie ist gekommen. Wie konnte er glauben, sie ließe ihn im Stich? Nie wieder will er an ihr zweifeln! Ein kleines Stück dreht er sich zur Seite, gerade so weit er kommt. Erlöst und dankbar tastet er nach ihrer Hand.

aus: Heike Reich, "Der grüne Orgasmus" Erzählungen.

ISBN 3-931140-20-2

MEXICO D.F.II

Eine einsame Fledermaus flattert unter
Der Laterne die das Modell Tenochtitlans
Beleuchtet das schräg gegenüber des Zocalos
Im Boden verankert ist ein Wassergraben
Hindert die Kakerlaken daran die Stadt
Zu verlassen und dienen so den Tauben
Als Fraß die sich hier niedergelassen haben
Gleich dahinter die Ruinen des
Templo Mayors der Stein für Stein
Zerstört wurde um wenige Meter weiter
Wieder als Kathedrale aufzuerstehen
Ein neuer Ort der Götzenverehrung ist
Entstanden die Geburt einer neuen Nation
Blutig grotesk und voller Qual
Die Schlagzeile des Morgens hatte sich
Dem Tod von sechs Piloten gewidmet
Die während der Militärparade zum
Unabhängigkeitstag mit ihren Jets
Unweit des Stadtgebietes abgestürzt
Waren kurz nachdem sie den Zocalo
Überflogen hatten und der Staatspräsident
Eine optimistische Rede gehalten hatte
Am nächsten Tag werden Arbeiter damit
Beginnen die Tribünengerüste abzubauen
Um Platz zu schaffen für die
Heiligenbildchenverkäufer die sich
Sonst an dieser Stelle das Quartier
Mit den Zapatisten teilen die Videos
(Sin censuro) und T-Shirts mit dem
Vermummten Antlitz des Subcommandantes
Feilbieten aber kaum jemand zeigt
Dafür Interesse denn zwei Tage zuvor
Bebte die Erde - fast auf den Tag genau
Zehn Jahre nach der verheerenden Katastrophe
Die morgens um viertel nach sieben über
Die Stadt hereinbrach - und an solchen
Tagen ist der Beistand Gottes wichtiger
Als die Lebensumstände ein paar lausiger

Robsie Richter

Geboren am 22.6.64 in Straubing.
78 erste Schreibversuche.
84 Abitur und Verweis aus der mütterlichen Wohnung, mehr-monatiges Leben auf den Straßen Hanaus, u.a. Gelegenheitsjobs als Prospekteverteiler, Katalogsortierer, Lagerarbeiter und schließlich Putzmann in 'ner Kneipe.
86 erscheint Richters Einzelpublikation "...aber das Bier schmeckt noch genau wie vorher!".
Seit 88 Herausgeber des von Andi Lück gegründeten Fanzines für Hard-Core-Poesie und Metallyrik "Kopfzerschmettern".
89 vom Putzmann zum Kellner aufgestiegen; zweite Buchveröffentlichung "Wozu soll ich nach New York".
92 drittes Buch "In den Katakomben ist es noch ruhig".
Folgerichtig ist der Schritt in die Verlagsgründung...

Indios aus den Urwäldern Chiapas'
Die Fledermaus unter der Laterne weiß weder
Von den abgestürzten Piloten noch vom
Großen Beben und Chiapas hat sie nie gesehen
Das einzige das sie sich erhofft ist
Das Auftauchen eines fetten Insekts
Das sie erbeuten könnte

Sonne und Tauben

...neben den bereits begonnen Mailorder und Bücherlisten mit Underground-Literatur entsteht der Verlag Robert Richter.
93 erscheinen die Batschkapp-Gedichte von Hadayatullah Hübsch und die Anthologie "Das Kopflaus-Syndrom".
94 gibt der Cracked Egg Verlag, Eberbach a.N., Richters "Blut für Xipe-Totec" heraus;
96 Willkommen in unserer Stadt...das neueste Machwerk aus Hanau.

Sie hatten
Mir
Gesagt
Geh die Straße
Runter und
Schau
Ob was passiert

Ich ging
Also
Die Straße
Runter aber
Es
Passierte nichts

Außer daß
Die Sonne
Schien
Und die Tauben
Auf den
Boden schissen

Das war alles

FRAU OHNE HAUT

Meine nächtlichen Spaziergänge
Führen mich zum Fluß
Hinunter ich laufe langsam
Durch die Auen und nur der
Mond der am Himmel steht wird
Zeuge meiner finsteren Gedanken
Jetzt wo es wieder wärmer wird
Habe ich keine Lust mehr in die
Kneipen zu gehen um mich zu
Betrinken oder großartige Diskussionen
Zu führen über Fußball und Titten
Am Kiosk um die Ecke hole ich
Mir zwei Flaschen Export und
Bereite mich vor auf die nächste
Expedition im Dunkeln wo
Ich nicht sehen muß wie kaputt
Hier alles ist wie die Bäume
Sterben und die Wiesen sich in
Einen gigantischen Sondermüllplatz
Verwandeln ich drehe die Musik
Meines Walkmans auf zehn und
Hoffe daß mir niemand über den
Weg läuft aber dann kurz vor der
Brücke steht sie vor mir
In der Linken eine heruntergekommene
Bassgitarre ohne Saiten der Lack
Schon längst abgeblättert das
Holz von tiefen Furchen durchzogen
Und ihre Rechte streckt sie aus und
Sagt gib mir eine neue Haut
Meine Nerven liegen blank und
Jede Berührung bereitet mir
Unendliche Schmerzen ich sehe
Sie an und erinnere mich an
Vergangene Tage während ihr Fleisch
Zuckt und das Blut in ihren
Blauen Adern pulsiert ich möchte
Ihre Hand fassen weil ich nicht verstehe
Was sie will aber ich greife nur
Ins Leere eine Ente flattert erschreckt
Aus ihrem Versteck und fliegt der
Dunkelheit entgegen heute frage
Ich mich was aus ihr geworden ist
Der Frau ohne Haut laufe jeden
Tag zum Fluß hinunter aber
Gesehen habe ich sie nicht mehr

MASKE RADEN

Raimund
Samson

1952 geb., kath. bis 1976, erste Publ. 73-78 "Ulcus Molle", "Nachtcafé", "Tja", "Oldenburger Hefte" u.a., anderthalb Jahre in einer Kommune; ab 1982 mehr als 1000 Puppentheaterauftritte seit 89 wieder Schreiben; Publ. in diversen ZS; Veranstalter von Lesungen; 2 x im Monat "RADIO BRISANZ" - bisher 113 Sendungen mit literarischem Schwerpunkt; Hrsg. von „herzGalopp“, ...

Je mehr ich mich entblöße, desto
tiefer gehe ich zurück in dunkle Regionen.
Ich gab meine Nacktheit preis,
aber wer mich kennt, der weiß:
Immer bleibt ein Rest,
der sich weigert, zuzustimmen dem Status Quo
und staatlichem Pi-Pa-Po.
Ich bin ein Clown, gedemütigt und verletzt.
Unter der Schminke verheilen alte Wunden,
gräßliche, aber ich bin nicht mehr entsetzt;
jedoch die Narben werden bleiben
und sollen von etwas künden:
Ich liebe die Stärke, ja, und brauche viel Kraft,
denn ich will mich reiben an Rivalen und Freunden,
reiben und tanzen
und den Hammer schwingen,
von schwankenden Gefühlen singen,
mit dem unerbittlich Miesen ringen.

Entmystifiziert

Yves Dos Santos

geb. 73 in Paris / Vater Portugiese, Mutter Deutsche / mit 2 Jahren nach Hamburg / 92 nach Horrortrips auf Speed die Schule abgebrochen / 2 Jahre "rumgegammelt", Hausbesetzer in Lübeck und Paranoia auskuriert / seit 91 Musiker; Drums und Bass / 93-94 Zivildienst / Hrsg. "rausch!TAPES" und "ANDERS, Tape & Heft" / 95-96 Ausbildung als Tontechniker / Text- und Bild-VerÖ. in: "Störer", "Härter", "S.U.B.H." und "herzGalopp" / 96 Foto-Ausstellung, Social Act Festival, Münster / Multi-Media-Noise-Poems unter dem Namen BLUTBLUME /

Langsam dämmerte es ihm, daß es wohl doch keine so gute Idee gewesen war, gleich nach seiner Freilassung nach Amsterdam zu fahren.
Der Mythos des Drogenmekkas war sehr schnell zerbröckelt, als er die Grachten abwanderte - hätte ihm jemand gesagt, daß "dort" so die Straßen heißen, wäre er sich schlichtweg verarscht vorgekommen...

Er hatte nicht viel dabei, nur seine schwarze Lederjacke, ein leeres Fotoalbum, welches er mit Momentaufnahmen des "Höhepunktes" seines Lebens füllen wollte, und...sein Mundwasser - sein übler Tick, den er nicht geschafft hatte, drinnen zu lassen. Nein, er brauchte ihn als Schutzschild, mehr als je zuvor.
Man konnte aussehen, wie man wollte, nur durfte man nicht stinken und vor allem nicht aus dem Mund, denn das war das Ende, das sicherste, Zeichen einer heruntergekommenen Existenz.

Gleich am Bahnhof hatte er wieder kehrt machen wollen, nachdem er - noch in den sonnigsten Traumbildern wandelnd - vor die Halle trat und sich ihm das Bild des Elends bot.
Dann war er schnell - einfach nur weg - losgeeilt, rein in den ersten Coffeeshop und...

Doch soweit war er gar nicht gekommen. Ein übelster Typ, abgemagert, den Mund voller verfaulter Zähne - die Haut zog sich über die Knochen - hatte sich vor ihn gestellt und ihm irgend 'ne Geschichte erzählt (das übliche halt). Er war zuerst total geschockt, gefangen in dem Gestank, der ihn einhüllte. Er hatte dann auch irgend eine Geschichte erzählt (das übliche halt...)

Der Typ fing immer mehr an zu zischen, stand jetzt direkt vor ihm - berührte ihn fast und spie ihn an:
"Du Schwein gibst mir jetzt dein ganzes Geld oder ich schlag dich hier auf offener Straße zusammen. Keinen wird's interessieren. Ich hör jetzt schon den ganzen Tag die gleiche Scheiße..."

Bei Gott, der Typ würde es wirklich tun. Seine Augen blitzten nur noch eiskalt, fast hypnotisch - und er schien wirklich nichts mehr zu verlieren zu haben - nur noch getrieben nach dem nächsten Schuß. Er konnte nur noch stammeln, schaute hilflos in die Gegend, als ihn von hinten jemand am Arm faßte und wegzog...

Es war vorbei, einfach so...Als er sich umdrehte, sah er, wie der Typ - das Monster - ziellos dastand und sich dann den nächsten krallte.

Der Fremde schleppte ihn dann in 'nen Coffeeshop. Er gab erstmal einen aus, hatte der andere ihm doch das Leben gerettet.
"Leider gibt es für solches Ungeziefer keine Kammerjäger, die man anruft und die sie zertreten...und selbst wenn - wie bei den kleinen Viechern, würden sofort von überall her neue heranströmen..."

Er hörte ihm zu, doch sein Kopf war ein Vakuum. Er sah die Lippen, die sich bewegten, hörte Laute, doch auf seinem inneren Bildschirm bildeten sich daraus keine Sätze. Es floß alles an ihm vorbei.
Wie lange er da gesessen hatte, wußte er nicht mehr...und auch sonst nichts, als er frühmorgens in einer Seitengasse hinter Müllcontainern aufwachte. Natürlich war alles weg. Nur sein Mundwasser hatten sie ihm gelassen...
Er schleppte sich zum Bahnhof, ging direkt an dem "Monster" von gestern vorbei, doch das musterte ihn nur kurz, schien ihn aber nicht wiederzuerkennen.

Jobsuche

Jobsuche. Oh mein Gott. Wir schreiben das Jahr 1994. Es ist der 18. Juni. Vor mir liegt die >>Rheinische Post<<. Die Samstagsausgabe.
Jobsuche:
Praktisch begabter Oberschüler gesucht für einfache Gartenarbeiten nach Oberkassel. Schon beim Lesen dieser Anzeige wird mir klar: Sie werden dich erniedrigen. Sie suchen ein Oberschülerjüngelchen, das sich für vermutlich sehr kleines Geld die Finger dreckig machen soll. Während die Herrschaften von der Terrasse aus jede Regung observieren werden, soll der angehende Arzt seine Patschehändchen fest um das Unkraut schließen, es an der Wurzel packen, sozusagen. Den plattierten Weg wird er nicht verlassen. Er wird angewiesen sein, den englischen Rasen nicht zu betreten. Die geharkten Beete sklavisch zu meiden. Er wird in die Scheiße beißen und die Anweisung haben, es sich schmecken zu lassen.
Das Bewerbungsgespräch stelle ich mir dann wie folgt vor: Ich wähle die Nummer und am anderen Ende der Leitung meldet sich eine ältliche Herrenstimme: "Ja, hier Schneider."
"Guten Tag, Schiemann hier. Ich rufe an wegen ihrer Annonce in der heutigen Ausgabe der Rheinischen Post."
"Ah, ja. Herr Schiemann, ähm ... Wie alt sind sie denn?"
"Ich bin 24 Jahre alt."
"Ah, ja. Ja, dann sind Sie aus der Schule denn schon eine ganze Zeit raus, ja. Was haben sie denn gemacht, danach?"
"Oh, ich bin selbständig auf dem Gebiet der Musik und des Kunsthandels. Mein Vater war schon Kunstmaler und ich schreibe und produziere Platten."
"Ach sowas, ja. Haben sie denn Abitur?"
"Nein, ich habe die Schule mit der Mittleren Reife abgeschlossen."
"Ah. Na dann ... Wir haben uns noch nicht entschieden, aber Sie müssen wissen, daß sich bei uns heute schon einige junge Männer beworben haben, die Abitur vorweisen konnten."
"Ja, Herr Schneider, ich habe zwar kein Abitur, aber ich habe letzte Woche mit Auszeichnung einen Volkshochschulkurs absolviert."

Philipp Schiemann

Geboren: 22.12.1969 in Düsseldorf. Schauspielerisch tätig in diversen Düsseldorfer und Kölner Undergroundfilmen.
"Im Laufe der Jahre habe ich hin und wieder mal ein paar Geschichten geschrieben, meist authentisches Zeug, fixiert, als die Emotionen noch frisch waren - manches mußte ich auch Jahre mit mir herumtragen, bis die nötige Distanz da war. Mach' dir selbst ein Bild."
Anspieltip CD "Le Petit Journal" - Stories 1992-1995
Weitere Veröffentlichungen: Johnny Conscious & Six Pack Riot "Cum shots" CD/93 Johnny Conscious "Life is Big" CD/94 und "Sick love" Vinyl/95
Nächste Veröffentlichung ist eine Platte zusammen mit dem amerikanischen Ex-Angry Samoans Sänger Jeff Dahl.

"Ach ja?" In... in Gärtnerei?"
"Nein. In LECKEN."
"Bitte?"
"IN PUSSYLECKEN, HERR SCHNEIDER. DAS IST, WENN MAN SEINE ZUNGE TIEF IN EINE PUSSY STECKT. WIE WENN MAN TULPENZWIEBELN TIEF IN DIE ERDE RAMMT. SIE VERSTEHEN SCHON."
Ende des Gesprächs. Jobsuche.
Mit Schrecken denke ich zurück an mein letztes Vorstellungsgespräch. Eine Woche ist das jetzt her. "Suchen Auslieferungsfahrer für Möbel. Handwerkliches Geschick und Führerscheinklasse 3 Bedingung." Eine freundliche junge Frau gab mir einen Termin mit der Chefin. Der Laden hieß "Wohnbiologie" und ich mußte unweigerlich an Latzhosen und Reformkost denken.
Wobei man mit Hippies oft noch ganz gut auskommen konnte. Diese hier waren anders. Ich hatte kaum einen Fuß über die Schwelle des Geschäfts gesetzt, und schon folgte die klischeegetreue Bestätigung. Menschen, die Weichholz zu ihrem Fetisch gemacht hatten. Soweit das Auge reichte, biologisch hochwertige Holzprodukte, über die Kücheneinrichtung bis zum Wohnzimmertisch.
Die Chefin grüßte förmlich durch ein Kopfnicken, hatte sie doch noch Kundschaft. Die Kundin war etwa 40 Jahre alt, klein und mit einem unvorteilhaften Topfschnitt. Die beiden saßen an einem modernen Bauerntisch und tranken Kaffee. Mit dieser Kundin war ganz offensichtlich ein Geschäftsabschluß zustandegekommen.
Sie wirkte wie die Frau eines HNO-Arztes. Er macht Überstunden und sie trennt den Hausmüll. Ein völlig asexuelles Unterfangen.
Patientenklüngel und Windelwechseln. Die beiden Söhne der Kundin waren auch anwesend. Sie wälzten sich auf dem Parkettboden und spielten mit pastellfarbenen Holzklötzchen. Sie hießen MATZE und ARNE. "Prost Mahlzeit", dachte ich wieder. Diese seltsame Intellektuellenriege mit ihren eigenartigen Bräuchen. Sie kaufen Designermöbel aus Holz. Sie zahlen horrende Preise für angeblich gesunde Küchenstühle und

Tische, auf denen dann das Fleisch vom Bio-Bauern serviert wird. Der Herd hat Ceranfelder. Dosen werden recycelt. Abonniert haben wir das Magazin "SCHÖNER WOHNEN". Wir fahren nicht Mercedes, sondern VW, denn wir sind überzeugte Klassenfeinde. "KOMMT DENN DIESER REIS AUCH AUS BIOLOGISCH HOCHWERTIGEM ANBAU?" Unsere Kinder werden nicht Uwe, Thomas oder Andreas heißen. Sondern LARS und SVEN. Wenn's ein Mädchen wird, CORDULA. Aber ich hätte lieber zwei Jungs. Ich nenne sie dann Matze und Arne. Oh, Mann. Der Topfschnitt, das asexuelle, die nordischen Namen und der Holzklimbim: Alles schien so eng verbunden zu sein. Problemkuschelei und BIO-BUMS. Es paßte einfach alles. Dies alles vor Augen wurde ich schließlich angewiesen, Platz zu nehmen. Die Bewegungen der Chefin erschienen mir betont langsam zu sein. Vor ihrer Eröffnung musterte sie mich eingehend.
Und dann begann sie zu sprechen.
"Ja, Herr Schiemann. Dann erzählen Sie doch mal ein bißchen aus Ihrem Leben."
Oh, mein Gott, dachte ich wieder. Ein Möbelpackerjob. Ein Muskeljob. Und kein verdammter Job ohne den Lebenslaufklüngel. Ich hatte mich so viele Jahre in kein Angestelltenverhältnis begeben, daß mir an dieser Stelle plötzlich klar wurde, wie sehr mir die Arbeitnehmermentalität abging. Zu Kreuze kriechen für einen Fahrerjob. Rosetten lecken für einen Gesellenbrief. All diese Dinge mochten bestehende Regeln sein, aber dennoch waren sie für mich ausgeschlossen. Zu diesem Zeitpunkt interessierte dies alles allerdings keinen - ich hatte Rede und Antwort zu stehen.
Ich ertappte mich selber dabei, wie ich anfing herumzustammeln. Kunsthandel...Musiker...blahblahblah. Die Wahrheit war einfach unglaubwürdig. Die Chefin fixierte mich unaufhörlich, und kurz bevor sie weitere Fragen stellen konnte, beschloß ich bei mir, einfach nur ehrlich zu sein.
"Sehen Sie mal", sagte ich, "ich bin Musiker. Das ist meine Berufung. Film, Musik, Literatur und Malerei - etwas anderes interessiert mich nicht. Hier bei Ihnen werde ich Möbel ausfahren, und das ist nicht meine Berufung. Das ist ein Job. Ich will

ihn machen, weil ich das Geld brauche, und ich sage Ihnen, ich bin zuverlässig, pünktlich, und ich arbeite eher im Akkord, als daß ich herumsitze."

Das waren meine Worte, und Frau Chefin gab sich sachlich und regungslos. Zwei Tage Bedenkzeit würde sie sich ausbitten, hieß es dann. Ich solle mich doch telefonisch noch einmal melden. Beim Verlassen der "Wohnbiologie" war ich mir dann ziemlich sicher, daß ich all das Holz nie wieder sehen würde. Ich behielt recht.

Zwei Tage später hieß es dann sehr schön: "Ja, Herr Schiemann, ich habe mich noch nicht entschieden, aber wir beide kommen nicht zusammen." Bei ihrer Formulierung mußte ich unweigerlich an Sex denken. Wir beide kommen nicht zusammen? Wie Schade. Jaja. Auf Wiedersehen. Bei genauerem Hinsehen leuchtete mir ein, daß es auf diese Tour wahrscheinlich nie etwas geben würde.

Aufrichtigkeit war einfach nicht gefragt. Wenn ich erzählt hätte "WEICHHOLZ IST MEIN LEBEN", hätte ich bessere Chancen gehabt? Kann denn Möbelstemmen zur Berufung werden? Wahrscheinlich war das der Haken. Man mußte einen Diener nach Maß abgeben - die Materie besser kennen als der Chef selbst. Wie auch immer - ich brauchte zwar Geld, aber dennoch war ich froh über den Ausgang dieser Geschichte.

Kein Matze. Kein Arne. Kein Holz und keine Reformkost. Kein Arzthaushalt, in dem die Mutter mit umgebundener Schürze die Tür öffnet - keine wohlbehüteten Kinder, die ein Pausenbrot auf den Weg bekommen und mit guten Noten heimkehren - und kein Herr Schiemann, der seine Tätowierungen durch langärmelige Hemden versteckt und Weichholz liefern wird an seine ach so liberalen Kunden.

DER EROBERER

Ali Schrybyr

(ps.)
*"Am Anfang war das Ohr, erst dann kam der Mund
und danach war das Wort!"*
Poet, Songwriter & Herausgeber, wohnt in Goldbach . Ein 69er mit Autonomie im Blut.
AALFAA EnterBrainMent: kein Verlag, sondern eine Publikations-Initiative für Anthologien, Literaturblätter und Projekthefte (im HigA-Sortiment: Hefte in geringer Auflage - Her-auf-Be-Stellung). Eigene Titel u.a.: heinrich (ein postromantisches fragment, 1994), Ohne mich wäre alles Quatsch (1994), Wahnsinn! Von wegen es war nichts (1995). Herausgeber: KULT - ALI agenda: Magazin für Poesie & Sernoldismus (vorher: Die aSOZIALE BEATE, Funzine für Fanz).

das sind geschichten
in denen immer einer liegen bleibt
er hatte sich aufgemacht
um die welt zu erobern
seine erste station war dieser penner
auf der bank im stadtpark hinten links
bei den büschen neben dem kiosk
jedenfalls saß er da mit seinen
leeren bierflaschen und erzählte ihm
wie er schon die welt erobert hatte
und die frauen vor allem
du mußt ihnen einfach imponieren
du mußt ihnen zeigen warum du
ein mann bist und daß du scharf bist
du mußt ihnen erzählen daß du die
welt erobern gehst dann warten sie
auf dich und heulen dir was vor
laß sie warten aber laß sie nicht
zu lange warten erzählte der penner
ein sixpack am kiosk für diese
lebensweisheit den tranken sie zusammen
aus und er ging weiter auf seine unbestimmte
richtung zu setzte die füße nachlässig
achtete nicht auf seine umgebung
er ließ auch sein gesicht durchhängen
wie einer dem es egal ist ob er überhaupt
ein gesicht hat er hatte ja auch nichts
davon außer daß er sich rasieren mußte
er überlegte ob er noch einen freund
treffen wollte dem er erzählen konnte
daß er die welt erobern ging das ist
doch wohl unter männern so üblich
johnny wäre so ein freund gewesen
dem man solche wichtigen dinge anvertraute
johnny war jetzt zusammen mit lilo
die hatte mal in einer bar gearbeitet
dort hatten sie sich kennengelernt lilo
und johnny liebten sich das wußte er

johnny war immer stundenlang in der
bar um bei lilo zu sein dabei
betrank er sich zwangsläufig jeden abend
die geschichte war mittlerweile in der
ganzen stadt bekannt lilo ist dann zu
ihm gezogen um die peinlichkeit
zu beenden johnny durfte trinken wenn
er wollte aber er sollte es zuhause tun
johnny war kein typ der die welt
erobern wollte er wollte nur lilo
johnny konnte man gefahrlos erzählen
daß man fortging der wollte nicht mit
hätte nicht mehr die kraft dazu gehabt
hatte aber noch die kraft lilo zu lieben
also ging er in dieses miese stadtviertel
wo die beiden wohnten schlurfte die
treppe in dem dumpfigen mietblock hinauf
es gab keine klingel und keine namensschilder
man wußte entweder wo die freunde wohnten
oder man hatte hier nichts zu suchen
aber er kannte sich aus johnny war
ein echter freund also klopfte er an
die nach hundepisse stinkende tür und
lilo machte auf komm rein johnny
geht es nicht besonders gut er wird sich
freuen dich zu sehn ich wollte ihm erzählen
daß ich die welt erobern werde lilo war
platt das wird ihn freuen komm er sieht
dich immer gern johnny lag auf dem sofa
er war nicht eigentlich betrunken er hatte
nur einen hänger johnny war nicht viel
älter als er aber irgendwie hatte er schon
viel mehr durchgemacht weißt du was
johnny ich geh weg von hier du hast
recht sagte johnny mühsam lächelnd
und seine zahnlücken waren noch nie so schön
ich habe immer an dich geglaubt du
schaffst es das ist nichts für dich hier

so einer wie du muß die welt erobern
genau das habe ich vor du bist ein wahrer
freund johnny hustete und sie tranken zwei
flaschen wein zusammen lilo saß dabei
und sah zugleich lieb und traurig aus
eines tages komme ich wieder dann erzähle
ich dir wie es war johnny küßte ihn dafür
wieder auf der straße hatte er ein komisches
gefühl abschiednehmen war ein schmerz der
süchtig machen konnte es war dunkel
geworden der abend war warm die nacht
würde er nicht mehr spüren er ging
zum bahnhof da kannte er etliche kumpane
mit ihnen trank er einige schnäpse und
schlenderte dann hinaus auf den bahnsteig
da ging er entlang und immer weiter
bis er sich auf die gleise legte morgen
würde er die welt erobern bestimmt morgen
würden sie ihn hier finden und sie würden
über ihn reden schaut her würden sie sagen
so sieht einer aus der die welt erobert
hat so kann nur einer aussehen der weiß
wo es lang geht das tut nur einer der
die welt zur genüge kennt er könnte sie
jedem erklären er konnte wichtiges
von unwichtigem unterscheiden er wollte
die belanglosigkeit nicht länger erdulden
wir wollen seiner gedenken und es johnny
schonend beibringen wieder einer der
die welt auf seine ganz eigene art
erobert hat und diese welt gehört jetzt
ihm das werden wir noch merken

Die Kreuzigung

Die Kreuzigung

Thomas Schweisthal

61 geb., ein Mann ohne jede Tonart, etliche Studiums, alle geschmissen, zur Zeit Hilfsbuchhalter, wohnt in Regensburg, nicht in Paris.

Ich erinnere mich noch genau
an diesen Mann, der da
mitten in der Ortschaft an
einem Andreaskreuz hing,
an einem unbeschrankten Bahnübergang,
und rief:
"Ich
bin
Jesus.
Habt ihr gehört,
ihr Säue?
Ich bin Jesus!"
Und ich fragte:
"Vater,"
ich sagte Vater, nicht Papa,
"Vater,
ist
das
Jesus?"
"Nein", sagte mein Vater.
"Das
ist
gar nichts!
Du
hast
gar nichts gesehen.
Du
hast
vergessen,
was du gesehen hast!"
Aber ich habe
den Mann nicht vergessen.
Klein, und verzweifelt,
und sehr
wirklich.
Nicht der Hauch von Fälschung.

Die Schwarze Flagge

Im August
stand die Sonne
schon tiefer als mir lieb war,
und die Leute
schienen irgendwie älter geworden;
sie hatten keine Trommeln dabei,
man sah
wenig Haut,
und sie verdrehten ihre Köpfe so,
als ob im Gebüsch
etwas Schlimmes
auf sie lauerte.
Ansonsten war es still
als das erste Blatt vom Himmel fiel,
als das Schiff aus Odessa
Briketts brachte;
es hatte die schwarze Flagge gehißt,
wie immer wenn eine
Zeit zu Ende ging,
aber niemand schaute hin,
weil es im Darm rumorte.
Der erste Gedanke
an Drogen kam auf,
und ich beschloß,
nicht mehr schlafen zu gehen,
aus Angst nicht mehr aufzuwachen,
weil der nötige Ansporn dazu fehlte.
Niemand wollte es wahrhaben,
aber früher als uns lieb war,
waren die Kraniche gekommen,
verplombten den Himmel,
wie immer wenn eine Zeit
zu Ende ging,
und eh ich mich versah,
hatte ich einen Pullover an,
und kam aus ihm,
viel zu früh,
nicht mehr heraus.

Mutter 1

Michaela Seul

1962 in München geboren. Beruf: Lektorin. Veröffentlichungen: Einzeltitel "Nachts brennen die Betten doch" (Verlag Thomas Nöske, Berlin 1994); Co-Autorin des "Frauen Motorrad Handbuches" (Verlag Frauenoffensive, München 1995); ca. 200 Kurzgeschichten in Zeitungen, Zeitschriften und Anthologien, z.B.; Piper Verlag ("Die besten Geschichten aus dem Bettina-von-Armin-Preis" 1993 und 1994); Fischer Verlag, Reihe Neue Frau ("Vater und ich" 1993); Goldmann Verlag (1989 "Heißzeit/Eiszeit" und 1990 "Nichts geht mehr, aber spielt ruhig weiter"). 1. Wiener Werkstattpreis 1993.

mutter
fleischfressende höhle
schlingpflanze aus dem totenreich
zerstörerin meiner sieben seelen

mutter
meines schreis
den offenen mund
voll erbrochenem
nimm es zurück

Mutter 2

du pawlow
ich hund
geifernd nach liebe
huldige deiner schönheit
fröstle im scherbenklang
deiner eingeweide
noch leidensdruck entfernt
dich zu sezieren
bleibe ich das hässliche
schwan sollst du sein
dann liebst du mich doch?

Die glückliche Familie

Andenkenverkäufer sind lästiger als Moskitos. Für die gibt es noch kein Spray. Ansonsten ist die Urlaubsstimmung ungetrübt. Das Meer ist eine ölige Lache. Vereinzelt jaulen Dampfer. Nur auf Ansichtskarten unterscheidet sich das Panorama von einem Industriegebiet.

An einem Tisch des preiswerten Lokals - schließlich sind wir keine Krösusse - sitzt das Paar mit Kind. Die Frau sagt: Wir sind eine glückliche Familie. Der Mann möchte gerne mitmachen. Das Kind hackt den Tisch in ein Dreieck. Der Tisch wackelt. Die Frau wischt drei Teller mit Pizza, drei Gläser mit Mineralwasser und einen Aschenbecher vom Tisch. Der Mann schaut die Frau an. Die Frau küßt den Mann. Das Kind schreit. Die Frau stößt den Tisch um. Das Kind kotzt auf die Scherben. Die Frau küsst den Mann. Der Mann uriniert auf das Erbrochene. Die Frau beißt dem Mann die Zunge ab und spuckt sie dem Kind ins Gesicht. Der Mann reißt ein Bein vom Tisch und bohrt es der Frau ins Ohr. Die Frau ist gepfählt und rammt das Tischbein in den Mund des Mannes. Das Kind übt Klimmzüge. Das Ohrloch der Frau reicht bis zur Schulter. Der Mund des Mannes steht bis zum Kehlkopf offen. Das Kind kann tolle Turnübungen machen. Die Umsitzenden applaudieren. Das Kind stolpert. Mann und Frau bücken sich gleichzeitig und das Tischbein geht beim einen Ohr rein und beim anderen raus und im Mund rein und am Hinterkopf raus. Das Kind kann sogar schwimmen. Blut trägt besser als Wasser. Ein Glatzkopf fotografiert. Die Frau ist beleidigt. Wenn schon, dann Superacht, erbricht sie Blut in den zungenlosen Mund des gepfählten Mannes und reißt sich dabei den Kopf entzwei. Das Kind grabscht ein Auge aus der Höhle und ruft: Kaugummi! ehe das Auge glibberig im Mund zerplatscht und von den Mundwinkeln übers Kinn trieft. Der Mann gurgelt nur noch. Das Kind stochert im anderen Auge und hebelt es mit der Gabel raus. Der Mann stürzt über das Kind und das Kind stürzt in die Gabel. Auf der gegenüberliegenden Straßenseite wartet ein Schwarm Andenkenverkäufer auf die Wiederherstellung der Ordnung.

PEEWEE ROCKS BLECHE

Enno Stahl

Dichter, Performer, Lit.-Graffitist, Vis.-Poet, Herausgeber, Organisator - geboren 1962 in Duisburg-Rheinhausen, lebt in Köln & Berlin, Mit-Herausgeber im KRASH-Verlag, Herausgeber des FLYER, Zeits. f. Vis. Poesie, Organisator der 1. u. 2. Deutschen Literaturmeisterschaft 1993/1995 in Köln / Stipendien & Preise / Buchveröffentlich.: "Trash me!", Köln 1992; "Stete Geburten, Novelle", Wien 1994; "Roman der 6" (Co-Autor), Köln 1996. Außerdem Essays und Prosa in Zeitschriften u. Anthologien.

Grau in grau in grau in grau darin bißchen rot = Neon: Reklame von Arschloch-Versicherungen oder sonstwie Medikamentenvertretern... startet Peewee durch mal wieder durch & läuft quer durch 1 Tag der nicht unbedingt da sein müßte... macht Sprechblasen in den Wind: die fliegen weg werden nicht gehört & nicht gesehen: wie gesagt: das meiste macht man umsonst außer man macht es denkt Peewee denkt & eilt sich weil man könnte was verpassen z.B. sich selbst & so stoppt er die Gedanken & stürmt voran sieht paar Tauben sieht paar Türken sieht paar rotschnaufende Deutschgesichter & denkt doch wieder denkt: Son Pech dasses die Deutschen gibt ohne die Deutschen wär Deutschland nich halb so häßlich... biegt um die Ecke taucht unterm Bibliotheksgebäude durch flummit ansatzlos auf ne Parkuhr hebt ab & schwebt & landet sanft - die Straßenbahn drischt metallin über die Kreuzungssache Hochleitung Masten & wartende Gestalten: schaun trübe auf Blechlawinen die sich behäbig ums Hufeisen des Marktes winden & Peewee erreicht die Ampel aber will nicht warten wie die andern spritzt zwischen den hupenden Stoßstangen & Spoilern durch - is doch scheißegal: "Ej, ihr, ej, leckt mich doch, steckt euch eure blöde Hupe inn' Arsch!" steppt leichtfüßig zwischen all den Menschen all den Massen all den Menschenmassen durch die aus just ankommenden Bahnen quellen... gibt paar hübsche Mädchen aber keine kuckt keine kuckt auf Peewee dabei hatter so schöne Kleider frische Wäsche endlich wieder frisch gewaschen hat Akme für ihn & rasiert hatter sich auch mal - aber es ist gleich & fällt nicht ins Gewicht - was solln die Mädchen?: er ha ja 1 & außerdem was zu tun... aufm Platz alles wie gehabt: is rappelvoll & eng massiert: die "Kollegen" stehn rum & stupsen sich an & reden & bringen sich über die Zeit über die Wartezeit bis der Mann kommt oder das Geld... Peewee hingegen hat Geld fragt sich nur ob er gleich was auftreibt oder ebenfalls warten muß... Halli ist da aber hat nix kriegt erst heut abend Nachschub weiß auch von keinem der flüssig is... & deswegen hängen sie hier: aufm Trocknen mit fiebrigen Augen den Affen auf der Schulter & scharren wie Gäule übers Pflaster... nurn paar hams geschafft: den Nachmittagskick erledigt schlaffen satt auf der Bank den

Blick traumverloren Hand auf der Armbeuge & ansonsten alle Schwerkraft gen Grund... is ja wieder alles viel zu dumm hadert Peewee was mach ich was soll ich hier überhaupt? nur wegen Akme diese Fixer-Scheiße reinziehen ich werd nich mehr... naja wenner gut handelt fällt vielleicht nochn bißchen Speed ab... / allmählich kommt Bewegung in die Sache: Mahmud der Marokkaner is aufgetaucht hat gleich ne Traube um sich rum - bißchen doof = viel zu auffällig wo die Bullen hier quasi ne Filiale eingerichtet ham... also Peewee sagt sich er ist lieber schlau & wartet ab kann ja nich schaden: irgendwas wird schließlich noch übrigbleiben & notfalls muß Akme mit Speed vorliebnehmen... die Tauben die Einkaufsleute die Straßenbahn bimmelt & die blöden Autos tröten: diese Arschlöcher wenner 1 haßt & da gerät der Pulk in unruhiges Ventilieren: Stimmen werden laut - was das? alles spritzt auseinander: n Türke in Lederjacke verpißt sich als hätten sie'n gesengt & Mahmud hat Glotzgesicht starrt stier strauchelt & wankt sinkt auf ne Bank hält sich den Bauch & braunes Gesicht ganz weiß auf einmal = seltsame Sache! alles umringt ihn blickt scheu... dann meint n Mädchen: "Mensch, wir müssen n Krankenwagen rufen - schnell!" & sprintet weg... Peewee is nun ganz Ohr gesellt sich zu der Gruppe: "Wasn los, ej?" - 1 kalkiger Junkie mit kölschem Akzent is froh dassers rausplappern darf: "Moh ej, dä hätt dä Machmutt nä Mässa inne Bauch jesteckt - einfach so, västehsse. Weje beschissene zing Maak. Der sollte veezisch zohle, hätt abba nu' drissisch - da jabs Streit und weje dä lumpije Zehner holt dä dat Messer eruss und stischt denn' ab!! Kannsse dat jloowe??" Peewee glaubt alles: denn gibt nix wassis nich gibt - inzwischen gondeln die Schaschlikfahrer an & die Bullen natürlich auch: wolln wissen wers war oder wer den kennt... die Fixer = deutlich im Zwiespalt aber andererseits läufts so ja nich: wenn das Mode wird wegen 10 Mark die Leute langzumachen gibts für keinen mehr ne gute Zeit also packen sie aus um die Wette nur: Tatsache! - den Türken kennt keiner der is neu auf der Platte & was also kann man ausplaudern wenn man nichts weiß - die Bullen stöhnen innerlich: n Bericht tippen für nix & wieder garnix - man siehts ihnen an: kritzeln Scheiße auf ihren Block &

am liebsten wär ihnen das vollegal: nee AM LIEBSTEN WÄR IHNEN DAS AM LIEBSTEN! wenn Dealer & Drogis sich gegenseitig abstächen: wär das Problem aus der Welt & die Sache gegessen & die Stadt beinahe sauber für Bullenseelen - nur die üblichen Schwerverbrecher aber die kennt man eh vom Kölsch an der Theke & damit kann man wohl reden... Mahmud immer noch null Mucks & leichenbleich (denkt wahrscheinlich an das Sortiment in seiner Jackentasche) - wird auf ne Bahre gehievt: sie karren ihn ab... naja & die Bullen machen sich ebenfalls nach & nach weg bleiben grad so lang um den Schein zu wahren dann lassen sie den Dschungel wie er is - in dem nämlich die Gesetze des Dschungels walten.../ nun: Krankenwagen weg Bullen auch - alles nochn bißchen verstört doch allmählich geht man zur Tagesordnung über... gibt schließlich Wichtiges zu erledigen: denken alle denkt auch Peewee - hat Horst aufgetan guter Kumpel willn bißchen abtreten: "Weil dus bist!" - 1/2 g. = 75,-: muß Akme was haushalten... bleibt n Rest Geld für Speed! das ist fein freut sich Peewee reibt sich die Hände verpackts 'pack' klapst Horsti auf die Schulter & dampft ab: länger als muß musses wirklich nich sein... zurück schnell zurück durch den Abenddämmer: blaugrau über sich schwärzenden Bauten - springt kurzentschlossen durchs Türakkordeon der gerade ablegenden Bahn ruft: "Raucht kein Crack, raucht kein Crack! Davon werden eure Zähne schlecht!" schleudert die schlappen Knochen aufn freien Sitz & ab dafür! Erdenzeit is knapp bemessen & keine sec. zu verlieren: besonders grad in dieser Generation... zuckelt die Bahn mühsam hier oder da: Peewee haßt das: man wird so dösig man döst so ein die Welt wird so breiig & lahm & als könnes außer Rumzuckeln nichts anderes mehr geben... überhaupt isses zu eng: Peewwe bereut den Entschluß mit der Bahn = Schuhkarton - kann kaum atmen & Fenster gehn nich auf... is reinste Repression spürt wies bedrängend in ihm hochwallen will (= wie 1 Horror beim Trip: langsam jappendes Anvakuolen & irgendwann hängst du mittendrin...) ... also nächster Halt - scheißegal! liebern Rest laufen! schlüpft Peewee raus wieder raus aus dem Schrecke saugt durstend semi-gute Luft in gierige Lungen & is schon ne Befreiung...

aufm Zülp' ist die übliche 1/2 7-Paranoia: überall Autos & Bahnen & Menschen: 1 Platz als Durchgangsverkehr - noch was essen? einkaufen? mit bißchen Geld was übrig? nee lieber direkt zurück & n Hieb Speed: das is gut das is gesund das vertreibt dieses Müde dieses Schlaffe die dumme Dösigkeit aus der Bahn - ja genau! so muß das Programm sein... stop! ne Cola am Kiosk: steht Peewee auf den Hacken man meint seine Bremsen quietschen zuhören... wartet sind Leute vor ihm: stupide Schnepfe hält ganzen Betrieb auf pennt ein beim Reden & bestellt lauter Scheiße: "Und für zwanzig Pfennig von den Schnullern... uuund... für zwanzig von Erdbeeeeren... uuuuuuuuuuuund... für fünfzig Lakritzspiraaaalen... und... ähm... ja, dann für zehn" - unerträglich! Peewee zappelt vor Ungeduld: will natürlich weiter: man lebt doch nicht um zu warten z.B. stundenlang am Kiosk... links & rechts in den Hauseingängen hängen die Abgefuckten: schnorren wolln Bier wolln ne Mark - aber nich von Peewee: daß bei dem nix zu holen is merken sie wohl... & endlich an der Reihe zählt ers Geld in die Plastikschale & erhält die Flasche im Tausch... dreht ab & weiter & trinkt im Gehn hastig 1 Schluck - aus dem Imbiß gegenüber grüßt Stefanos der Griech - rauscht Peewee um die Ecke wo jetzt n schmieriges Yuppie-Café drin is: überhaupt machen nur noch so Läden auf: da sitzen sie - mitten im Dreck neben Pennern & Pushern & Blechlawinen & haun sich die überteuerten Kleinigkeiten aus der Mikrowelle rein: im Grunde 1 Essen für die Schweine & so machts ja 1 Reim.../ so... da... klingelt: denn 1 Schlüssel will Akme ihm nich geben... es summt auf: eindringlich: wartet wohl schon inständig... Peewee stiebt übern Flur marschiert durch die Wohnungstür kuckuckt "Heroiiin!" sie: bleich vor Ungeduld & Exzeß: verpickelt von Chips & Schokolade: in Slip & T-Shirt - liegt anscheinend noch im Bett: kriegt voll den Anfall: "Du blödes Arschloch! Biss du beknackt? Mussdu hier so rumschreien, dasses jeder hört?? Willst wohl unbedingt, dasses noch mehr Ärger gibt??!!" der Fernseher läuft blubbert Bilder MTV Überblendungen Collagen Masken endloser Kreislauf gebiert Bild aus Bild: Symbol für die Vergeblichkeit allen Treibens: Bewegung wird vorgetäuscht - mehr nicht... "Und? Hast dus also?" - "Mhm,

aber nurn halbes. Und noch was Speed." - "Hm." zufrieden is sie nich doch wann is sie das schon mal: Peewee solls nich kümmern er packt die Beute aufn Tisch "Welches isses?" - "Hier!" zeigt Peewee: sie schnappt sichs holt Alu-Pfanne & Röhrchen streuselt bißchen drauf zündelt kocht auf inhaliert schnappt kämpft mit dem beißenden Rauch & siiiiiinkt langsam zurück aufs Bett... flämmt nochmal & nochmal... die letzten Reste aus der Folie - alldieweil häckselt Peewee 2 'lines' - & snooooork.../ also was gibts zu tun?: MTV die Nacht fällt in die Gassen Akme hängt in den Seilen glotzt auf den Bildschirm & ansonsten nix "Ich glaub, ich mach was am Compi." federt Peewee hoch wegen Spiralen innen Beinen & nach nebenan: POWER! im Monitor glimmts Lämplein auf: so gut: was nun: vielleicht... warum nicht? das neue Spiel ausprobieren: Exterriator... rein mit der Diskette BLINK KRACK verdammt: das Teil hängt wieder: sollt sich doch maln bessren Computer kaufen obwohl naja - für 50 DM: was
willste verlangen? noch paar Versuche: dann klinkt sie ein endlich & los gehts: die 'Superhero'-Truppe is einsatzbereit: willens & fähig den arabischen Diktator zu eliminieren "Dschiiiiiihaaaaaaaaad!" POW POW POW.../ bunte 'flashs': impulst der 'joystick' = die Macht: Peewee = Herr übers Geschehen: kurvt souverän - doch souverän nicht genug: blööööööp & wieder stirbt 1 seiner Fighter qualvollen Tod in virtueller Selbstauflösung - ganz schön happig das 'game' murrt Peewee kommt übers 9.Stadium nich hinaus... in der Küche rumort Akme schmeißt Geschirr aufn Tisch knallt Schränke zu: Peewee ächzt weil kennt das = sie will ihn nerven!: & stört sich nicht dran "for start push the button TLING TLING" PAAAAAAFFFF! schmettert die Klotür ins Schloß... Zeitlang Ruhe: dann kommt sie zu ihm reingeschossen & keift los: dasser auch ma was tun könnte & nich immer alles rumliegen läßt wenner ihr schon ständig auffer Pelle hängt oder mal was Miete zahlen: er soll nur nich glauben sie füttere ihn durch etc.: die gesamte Leier: kennt sie auswendig - achselt egal & bearbeitet weiterhin stumm den 'joystick' "Hör gefälligst zu, wenn ich mit dir rede! Verstehste, das is meine Wohnung und du kannss froh sein, daß ich mir son Abzieher wie dich aufhalse.

Glaubste, ich wär allein nich besser dran?" Peewee unbekümmert... sie: Arme in Hüften: Busen wogt: Augen sternen... sie haut ihm hart gegen die Schulter: "Ich hab gesagt, du sollss zuhörn. Ich laß mich von dir nich so behandeln, als wär ich Luft. Ich hab dir was zu sagen!" Peewee jetzt unwirsch: lupft linke Braue: "Hä?" nie ist man ungestört... läßt den Held die Treppe erklimmen... da gehts in die nächste Stufe: die is schwierig und fordert alle Konzentration... JETZT rastet sie völlig aus!!: "Komm, nu is aber Schluß hier. Ich laß mich doch nich verarschen. Sieh doch zu, wode bleibss!!" pest um den Computer legt den POWER-Schalter um mejuuuuuuuuu...: das Monitorbild erlischt... nu' äugt Peewee bös: warum sie nur immer so rumklingt? faucht: "Blöde Funz, warum haste das gemacht?" - "Warum?? Weil ich will, daß du hier ABHAUST!! Haste gehört?? Du sollst dich VERPISSEN...! SOFORT! Raus aus meiner Wohnung!" mit flatternder Lippe & Fingerzeig gen Tür steht sie aufgebaut... naja seis drum! geh ich eben schnaubt Peewee als ob er so geil auf die Nerverei hier wär... suchter sich eben ne andere - auch egal... oder wartet bis sie sich abgeregt hat: sowieso: immer inner Wohnung hängen... wirste ja bescheuert von fällt 1 die Decke aufn Kopf & stumpf ej... gibt klar Besseres echt ohne Scheiß! bevor er sich die Ohren vollsülzen läßt... Peewee übern Flur & duckt sich denn zu allem Überfluß schmeißt sie ihm einige seiner Klamotten hinterher tsssssssssss die mit ihren Anfällen! echt! weg hier: die kann ihn mal von links von rechts von allen Seiten... kommt nie wieder am besten... die Scheiße ein für allemal ausgestanden stoßseufzt Peewee himmelwärts... er sammelt die Sachen ein & raus auf die Straße...

Textauszug aus der <speed novel> PEEWEE ROCKS
BLECHE - (PEEWEE - 2. TEIL)

Ersterr Ersterr

Drama in drei Kapiteln

Bettina Sternberg

35, Death Valley. Tätig bei der Stadtverwaltung Helmstedt wegen Rente & Sozialversicherung. Hauptberuflich Autorin. Tatmotiv: Wut. Anspruch: Den Ignoranten in die Fresse schlagen. Muse: Glenn Danzig. Stark kurzsichtig, doch noch immer nicht blind. 93 Ehrung "als junge Künstlerin" durch den Rat der Stadt Helmstedt, {weil der noch nie was von mir gelesen hat.} Veröffentlichungen u.a. in "Der Störer", "Molli/Zeitung für Volxfrust", "Cocksucker" & Anthos im Heyne Verlag und Isabel-Rox-Verlag. Religion "Wicca", mag Tiere, die Farbe Schwarz, Tortellini alla Panna, Bier & Zitronenbuttermilch.

I. Einige einleitende Worte

Ich hasse Neujahrstage.
Besser gesagt, ich hasse diese Tage, die man, dem Verrecken irgendwo näher als dem Leben, in Slip und T-Shirt und Socken auf dem Sofa verbringt, ohne sich wenigstens einmal die Haare gekämmt zu haben. Ungelebte Tage. Tage, denen man nichts weiter als das Ende wünscht. Man quält sich irgendwann aus dem Bett und quält sich irgendwann wieder hinein und dazwischen war nur Sofa und nichts als dieses Gefühl, daß der am Vorabend genossene Alkohol einem verdammt zusetzte. Und eben so verbringe ich, sicher teile ich dieses Schicksal mit Millionen anderer, meine Neujahrstage. Ob ich deshalb Neujahrstage hasse, hat etwas mit Logik zu tun, doch nach Logik ist mir manchmal nicht zumute.

II.

Ich fand ein paar Reste von mir im Bett wieder. Irgend etwas, vermutlich ein Geräusch, hatte die Reste erwachen lassen. Durch einen Schleier aus Übelkeit und Kopfschmerz hindurch ertastete sich so etwas wie Bewußtsein den Weg bis hin zu meinen umnebelten Gehirnwindungen. Dann - später, viel später - ein wenig Erinnerung. Ein Aufflackern von Bildern wie in einem Trash Metal-Video, die Einstellungen in rasendem, hektischem Wechsel, so daß man ihnen kaum folgen konnte. Goldregen auf einem verschneiten Fußweg. Raketen im wolkenverhangenen Himmel. Irgendwo eine dämliche Bemerkung von wegen Brot statt Böller. Die dämlich Bemerkung eines Klugscheißers, der seine Kohle weder in Böller noch in Brot investiert hatte. Ach ja, gestern war Sylvester.
Umarmungen und gutgemeinte Wünsche, wirklich gutgemeint, zumindest, was meine Person anbelangt, denn in dem Zustand, in dem ich mich bereits um Mitternacht befand, liebe ich immer alle. Später tanzt Christine mit Brüning auf der Straße, die wieder still geworden ist. Kein Goldregen mehr und keine Böller, nur noch das, was von ihnen übrig blieb, bunte Fetzen aus Papier, stumm im Schnee verharrend. Keine Menschen mehr in besoffenem Freudentaumel, jegliche

Zukunftsängste über Bord werfend - nur noch Christine und Brüning. Es hat etwas ungemein Verlorenes, die beiden da unten allein auf dieser leeren Straße. Ich stehe oben am Fenster und sehe ihnen zu, irgendwie gerührt. Christine hatte schon immer an Sylvester auf der Straße tanzen wollen, schließlich sah sie das alle Jahre wieder im Ersten.
Christine und Brüning. Lindenstraße für Arme. Mutter Beimer war nicht da und Onkel Franz erst recht nicht, im Grunde war gar niemand da und es gab nicht einmal Musik, da draußen. Hinter keinem der umstehenden Gebäude erhob sich eine majestätische 1996 in den Himmel, aber Christine hatte sich diesen Tanz halt immer gewünscht.
An Augen öffnen war noch nicht zu denken.
Ich tastete an mir herab und fragte mich, weshalb sämtliche Knochen in meinem Körper schmerzten, insofern Knochen überhaupt die Fähigkeit besaßen, eigenständig zu schmerzen. Naja, mir tat halt alles weh. Und mir war kotzübel. So übel, daß ich fürchtete, dieser Zustand würde sich niemals mehr verflüchtigen, zumindest nicht im Laufe der kommenden Woche. Später, nachdem ich wieder oben angelangt war, griff ich in verklebte Haarspitzen. Das untrügliche Zeichen. Man würde also wieder einmal meinen Weg von der Party bis zu mir nach Hause - mit Zwischenstop bei Stefan, das war noch erinnerlich - nachvollziehen können. Ich legte keine Krumen aus wie die Kids in diesem ominösen Märchen. Ich setzte Signale aus hellbraunen Häufchen. Früher fand ich Kotzen ziemlich übel, heute tat ich es ganz locker und im Gehen. Und vergaß regelmäßig, mir vorab die Haare zusammenzubinden.
Frohes Neues, dann. Ich hoffte, man könne nicht vom ersten Tag des Jahres auf die folgenden 364 schließen. Von guten Vorsätzen habe ich seit jeher nichts gehalten, doch nun drängte sich einer von ihnen geradezu auf. Ich trinke nie wieder!
Die Alte nebenan hielt sich am Keifen, weshalb sollte das heute anders sein als sonst. Nun wurde mir auch deutlich, was mich geweckt hatte - sie. Ihre Wohnung grenzt an mein Schlafzimmer und niemals gönnt sie mir Ruhe, nicht eine beschissene Nacht lang, niemals. Sie meckert mit ihrem Kerl oder sie meckert mit ihrer Tochter. Bislang ist es mir jedoch nie

gelungen, festzustellen, worüber sie meckert. Manchmal versuche ich, zumindest ein Wort dessen, was sie von sich gibt, zu verstehen. Rein akustisch. Nicht, weil ich spannen will bei denen da drüben. Nicht aus Neugierde, sondern lediglich, um meinen Horizont zu erweitern und zu erkennen, worüber ein Mensch von morgens bis abends und selbst noch in der Nacht zu meckern in der Lage ist. Bislang verlief das jedoch ergebnislos, da ihr Gezeter lediglich als hoher, schriller, langanhaltender Ton, wenn auch mit kurzen, sehr kurzen Pausen bei mir ankommt. Es nervt. Ihr Kerl hat Kehlkopfkrebs und vermutlich sind seine Tage bereits gezählt. Früher bin ich am Morgen wenn nicht von ihr, dann von seinem wirklich beängstigenden Husten erwacht. Das hatte seine Vorteile. Ich bin keinesfalls ein Frühaufsteher, doch ich habe einen Job, der mir ein Frühaufsteherdasein aufzwingt. Der alltägliche Kampf morgens um viertel nach sechs. Der innere Schweinehund, der mir ins Ohr flüstert bleib liegen! Die Welt da draußen ist kalt und schlecht. Der Husten des Kerls der Alten ließ mich regelmäßig glauben, daß sein Ende nun endgültig gekommen sei und das wollte ich nicht live miterleben. Ich sah seine Lunge drüben auf dem Teppichboden liegen, was mich dann immer ganz schnell aus dem Bett brachte. Aber er lebt noch heute. Nur, daß er jetzt nicht einmal mehr hustet. Naja, jedenfalls tut die Alte 'ne Menge dafür, um ihm die letzten Ausläufer seines Lebens so angenehm wie möglich zu gestalten. Es würde mich nicht verwundern, wenn er ihr eines Tages im Blackout die Kehle zerquetschte, nur, um ihre Sirene zum Schweigen zu bringen. Es würde mich ebenfalls nicht verwundern, wenn ich eines Tages meinen Kopf rhythmisch gegen die Schlafzimmerwand schlagen, mit den Fäusten gegen eben diese Wand trommeln und "Halt's Maul, halt's Maul, halt's Maul!" wimmern würde. Vor lauter Verzweiflung meine Wohnungseinrichtung zertrümmerte, während sie nebenan weiterzeterte. Ich dachte an Mickey Rourke in Barfly. Fühlte mich heute ohnehin wie Mickey Rourke in Barfly. Zumindest so, wie ich meine, daß er sich fühlte.
Augen öffnen war nun machbar. Ich beobachtete meinen

Wecker, den Sekundenzeiger, wie er sich müde von Punkt zu Punkt quälte. Oben ankam und dann wieder absackte, um sich erneut nach oben zu hangeln. Scheißspiel im Grunde. Aber lebensnah. Wieviel Wahrheit doch in so einem Wecker lag. Dieses Rauf und Runter, 'rauf und wieder 'runter. Sinnloses Gehangel nach oben, um dann doch wieder unten zu landen. So ließ ich eine Stunde verstreichen.

Eigentlich hatte ich längst an meinem Drehbuch arbeiten wollen, doch daraus wurde sicher nichts. Erneut formulierte sich dieser fromme Neujahrswunsch im tiefsten Innern meiner Seele nie wieder Alkohol. Als ich versuchte, den Kopf zu heben, mußte ich mir eingestehen, daß keine Thomapyrin der Welt es vermögen würde, mir heute das Leben zu retten. Tausend Mücken im Magen und Darm und überall. Ich schluckte schleunigst den Speichel hinunter, der in Sekundenschnelle meine Mundhöhle überschwemmte, ignorierte das Krümmen meines Magens, nein, nicht noch einmal. Wieder Bruchstücke von Erinnerungen. Ich hatte bei dieser Party mit der Kippe ein riesiges Loch in das Sofa des Gastgebers gebrannt, versehentlich, und war hinausgeflogen. Gemeinsam mit Stefan, der unbefugterweise Dope eingeschleust und in Umlauf gebracht hatte. Da muß es so cirka sechs Uhr in der Früh gewesen sein, Stefan und ich die letzten Gäste. Das war üblich so. Wir verkörperten den Schrecken eines jeden Fetenveranstalters. Vielleicht hatte der Typ, der die Party gab, das Loch und das Dope auch nur als Vorwand benutzt, um uns endlich loszuwerden. Stefan hatte mir noch einen Grog zubereitet bei sich zu Haus', aus Strohrum pur, weil ich doch diese verschissene Erkältung hatte und Stefan meinte, ein Grog bewirke da Wunder. In der Tat schien die Erkältung verschwunden. Vielleicht hatte sie auch nur vorübergehend vor dem Kater resigniert. Der Grog war es dann wohl auch, der mir das Genick gebrochen hatte von wegen der kleinen Häufchen im Schnee. Schnee.

Ich drehte mich auf die andere Seite und schaute aus dem Fenster. Es schneite wie Hund und ich war mit Hauswoche dran. Hauswoche, ihr wißt schon. Bei Hauswoche existierte so ein kleines Kärtchen, das irgendein pflichtbewußter deutscher

Bürger, mindestens einen davon gab es in jeder Hausgemeinschaft, in mühe- und liebevoller Kleinstarbeit erstellt hatte und auf dem die Namen aller Hausbewohner, sogenannter "Parteien", verewigt waren. Ganz liebevolle Mitbürger zeichneten auch noch eine Schaufel und einen Besen auf diese Karte, damit selbst der Dämlichste begriff, daß Hauswoche in enger Verbindung mit dem Reinlichkeitsempfinden einer Mietergemeinschaft stand. Schneefegen inklusive. Und wenn diese Karte dann draußen am Knauf der Korridortür hing in schöner Regelmäßigkeit, in achtwöchiger in meinem Falle, dann wußte jeder, wer der Arsch der Woche war. Der Himmel schickte also diese weißen Flocken herab, deren Endprodukt es von Wegen und Plätzen zu beseitigen galt, und ich war mit Hauswoche dran, aber ich spielte totes Kaninchen. War ohnehin nicht allzu weit davon entfernt.
Dennoch beschloß ich irgendwann, zukünftig, also in 1996, heldenhaft zu sein und sofort damit zu beginnen. Ich begab mich tatsächlich aus dem Bett. Das Sofa rückte näher und somit auch die T-Shirt, Slip und Socken-Theorie. Ein Gedanke, der mich nicht unbedingt mit Begeisterung erfüllte. Plötzlich war mir nach Dusche zumute. Als ich das Badezimmer betrat, sah und roch ich die Bescherung. Kein Aufflackern von Bildern mehr, kein Trash Metal-Video, sondern ganz klare Erkenntnis. Reality TV. Klamotten, auf dem gekachelten Fußboden verteilt und verunreinigt mit hellbraunen - nein, Häufchen wäre untertrieben. Nachdem ich Stefans Grog bereits auf dem Nachhauseweg verloren hatte, war offenbar drinnen dann der ganz erhebliche Rest gefolgt. Und alles auf die verstreuten Klamotten. Ich lebe nach wie vor allein und ich tue das verdammt gern, doch in Situationen wie dieser bekomme ich Angst vor mir selbst. In Situationen wie dieser verfluche ich mein Singledasein und hoffe auf den Märchenprinzen, der mich zukünftig vor derlei Unsinn bewahrt, wenn ich, dem Alkohol in Mengen zugesprochen, heimkehre. Der die Tür öffnet von innen und mir nervenaufreibendes, zeitaufwendiges Gefummel mit dem Schlüssel erspart. Mir beim Auskleiden hilft, meinen Kopf hält und mich anschließend ins Bett bringt.

Das Licht löscht und "Gute Nacht!" sagt.
Unter Aufbringung sämtlicher Körperbeherrschung kramte ich die Sauerei im Bad zusammen und verstaute sie in der Waschmaschine, ohne daß mir bei deren Anblick und Geruch, alles klebte und stank ungemein nach Kleiner Feigling, ein weiteres Malheur passierte. Ich setzte die Waschmaschine in Betrieb und stieg dann unter die Dusche. Nachdem ich meinen Kopf mit Duschgel und meinen Körper mit Shampoo eingeseift hatte, ich war halt nicht ganz klar, knallte die Sicherung 'raus. Schluß mit fließend Warmwasser. Ich entstieg der Dusche und schaute, selbst ist die Frau und der Märchenprinz war ohnehin nicht da, in den Sicherungskasten. Die Waschmaschine schwieg dazu. Im Sicherungskasten war alles okay. Die Hauptsicherung also. Unten im Keller.
Das brutal kalte Wasser machte weder meinen dröhnenden Kopf klarer noch belebte es meinen geschundenen Körper, doch ich wollte in 1996 ja sowieso heldenhaft sein.
Ich rief meinen Vater an. Mit den Sicherungen im Keller kannte ich mich nicht aus.
Die Waschmaschine nahm, trotz instand gesetzten Stromkreises, ihre Tätigkeit nicht auf. Die war hinüber.
"Mach' mal die Klappe auf und hol' die Wäsche wieder 'raus!" sagte mein Vater.
Als er ging, wurde es draußen bereits wieder dunkel. An Kaffee war nicht zu denken, also zog ich mir 'nen halben Liter Pepsi light 'rein. Verspürte Lust auf ein Telefongespräch. Christine war nicht zu Hause. Man hatte ihr zu Weihnachten einen Anrufbeantworter geschenkt, mit dessen Technik sie jedoch auf Kriegsfuß zu stehen schien. Nach Erklingen des Signaltons wurde ich aus der Line gehievt und so konnte ich ihr nicht einmal mehr die Nachricht hinterlassen, daß ich sterben würde.

III.

Kam mir völlig verkommen vor. Und hatte wieder dieses Gefühl, irgendwann in meinem Leben irgendwo falsch abgebogen zu sein. Schaltete das TV ein und sah mir Schneeweißchen und Rosenrot an.

leben

Wolfram
Teufel

geb. am 10.12.1959 in Leipzig, hat nach einem Lehrerstudium bereits in der Schule, in der Politik, im Handel & beim Bürgerverein gearbeitet, war mehrmals arbeitslos & ist jetzt in der Offenen Jugendarbeit tätig. 95 gemeinsam mit Volly Tanner & Beck's die Kulturvereinigung Poworot & die ZS für Social Beat & Underground-Literatur "vergammelte schriften" gegründet. VerÖ u.a. 3D-Silbig; Leipzigs Neue; Cocksucker. 96 zahlreiche Social-Beat-Lesungen.

Der Tag war sowieso im Arsch.
in einem leben
wo die menschen bei
lübeck nur an
marzipan / bei
solingen nur an
qualitätsklingen / bei
shell ans skatspielen
denken
& mururoa für ein
indonesisches gewürz
hiroshima für eine
automarke
& kohl für
blähendes gemüse halten

in einem leben
in dem
pickel die einzigeen
gesichtspunkte sind
über die man nachdenkt

& in dem man
nahe dran ist / den supermarkt zu
erfinden / durch den man
mit dem auto
hindurchfahren
kann

in so einem leben ist
geld
karriere
ansehen
egoismus
macht
alles

& liebe
vertrauen
individualität
gespür für feinheiten
gehör für die schreie der
geschundenen erde
nichts

Leseprobe
aus "vergammelte Schriften #1", Leipzig

Guter Morgen

Die müssen Sie schon hinschaffen, wo Sie sie gekauft haben! Gekauft? Ach, Mädel, was weißt du von der Welt. Ich kauf mein Bier doch immer hier & bezahle immer mit Flaschen. Tagein, tagaus, Monate schon, Jahre! Die mußte neu sein. Oder dienstgeil, wie Armin immer sagte. Dienstgeil wie manche auf dem Sozi. Dabei ist es doch nur Zufall, daß die hinter dem Tisch sitzen & ich davorstehe! Mädel, mach kein'n Quatsch - es sind doch die gleichen Flaschen wie bei euch! Das letzte Mal? Jeden Tag ein letztes Mal! Oder muß ich wirklich noch das Lokal wechseln? Freilich, Läden gibt's genug, doch das hier ist meiner. Ich kauf mein Bier doch immer hier & bezahle immer mit Flaschen. Die Blonde weiß das, die Blonde hat vielleicht frei oder Spätdienst.
Na endlich, Mädel! Einsfünf. Da bleibt sogar noch was übrig, wenn ich meine Sorte nehme. War ein guter Morgen. In zwei Stunden sieben Flaschen. In einer war sogar noch was drin. Hat einer kein'n Durst mehr gehabt oder war schon zu voll. Danke, Mädel, du lernst das auch noch.
Er schlurfte zur Getränkeabteilung, nahm sich eine Flasche & schlurfte zur Kasse.
Na, Opa, ha'm wohl Durscht?
Jaja, trockner Hals - bei der Wärme!
Fünfundsiebzig - da sind noch dreißig übrig! Ob er sich ein Brötchen? Nein, das findet sich noch - Hunger hab ich auch noch kein'n. Er steckte die fünfundzwanzig ein, die die Kassiererin auf das Silberstück rausgab & klimperte mit den Münzen in der Tasche. Reicher Mann - haha!
Er kramte in der Hosentasche nach dem Öffner. Keiner da! Im Sack? Er stellte die Flasche auf den Packtisch & öffnete umständlich den Sack. Na, da isser ja! Er öffnete die Flasche, setzte sie an & trank. Aaah, das tut gut! Er fühlte, wie das Bier erst kalt durch die Kehle & gleich darauf warm durch die Adern lief. Fünfundvierzig Pfennig - dreißig & die Flasche! Ein guter Morgen!

MEIN "SOCIAL-BEAST"-MANIFEST FÜR 1997

Tom Toys

1968 geboren in Jülich; 1990 Gründung des Instituts für Ganz & GarNix; 2.8.1994 Hauptwerk beendet; 12.12.1994 Entdeckung der "E.S." (Erweiterte Sachlichkeit) zur Politisierung echter Liebesgedichte und Distanzierung vom Social Beat. Mitglied bei BBK (Bundesverband Bildender Künstler), IG MEDIEN (FG Bildende Kunst), SPACE INDIANS INT., MENGDU e.V. (Menschen gegen den Untergang), F.I.U. Cologne (Freie Intergalaktische Universität). Offizieller Dichter der deutschen Mannschaft für geplante 1. UNESCO-Biennale für Kunst & Ökologie; seit 1996 feste Mitarbeit bei Zeitschrift "molli" und Sänger bei "Das Rilke Radikal"; im Juni 1996 adlig gesprochen, seitdem Düsseldorfs Dichterfürst Tom de Toys; bekannt & berüchtigt für seine stimmgewaltigen "Off-Lyrik-Performances".

die symbolsabotierenden mischformen
aus kriminalität und kunst
durch visionäre verweigerung
extase-blockierender normalismen
sobald die identisierung aller

WIDER-SPRÜCHE

jenseits ästhetischer projektionen
dank arationaler anleitungen
zum sozialen boykott geübt wird
die rehabilitation der lyrik
als erkenntnistheoretische geste
intuitiver meßdaten
für plastischen geheimnisverlust
in der gegenwart
gesellschaftskritischer verursachung
transmetaphysischer ereignisse des seins
zivile zwischenräume

AUSRUFEN STATT AUSREDEN

zu dulden wollen wir
die langeweile aller kulturen
verraten unsere sehnsucht
enttarnen das loch
durchqueren die leere
aktivieren die null
wieder öffentlich mit engelsspucke
wärmen die hände
voller lustiger logik
denken dichter
laut und beißen
deinen wahn
mensch
zeig dich
oder stirb
an deinen wunden
wie die erde
nicht an dir

buddha

ihm fehlen die schneidezähne
seine gesichtshaut ist immer voller krusten und altem blut
das fettige dreckige haar hängt ihm in fetzen hinter die ohren
seine kleidung besteht aus verlöcherten caritaslumpen
einer alten jacke die er wie einen lendenschurz trägt
manchmal tanzt er in der karstadtunterführung
dann jault er wie ein besoffener indianer in einem billigen alten hollywoodwestern
einige die es nicht so eilig haben bleiben kurz stehen und gaffen ihn an
selten daß mal einer ein paar münzen in die mütze wirft
die gibt man den anderen
dem ohne arbeit
dem zittrigen
oder der armen sau
bei denen spürt man wenigstens wie guts einem noch geht
der da kann ja noch tanzen und singen
in den wintermonaten tanzt er oft vor kälte
damit ihm die füße und eier nicht einfrieren sagt er
um die weihnachtszeit werden die völkischen herzen der ottos freigiebig
und sie werfen ihm schon mal ein paar groschen vor die füße
sie nennen ihn buddha
weiß der teufel warum gerade buddha
oft wenn die schule aus ist sagen die kinder
gehn wir runter zur unterführung und schauen ob buddha tanzt
und buddha tanzt und wie er tanzt bis er umfällt
dann werfen ihm die kinder schnell ein paar münzen hin
da steht er wieder auf und tanzt weiter
und die ottos sagen dann zu den kindern
schaut ihn euch an den buddha den verrückten penner
und paßt auf daß ihr mal nicht so werdet wie er
und dann lacht buddha und tanzt und tanzt und tanzt...

hans wagner

kaiserslautern, freischaffender schriftsteller, schreibgruppenleiter, dozent für literatur, vhs, fort- und weiterbildung in gruppendynamik und poesietherapie. zahlreiche buch- und zeitschriften veröffentlichungen.
mitglied im verband deutscher schriftsteller.

Maul haun Deutschland

Marcus Weber

*1970, lebt und arbeitet in Mainz. Verleger (amanita-verlag) und Herausgeber (ZS VENTiLE, Buchreihe faltblattgeschichten). Der Schwarzen Kunst Gutenbergs im Besonderen verbunden. Organisator (Lesungen, Festivals, Performances). Einige Veröffentlichungen im buntergrund, ein paar Lesungen im hiesigen Raum. Bleibt am Ball.

"Du bist als nächster dran! Wichser!!" schreit das zehnjährige Kind (das Messer wieder und wieder mit beiden Händen in den blutigen Klumpen zu seinen Füßen stoßend). Wild keuchend springt sie auf.

Der Alte ihr gegenüber hält abwehrend seine fleckigen Hände vors Gesicht, zittert.

"Nein, nein, mein Täubchen, das kannst du deinem alten Opa doch nicht antun. Erst die Oma (is ja nicht so schlimm), aber die Susi, meine liebe, kleine, liebe Susi...und jetzt auch noch deinen Großvater, deinen lieben Opa, das kannst du doch nicht..."

"Ach? KANN ich nicht?! Wirst schon sehen, du alter Bock, wie ich KANN!"

Wild mit dem Messer fuchtelnd springt sie vor und stochert in die Luft, gibt dem toten Hund nen Tritt.

(...)

"Ah, einen echt punkig-dreckigen Text zu schreiben, ist gar nicht so einfach", stöhnt der Autor und fährt sich durchs Haar. "Bis jetzt noch kein Tropfen Alk, geschweige denn Sex. Und ist die Situation nicht doch zu bürgerlich? Scheint sich ja um Familienprobleme zu drehen: spießig."

Eine Zigarette entzündet sich im Gesicht des Schreibers. Die Hitze der Flamme startet eine faszinierende Metamorphose: die Verwandlung des Tabaks in Lust und Rauch.

"Tja, spießig also...hmm...dem Mädchen ne Pulle Wodka in die Kinderhände, dem Alten den Schwanz aus der Hose hängen lassen (oder nackt oder erigiert?), oder vielleicht zwingt die Kleine den Alten, seine Hündin zu ficken?...hmmm...Ist das dann punkig genug? Sowieso ein leeres Wort geworden: Punk, was ist das schon? Underground? Erinnert an U-Bahn und verkotzte Treppenstiegen...mmh..."

Eine nächste Zigarette scheint die Hirnlappen des Poeten zu kitzeln: "Ich habs!! Voilá!: Ein einsamer junger Mann sitzt in einer miesen Eckkneipe, Schnaps und Bier trinkend, und macht sich kluge Gedanken über die Spießer um ihn rum. Bis er es nicht mehr aushält und geht. Und zufällig trifft er eine Frau, die wahnsinnig scharf auf ein Quickie ist und ihn mit in ihr Auto nimmt. Dort wird dann gevögelt.

Und als er dann aussteigt, merkt er, daß er in einem Mercedes gebumst hat und wird böse und tritt einen Blinker kaputt, woraufhin die Frau rausspringt, immer noch halb nackt, ihm CS-Gas ins Gesicht spritzt und in die Eier tritt, und als er dann am Boden liegt, denkt er schwarze Gedanken über diese Welt und nimmt sich vor, Schriftsteller zu werden un ne Story draus zu machen.
Uff, wenn das nicht genial ist."
Der Rauch einer neuen Kippe - diesmal selbstgedreht - erfüllt seine Lungen, und er freut sich schon im voraus, seinen Namen im Inhaltsverzeichnis zu lesen, denn er war sicher: DIE Story würden sie nehmen.

Maul haun Deutschland

Requiem

Dagmar Weck

geb. 1948, lebt und arbeitet in Bochum als Lehrerin an einer Realschule, unterrichtet Deutsch und Erdkunde.
"Ich mache gerne Reisen, sehe gern Neues, neue Menschen und neue Landschaften, besonders die rauhen, von Menschenhand noch unberührten Landschaften."
Veröffentlichungen in den ZS "Passagen", "Impressum" und in der Anthologie "Vater, mein Vater", Peter Segler-Verlag.

Mein Vater ist Herr der Dinge; auch heute ist er es.
Er sitzt am Eßtisch, ihn kann so leicht nichts erschüttern;
nichts. Louise ist zur Ruhe gekommen, Louise
war meine Schwester; mein Vater hat kein leichtes
Leben, er atmet tief durch, "Rebecca, melde dich doch
an, wenn du kommst. Musik ist immer gut, meinst Du nicht
auch", mein Vater sieht mich nicht an, er spricht mit mir,
heute besonders viel, "irgendwas muß sie ja tun, sonst
macht ihr das Leben womöglich keinen Spaß mehr."

Schwarz steht mir gut, mein schwarzer Pullover war billig.
Ich verdiene noch nicht so viel Geld, später möchte ich mir
chice Pullover kaufen.
"Wir wollen ihr ja alle helfen, sie hat eine schöne Stimme.
Übrigens, jetzt ist Louise erst darauf gekommen, auf
ihre schöne Stimme", meint Vater.
Louise hat braune Augen, ich finde in ihren Augen nichts,
sie sitzt da. Weinende dunkle Töne höre ich; ich bin
Rebecca; in mir höre ich sie, Dunkeltöne. Meinen Vater kann
nichts erschüttern; Louise, sie ist fort, ihre Augen sind
unerreichbar; ihre Augen sind starr.
"Sie hat eine gute Stimme, meinst du doch auch, nicht;
sie k a n n singen", mein Vater meint mich, "Louise braucht
eine Beschäftigung." Die Augen von Louise sind in eine
glänzende Starre gefaßt. Weiche Dunkeltöne, sie treten in
meine Augen, tragen Trauer, sonst nichts. Louise
trägt einen neuen Hosenanzug; auf der weichen kleinen
Couch trägt sie ihn, teilnahmslos, er war teuer.
Nichts sonst höre ich, nur die tragenden Töne in mir,
die meine ich.
"Mit Arbeit, das wird nichts", mein Vater legt kleine weiße
Zettelchen aufeinander. Auf den Zetteln stehen Namen
von Ärzten. Ich habe Louise nie singen gehört.
Dunkel weinen meine Töne in mir, unendlich tief. "Vorläufig wird es nichts mit Arbeit, sie ist zu krank, wir müssen
abwarten", mein Vater spricht gedämpft, das Leben ist
für ihn nicht leicht. "Sie soll Gesangsunterricht nehmen,
egal, wie teuer der wird, sie muß eine Chance haben", Vater.

Louise schlägt ein Bein über das andere, sie tut es ohne Anteilnahme; der Anzug an ihrem Körper war teuer. "Wer besorgt denn jetzt ein Rezept für Louise, ein Rezept für Beruhigungspillen, ich kriege keins mehr, vorläufig. Du kannst es tun, du bist mal an der Reihe", mein Vater sieht mich an, er spricht mit mir, heute besonders viel, er zeigt auf die weißen Zettelchen. "Aber sie kann doch keine Noten lesen", ich bin Rebecca, ich spreche, ich bin hier aufgewachsen, in diesem Haus. "Es geht auch ohne Notenlesen, es geht alles im Leben", mein Vater hält Totenwache. Louise war meine Schwester, Pillenschwester; ein Zwilling, der war sie.

unendlich

Requiem

Die seltsame Welt von W.

Pille Weibel

geborener 67'er und Verlierer. Herausgeber von geiler Geier und Gecko. Anarchopazifist und subversiver Staatsfeind. Nichtsnutz und auch faul. Studiert Germanistik, Publizistik und Politologie ohne nennenswerte Erfolge. Schreibt seit mehreren Jahren, aber wenig.

Fr. 20.2.

Weil ich mich schon zuviel bewegt hatte, um weiterhin in meinem Bett rumzulümmeln, beschloß ich doch, den angebrochenen Tag für einen Zoobesuch zu verwenden. Es war immer lustig im Zoo, denn mit diesen schreienden Kindern, die eigentlich nur schrien, weil ich sie pausenlos terrorisierte, hatte ich ständig einen Riesenspaß. Die Mütter hatten alle Hände voll zu tun, um die verängstigten Kinder zu beruhigen, und sie dachten, daß die ungewohnten Tiere die Kinder in Angst und Schrecken versetzen würden. Dem war aber nicht so. W., der gnadenloseste Kinderalptraumbereiter war wieder unterwegs. Teilweise waren die Kinder so schreckhaft, daß nur ein böser Blick genügte, um sie in Schreikrämpfe ausbrechen zu lassen. Was waren doch diese Kinder für eine Plage! Ich wußte schon, warum ich mir noch keine Kinder beim Versandhaus bestellt hatte, denn Kinder machen Lärm, Dreck, verursachen Kosten und schießen mit Steinschleudern auf Spatzen. Tiere waren da wesentlich besser: sie verursachten auch Lärm, Dreck und Kosten, sie schoßen aber wenigstens nicht mit Steinschleudern auf Spatzen. Diese Gedanken beschäftigten mich mehr oder eher weniger auf dem Weg zum Zoo. Ach ja, dieser 'American Psycho' hat doch im Zoo einen Jungen mit einem Biskuit von der Mutter weggelockt, erstochen und kopfvoran in einen Mülleimer gesteckt. Der Junge strampelte noch ein bißchen und darum wurde die Mutter auf ihn aufmerksam und stieß einen Schrei aus. Naja, so ganz nach meinen Geschmack war diese Episode auch nicht, denn ich war grausam, aber ich hatte doch noch ein bißchen Ehrfurcht vor dem Leben. Nee, ich wollte nur ein bißchen Luftballons zerplatzen lassen, nur ein bißchen schubsen, damit ein bißchen Gleichgewicht verloren geht, nur ein bißchen Spaß haben mit dieser bald lärmenden Meute. Jetzt wisst ihr sicher, warum die Kinder im Zoo immer rumschreien und sich nicht schön artig benehmen...

Schon am Eingang hatte ich die Gelegenheit, einem Dreikäsehoch die soeben gekaufte Futtertüte aus der Hand zu schlagen. Die Tüte fiel auf den Boden und die arme Mutter, die gleichzeitig damit beschäftigt war, einen widerstrebenden

zweiten Knirps bei der Hand zu halten und das geschuldete Geld der Kassiererin auszuhändigen, bekam fast einen Wutanfall.
"Ich kann doch nicht auch noch deine dämliche Tüte halten. Wieso kannst du nicht einmal eine dämliche Tüte halten? Ich kaufe euch keine neue Tüte! So ist's Essig mit Affenfüttern!"
Der zusammengefluchte Knirps bekam einen Knoten im Hals und würgte nur Fetzen heraus: "Der Mann...Tüte...aus der Hand...Der böse Mann..." Die Mutter verlor wie alle Mütter dieser Welt ihre Nerven und schnaubte: "Junge, noch ein Wort und ich haue dir eine runter. Jetzt noch anderen Leuten die Schuld geben. Entschuldigen Sie!"
Der letzte Satz war an mich gerichtet.
"Nicht so schlimm. Ich mag Kinder, da kann ich doch ein Auge zudrücken..."
Die Mutter nickte dankbar. Der Knirps, der ohne Zweifel auf Kriegsfuß mit mir stand, blickte mich haßerfüllt an.
"Entschuldige dich bei diesem Mann, Kurt!"
"Nein, nein, lassen Sie doch."
Kurt hätte sich nie bei mir entschuldigt und das ist auch richtig so. Dafür stand er mir mit voller Wucht auf den Fuß als die Mutter mal nicht in meine Richtung schaute. Ich gab ihm eine Kopfnuß und er schrie los wie eine Sirene und bekam von der Mutter einige Ohrfeigen, die aber den Lärm nicht unterbinden konnten. Dieser Kurt war ein ganz wildes Kind, quengelte noch rum und trat mir voll ins Schienbein. Kinder machen doch noch Spaß, jedenfalls wenn man ein bißchen masochistisch veranlagt ist.
Ich schlenderte ziellos rum und dachte an diesen Scheißmenschen, der doch tatsächlich zwei Affen in diesem Zoo vergiftet hatte. Solche Sachen konnte ich einfach nicht verstehen. Man konnte doch Menschen quälen, schlagen und foltern, aber Tiere, Tiere...das war schon fast pervers! Okay, auch Leute hätte ich nicht ohne einen Grund gefoltert, denn jegliche Gewalt fordert Gegengewalt heraus.
Vor einem Käfig stand eine Kindergruppe ohne Erwachsene und starrte auf die Aasgeier, die krächzend einen Kadaver zerstückelten. Das war offensichtlich zuviel für die Kleinen.

Schnell trat ich hinzu und hauchte: "Mein Gott, jetzt verfüttern sie den Geiers schon junge Rehlein...Armes Bambi."
Die Kinder waren geschockt. Ein schrecklich entstelltes Brillengesicht fragte: "Meinen Sie wirklich, daß dies ein Bambi ist?"
"Aber hundertprozentig! Ich bin zufällig Förster von Beruf und ich sehe jeden Tag Rehe in meinem Revier! Das ist ganz sicher ein Bambi!"
Die Kinder heulten los und versuchten, die Geier von ihrem Aas wegzuscheuchen.
"Hat keinen Zweck. Und sowieso ist das Bambi schon lange tot. Seine Mutter wird sicher um ihr Bambi weinen."
Die Görs waren nicht mehr zu halten. Ihr Geschrei und Geflenne machten mich nervös und ich mußte notgedrungen die Szenerie wechseln.
Ein dümmlich aussehender Rotzbengel stand flennend neben einem Papierkorb. Seine Nase lief und seine Augen waren rot vor Tränen.
"Was ist denn, junger Mann?"
"Mutti,...hab Mutti verloren..."
Mein Herz machte einen Sprung. Ich mußte mich doch ziemlich verstellen, daß ich nicht meine Hände vor Schadenfreude gerieben hätte.
"Stimmt. Du hast Mutti für immer verloren. Mutti ist tot."
Die Reaktion ließ nicht lange auf sich warten. Eine Fontäne von Tränen. Ein infernalisches Geschrei.
"Es könnte noch schlimmer sein. Gottseidank ist nicht noch dein Vati tot. Sonst müßtest du in ein Waisenhaus."
Und schon rief da eine besorgte Mutter, weil sie das Weinen von weitem hörte und Schlimmstes befürchtete. Sie kam herbeigeeilt und rief: "Bruno, ach Bruno, da bist du endlich."
"Mutti...tot..."
"Wer ist denn tot?"
"Mutti ist tot..."
"Ach Bruno, du Dummer. Ich habe dich nur kurz verloren. Ich bin doch wieder da."
Und zu mir gewandt: "Danke, daß Sie sich um mein Kind gekümmert haben. Tsss, denkt ich sei tot, nur weil er mich eini-

ge Minuten aus den Augen verloren hat."
Ich lachte kurz, eigentlich völlig emotionslos, und antwortete: "Tja, so sind die Kinder. Lebhafte Phantasie. Schönen Tag noch..."
"Danke, gleichfalls."
Ich nahm einem kleinen Mädchen den Plüschfrosch weg, den sie in ihren Armen trug, und bevor sie losschreien konnte, raunte ich ihr zu: "Wenn du es Mammi sagst, bringe ich euch beide um."
So ein stilles Kind hatte dieser Zoo noch nie gesehen. Sogar als die Mutter das Mädchen fragte, wo denn ihr Frosch sei, blickte sie nur stumm in die Augen der Mutter und schwieg sich aus. Diesmal war ich wirklich zu weit gegangen. Dieses Unrecht mußte ich wieder gutmachen. Ich flitzte an den Kiosk, kaufte eine Packung Caramels, rannte wieder zurück und wartete wieder einen günstigen Augenblick ab, um mich dem Mädchen zu nähern.
"Der Frosch war kurz auf einer Reise und hat dir was mitgebracht", flüsterte ich und gab dem Mädchen den Frosch und die Packung Caramels. Die Mutter sah plötzlich, daß das Mädchen ihren Frosch wieder hatte und vor allem, daß sie auch eine Packung Caramels in der Hand hielt.
"Von wo hast du denn die Caramels her?"
"Der Frosch war kurz weg und hat sie mitgebracht."
"Lucia, du weißt doch, daß Mami Lügen nicht gerne hat."
"Aber der Frosch hat es mir gesagt."
"Lucia, zum letzten Mal, von wo hast du die Caramels her?"
"Der Frosch..."
"Sei still. Wir gehen nach Hause."
"Nein, wieso denn?"
"Kinder, die lügen, gehören nicht in den Zoo!"
Das Mädchen fing natürlich an zu weinen. Scheiße, das tat mir nun wirklich leid. Nun war ich ein bißchen niedergeschlagen und lenkte meine Schritte in Richtung Ausgang. Zudem hatte ich für heute schon genug Kinder geängstigt.

Leseprobe aus:
Die seltsame Welt von W.
1. Auflage 1996, S.U.B.H. Sonderausgabe Nr. 5, Cottbus

Michael
Weihrauch

*1963. Stuttgart. Gitarrenspieler, u.a. Yussuf M perfor Ming + 6pakk - records, They Have Nuts; 6 Jahre US-Army Zivilangestellter, arbeitslos, Zufallsübersetzer amerikanischer Szene-Autoren.

Anchor

I feel so scared what can I do
I disobey my inner feelings
innocent eyes just look at me
sensual mind in a deep freeze

You are my anchor you are my grave
you are my monument and I never
felt safe

Anker

Ich fühle die Angst in mir,
was soll ich tun?
Ich mißachte sogar meine
innere Stimme.
Unschuldige Augen, die mich
anblicken.
Sinnliche Seele tiefgefroren.

Du bist mein Anker
Du bist mein Grab
Du bist mein Denkmal
Ich war deiner niemals
sicher.

Alexander Wilhelm Kosta Wiemer

20.1.1973 in Böblingen geboren. Lyriker des "The Perotic Theatre", Stuttgart.

I

Wir martern uns hinfort
krank vor Schwindeleien
& just lehrt ein
weiser Mund im Vor
derGrund es bestehe
die Gelegenheit zu fliehen
zu fliehen
heimlich
vor dem Tod

II

Die Nacht pocht an
meine Schläfen
Tick! Tack!
das Zepter schwingend
& Ich
die Arme um die Beine
vor dem Bette
kauernd
die Spuren einer
Liebschaft im Rücken
einsames Naß
zum Trocknen bloßgelegt
bestehe Ich
doch nunmehr aus nichts
als Herz
Ja
Ich bin ein kleines
pochend Herz
ein lahmender Gaul
vom Fleischerhaken Gottes
beäugt
ihm gehört die Zukunft
schließlich liebt er
Herzen un
gemein

III

Die Sterne lügen

Gäben sie Wahres von sich
Würden sie abfallen
Vom dreckigen Pelz
Des Himmels

Meine Mutter der Wald
Mein Vater die Nacht
Kreuz
Ten sich einst
Als Ursprung

In mir
Jedoch
Schmarotzen Seelen vor sich hin
Setzen sich an meinen Tisch
Trinken meinen Wein
Oh ihr
Schlaflosen Unholde
Viel zu schad
Ist er für euch
Euer Gaumen schmeckt
Die Blume
Nicht

Was
Was faselst du dort
Fallobst
In mein Ohr
Kommt doch
Holt mich
Ihr Sterne
Nur her
Ich tret' euch aus
& schmeiß' die Augenbinde
In den Staub
Zu Staub

Das war die große Orangen-Freiheit...

YussufM

*16.6.61; Ludwigsburg. Lebt heute unterm Asperg, "Mein VeraCruz",...ich kann den Mount Kailash schon sehn. Reisen: Afrika / Amerika / Asien / Arktis / Ad Astra. Arbeiter, Aktionist, Autor, Performance-Künstler und Verleger. Organisation diverser Literaturprojekte; tritt vehement für ein SB*Literatur-Netzwerk ein und sagt: "tuwas"... SOCIAL BEAT CENTRALE SUED, Asperger Autorenwerkstatt e.V. als Initiator der SOCIAL BEAT Festivals <<tat Wort .95 und 96>> im Kunstzentrum KARLSKASERNE in Ludwigsburg und gründete 1995 den KILLROY media Verlag, Asperg. Herausgeber; Das Magazin für Literatur & Kunst einblick (gegründet 1984).

WINTER in good ol' GerMoney & Gefühlskälte.
Los doch - auf(!) packs endlich und daaann...durchtrampte Tage & Nächte - o Asphaltnächte, o Betonwüste - alles fliegt vorbei; ich durch blauen Dunst & die Kälte der Januarfröste, der Sonne Kretas entgegen.
Heraklion auf Kreta.
Ach jaaa / grrR / wo gibZ die verfluchten Drachmes. (Ich suche Arbeit.) *Psáchno ja duliá*; aufm Bau(?), lieber in die Orangen. Im *old pub Vasilious* erstmal viel Ouzo & Bier, daß auch wirklich das letzte verfluchte Geld durchgebracht ist, sonst schiebst Du die Suche nach Arbeit nur raus. Un' wo findste die billigste Absteige - pou mboró na kimithó ftiná(?) - "fein" ist die Nacht aufm Hafenkai.
Nach der Nacht konnte es losgehen. Runter nach Chania, auf klapprigen Pritschenwägen, rein in die Orangenfarmen. Riesig: Baum gereiht an Baum, mit Orangenbällen daran, daß du zwei Hände zum Pflücken brauchst. Aber zuvor bist du in Platanias, westlich von Chania, an der Küste mitten zwischen den großen Orangenplantagen; mit großen zum Erstenmalschauenden Augen. Du gehst ins kleine *old café*, dem einzigen außer den zwei Tavernen im Ort. Bedrückend wirken die ersten Eindrücke & verloren zwischen all den Arbeitern: Gestrandete aus Südamerika und der Alten Welt
und den alten Männern mit schwarzem Troddeltuch aus glänzender Baumwollseide um die sonnenverbrannte, von mediterranen Winden zerfurchte Stirn gebunden. Gewohnt haben wir in den verfallenen Kalkhütten, hoch über dem Strand, etwas landeinwärts auf einem weißen Kalkriff. Ein Geisterdorf, wo schwarz vermummte Runzelfrauen wie Schatten hinter Abbruchgemäuer huschen. Ihre verbitterten Blicke, aus stechend schwarzen Augen, bohren sich wie Pfeile in die Fremden. Kläglich streunt ein Kretaköter durch Schuttmauern, die Hühner scharren mit riesigen Krähenfüßen im kargen Boden der verwilderten Gärten.

Aus im *old café*.
Wenn Jorgo den Boden wischt; bedeckt von unzähligen Erdnußschalen, Zigarettenstummeln und -schachteln, gelang-

weilt in den Fäusten zerdrückt, zersprungene Gläser, an deren Scherben noch der Fuselcognac klebt, für 'ne handvoll schäbiger Münzen das Glas.
Die meisten von uns waren hagere Burschen, mit strähnigem Haar, ins Gesicht hängend, ihre Frauen hohlwangig, der Fusel setzt sich in den Gliedern fest und macht große traurige Augenhöhlen. Also, Jorgo kehrte all den Müll in die schon überquellende Blechtonne und wir schafften uns in dieser Zeit in unser free hotel. Meistens erinnerte sich jemand des Wegs hinauf ins Geisterdorf; die anderen folgten den vielen Windungen des Dorfweges, vorbei an den in den Hang gedrängten Kalkhütten, ihren vorspringenden Ecken und Mauern - nicht nur bei Vollmond unheimlich - dann durch eingefallene Höfe und ausgehängte Türen zu unseren Schlafstätten, wo wir in Decken eingehüllt oder in muffigen Schlafsäcken, auf dem zugigen Holzboden, weil viele Bretter einfach weggestorben sind, den Fuselschlaf hielten: Hoch über dem Strand und der Wind strich ums Riff whiiischpP, pfiff durch den löchrigen Fußboden und wirbelte Sand in die Augen der Schlafenden. Morgens mit müden, verklebten Augen die steile Dorfstraße runter, vorbei an dem senkrechtabfallenden Riff; stolpernd ins Café, oft um 6 Uhr, um zu den Arbeitern zu gehören, die als Pflücker für die Orangen gebraucht wurden, kaum daß der Wandelstern dem Ost-Horizont entstieg.
Der würzige Duft des Bergtees, ein stark gesüßter Aufguß aus Salbei und Minze, oder griechischer Kaffee, weckt das Leben in den übernächtigten Körpern. Draußen - noch Dämmerlicht - öffnet gerade der Bäcker seinen *shop*. Sie steht schlaftrunken zwischen der Tür, die verwaschene Schürze um ihren verbrauchten Leib gebunden und verkauft die billigen Biskuits & Sesamkringel. Wieder zurück im Café; da sind jetzt schon laute Stimmen: Vorarbeiter in schwarzen Lederstulpenstiefeln und mit schwarzglänzenden Schnurrbartspitzen rufen aus den Wartenden ihre Taglöhner auf, dazwischen noch ein schnelles Täßchen Griechischen.
Die Sonne geht auf, du sitzt auf einem über die Landstraße rumpelnden Lastwagen, zwischen Kisten & Körben & Leitern und den Arbeitern mit ihren noch großen traurigen

Morgenaugen. Rumpelnd in die Seitentäler, die immergrün umrahmt sind von der Macchie der Kretaberge, immergrün die für dich endlosen Plantagen.

Gut für dich, wenn du auf einer Leiter stehend die Orangenkörbe füllst. Zwar reißt du dir an dem dichten Astwerk die Hände blutig, dafür pfeif auf den Vorarbeiter. Doch meistens haste den schlimmsten *job*, und fährst mit soner Schubkarre, 4 Kisten aufgeladen, eine davon hat ungefähr 50 Kilo, Slalom durch die Plantage, gebückt unter den Ästen, vorbei an den Orangenbäumen & das Haar verfängt sich in dem Geäst, dein Kreuz gibt verdächtig nach und Schweiß rinnt brennend in die Augenwinkel, du wischt mit der Hand über die Stirn & schwupp biste raus ausm Gleichgewicht, die Karre fährt krachend in den Dreck und um dich kullerts orange. *Quicklyquickly* quiekt der Vorarbeiter, scheiß darauf und fluch' den verdammten traurigen Tag in dich rein, bis du wieder bei Jorgo sitzt, zwischen all den anderen Leise-in-sich-rein-fluchenden-Tag-Arbeitern, Geist & Körper voll von diesem billigen Cognac.
Du verfluchst also die ganze verdammte Orangenerde, weil es an irgendsonem Tag vorher geregnet hat, wie cats & dogs. Der Boden aufgeweicht, das Wasser steht unter den Bäumen & darin faulen abgefallene Orangen vor sich her. Der quiekende Vorarbeiter schickt dich durch die endlose Plantage, um die faulenden Orangen aufzulesen. Dein Kreuz schmerzt, weil die Nacht kaum Erholung brachte. Immer wieder bücken, das Blut schießt in den Kopf und Schweiß perlt auf der Stirn. Die Sonne brennt. Der Boden dampft. Du kriechst von Baum zu Baum. O gottverdammich erbarmungslos ists, tropenfeucht & heiß, ich fingere nach faulen Orangen zertrete sie zu Matsch; der Boden färbt sich zu Orangenshit, wie wenn du auf nüchternen Magen sieben Orangen in dich stopfst, das Ende davon ist ein gewaltig furzender, stinkender oranger Schiß. Auf den Zähnen knirschend Orangenerde, in der Nase fauliger Geruch. Mittags bringt der Vorarbeiter Brot, Käse, Oliven und Grassi. Du gierst alles in dich rein, für heute das einzige Mahl, inklusive deinem Lidlohn von 'ner handvoll abgegriffener Drachmenscheine.

Dann die Nachmittagsstunden. Erträglich, da der Grassi betäubt, aber nichts-desto-trotz anstrengend, nur läßt du dich eben nicht mehr so antreiben, morgen wird dich der Vorarbeiter nicht mehr mitnehmen. Oft mußt du Kiste um Kiste auf den Schultern aus der Plantage auf die höher gelegene Straße tragen. Auf den steilen Böschungswegen knickts dir das Kreuz, aber am Schluß wird bar ausgezahlt & hat der Tag ein Ende - für diesen Taglohn findste nix; wer dich pflegt & niemand fragt nach deinen blutig geschrammten Schultern - und du sitzt geschafft auf der rumpelnden Ladefläche zwischen hunderten Kilos Orangen. Der Fahrtwind kämmt das strähnige Haar, ein müdes Lächeln in den Augen der anderen, und kaum später sitzt man wieder bei Jorgo; der Cognac macht vergessen, aber irgendwann einfach aufstehn, rausgehn, abhaun, umhaun ... nach einem Monat ... das war sie dann, die große Orangenfreiheit.

DIE INNERE ORANGE

Die innere Orange
isoliert in uns
in unserer Mitte
also in uns drinnen
im Zentrum
ohne einen Zweig
ohne einen Baum
eigentlich paradox
die "innere Orange" eines jeden
ob Mensch ob Tier
Pflanzen haben keine innere Orange
aber eigentlich nennen wir es bei ihnen nur anders
denn im Grunde hat im übertragenen Sinne
jede Maschine,
jeder kleinste Apparat
seine eigene innere Orange

Nächtelange Fieberträume im Februar 1995
haben mir gezeigt, was sie ist für mich.
Sie ist eine Art "Bündel"
ein Bündel aus den sogenannten Filmen, die in meinem Kopf ablaufen
und im Fiebertraum laufen soviele Filme in so hoher Geschwindigkeit gleichzeitig ab, daß das Bündel in Form und Farbe einer Orange sehr ähnlich wird
leuchtend orange mitten in mir
sie macht auch nur so einen Sinn für mich
als leuchtend oranges Bündel.
All die Bilder meiner Fieberträume einzeln zu betrachten ist sowieso unmöglich.
Nur als sogenanntes Bündel, als innere Orange, bilden sie eine berauschende Einheit!

Harald "SACK" Ziegler

*1961 in Berlin. Famoser Toy-Musiker, Comic-Zeichner, Underground-Poet, Home-Recording-Exzentriker, Humor-Minimalist & Notenkorrektor. Lebt in Köln.
Nach mehr als 3 Dutzend Tapes und einigen LPs & Singles:
° Kaufhouse. Comicheft. Privat-Mail-Order.
° Das grosse Harald-"SACK"-Ziegler-Songbuch mit zahlr. Cartoons. KRASH-Verlag, Köln.

Jetzt kann sich jeder vorstellen, wie schemenhaft die innere Orange im Alltag sichtbar wird.
Oft nur wie hinter einem Schleier.
Aber sie ist da
immer
mal deutlicher, also dichter
mal undeutlicher, also wie dünner Nebel
aber sie zu erleben, die innere Orange, ist schon Wahnsinn,
einfach unglaublich!

In der Reihe KünstlerWERKbuch bei

KILLROY media

YAM - Warum Kunst ? - painted popsongs

n literarischen Episoden erzählt uns die Künstlerin YAM wie sie zur Malerei kam, warum ;ie Bilder nach der Musik von Velvet Underground malt und was sie sonst noch so ›ewegt.

„Irgendwie ist es doch seltsam mit der Kunst. Daß wir sie machen und daß sie die ganze Zeit gemacht wird, schon immer gemacht wurde. Da kann man sich doch die Frage stellen - Warum?“

\uf 32 Farbtafeln wird die Galerie der gemalten Popsongs präsentiert. Spurensuche in Jew York: In Interviews kommen andere Künstler zu Wort, denen YAM vor allem in New 'ork begegnet ist und dabei steht immer die Frage im Hintergrund :

varum macht der Mensch überhaupt Kunst?

08 Seiten, 290 x 225 mm, Hardcover, Fadenheftung, 4/c, Schutzumschlag

SBN 3-931140-30-x **DM 50,00**

.ieferbar über KNOe und K+V oder direkt beim Verlag

In der Reihe KünstlerWERKbuch bei

KILLROY media

Pietro Sanguineti

PROFUTURA SERUM CONCENTRATE

ISBN 3-931140-31-8

DM 20,-

von Konzept zur Kontext - Art

Publikation zur Ausstellung „remix", 1995 im Bahnwärterhaus, Galerie der Stadt Esslingen am Neckar

mit Beiträgen von Renate Damsch-Wiehager
Achim Kubinski und Pietro Sanguineti im Gespräch
Ulrich Heinke
Axel John Wieder
Ferdinand Meyer

23 x 17,8 cm, 96 Seiten, Schweizer Broschur, hochwertiger s/w-Druck

K: Ja, das ist eigenartig, weil das wirklich nur in der Kunst der Fall ist. Z.B. Sergeant Pepper von den Beatles ist ein Meisterwerk, da waren locker sechseinhalb Mann dabei. Die einen Kenner sagen, das ist viel Lennon, die anderen sagen, das ist viel McCartney, die es wirklich wissen, sagen, das ist George Martin, und das alles spielt keine Rolle. Das wurde ja Anfang der 80er ausprobiert. Bei den „Jungen Wilden" gab's Gemeinschaftsbilder, Oehlen-Kippenberger, nach dem Modell Lennon-McCartney, aber es geht nie gut. Das hat sicher viel mit dem Charakter von Kunstobjekten zu tun, daß sie immer den Negativbettel vom Meisterwerk mit sich rumschleppen, nämlich das macht jemand alleine oder er ist der Chef. Es gibt ja auch Künstler, die sich als Kuratoren versuchen, auch in unserem nächsten Bekanntenkreis, und letztendlich sind die Ausstellungen, die ich

Jürgen Ploog
RÜCKKEHR INS
COCA & COLA HINTERLAND
15.- DM * 68 S. * brosch.
ISBN 3-929375-07-9
Seine Prosa bewegt sich auf eine einzigartige und faszinierende Weise durch das Labyrinth der Zeichen. (Basler Zeitung)

Jürgen Ploog
BLACK MARIA ODER DAS
ECHTZEIT-ENDSPIEL
Notizen zu Virilio
paste ups by Rorschach
10.- DM * 28 S. *
ISBN 3-9801770-8-4

Jürgen Ploog
REMEMBER ME ?
15.- DM * Toncassette 60 min *
ISBN 3-9802826-8-6
erschienen in der Reihe
ENGPOL MEDIEN Tapes

Verlag PETER ENGSTLER
Oberwaldbehrungen 13
D-97645 Ostheim/Rhön, Tel. 09774/1213
Gesamtprospekt bitte anfordern

Jörg Burkhard EUROICA 99
KEVIN LIMBOS GRÖSSTER FALL
Jan Polacek BILD
22.- DM * 128 S. * brosch.
ISBN 3-929375-06-0
Hier schreibt einer, der die Verdinglichung und Verrohung in der Warengesellschaft zuspitzt und verdichtet wie wohl keine(r) sonst zur Zeit im deutschsprachigen Raum. (Schwarzer Faden)

Jörg Burkhard LIVE IN ZOMBOMBIE
20.- DM * 84 S. * brosch.
ISBN 3-9801770-3-3

Jörg Burkhard/Jan Polacek
VOLUMES OF FRIENDLY FIRE
Texte/Zeichnungen
10.- DM * 28 S.
ISBN 3-9802826-1-9

Jörg Burkhard G.E.L.D.
General Electric Language Districts
Hörspiel 90 min. * Toncassette * 15 DM
ISBN 3-9802826-2-7
erschienen in der Reihe ENGPOL MEDIEN Tapes

Jörg Burkhard ZAPPING MUZAK
Materialdämmerung
Toncassette * 15 DM * 90 min
ISBN 3-9802826-3-5
erschienen in der Reihe ENGPOL MEDIEN Tapes

Verlag PETER ENGSTLER
Oberwaldbehrungen 13
D-97645 Ostheim/Rhön, Tel. 09774/1213
Gesamtprospekt bitte anfordern

Literatur und Subkultur - nur ein Zeitgefühl?
Neue Literatur - S O C I A L B E A T - als Antwort...

Facettenreich sind ihre Publikationen, kopierbare Fanzine, „little mags“ Tapes, 7“, CDs und FLYER.
Die **SOCIAL BEAT** Aktionen und Festivals verbinden das literarische Aufbegehren einer Generation, die keine Helden hat und auch nicht den Aufbruch zu neuen Welten kennt. Wurzeln & Wunden dazu finden wir im Amerika der Neunziger. „White Trash-Bekenner und I'am a Looser baby“. Wo sich sogenannte Slam!Poeten in regelrechten Wortgefechten, dem Publikum und sich alles abforderten, zumal sie mit allen gesellschaftlichen Tabus brachen. Eben wie in der Musik: Hiphop, Rap und „hardcore“(anfangs noch innovativ waren) oder wie in den Siebziger Jahren der PUNK den Rock'nRoll von der Bühne fegte. Und wiedermal schuf die am untenstehendeste Bevölkerungsgruppe von Schwarzen und Mestizen, einen Freiraum, um auf ihre Art und Weise gegen das Establishment und staatliche Repressionen zu rebellieren. Geradezu in hemmungsloser Ekstase fegten sie über die Abgründe ihres Existenzminimums hinweg. Folgerichtig entwickelte sich in den sogenannten Bars der Vorstadtslums und kleinsten freien Bühnen eine äußerst lebendige Poeten-Szene. Sie schreiben gegen die Gewalt, den Hunger, die Sucht, die Ausweglosigkeit sozialer Not...
Sozusagen eine Hommage an die amerikanischen beatniks der Sechziger Jahre ist die Wortschöpfung **SOCIAL BEAT**. Wohlgemerkt handelt es sich dabei nicht um ein institutionalisiertes Programm, sondern ist frei, treibend, drive, BEAT eben, Geschichten mit Rhythmus.*Jeder darf - keiner muss*.
Nur heute mit anderem Vorzeichen. Die damaligen Beatniks entstammten nämlich bis auf wenige Ausnahmen einer bürgerlichen und bessergestellten Mittelschicht. Diesem muffigen Korsett „entflohen“ übte auf sie alles kaputte, Junk und der sogenannnte gesellschaftliche „Aussatz“, eine göttliche Faszination aus.
Kerouac, Ginsberg, Burroughs (K G B) glorifizierten in ihren heroischen Reiseabenteuern & Junkerlebnissen, die Armut der dritten Welt, aber auch der Outlaws der verrottenden amerikanischen Städte...und sie hatten literarischen Erfolg damit. Sie prägten soziales Empfinden und Zeitgeist der nachfolgenden Generationen nachhaltig.
Erst „widerlich“ und nur unter der Buchtheke gehandelt wurde es „in“ - Ficken und Saufen wurde wohl erst durch *Charles Bukowski* dem deutschen Literatur-Vokabular anhängig. Den finalen Siegeszug einer authentischen Schreibe ermöglichte hierzulande aber erst die beachtliche und hartnäckige literarische Feld-Arbeit des damals noch jungen unbekannten Übersetzers *Carl Weissner.*
Schon '69 vereinten aufs Feinste die Originale, *R.D. Brinkmann* und *R.R. Rygulla* in ihrer literarischen Kompilation „Acid. Neue amerikanische Szene.“ Jedoch in Deutschland nichts Neues; kaum ein Autor der virtuos mit Sprache, Drogen & Sexualität umgehen konnte.
Die von *William S. Burroughs* entwickelte Methode des „cut-up & fold-in“ hatte Stil und wurde zunehmend auch als fragmentarisch-literarische Episode gedacht und verstanden.
W.S.B. kennt die Ausweglosigkeit von der er schrieb - einem breiteren Publikum ist sein faszinierendes Romanwerk NAKED LUNCH , von *David Cronenberg* 1992 verfilmt, in Erinnerung - aber(!), nur ein Appetizer zu W.S.B's wortgewaltigen Bilder seiner Romane.
Erinnern wir uns weiter; die Siebziger Jahre: Die Poetologie der Engel und drogen-indizierte Literatur. In seinem mystisch-prosaischen Werk „Die Lehren des Don Juan“ spricht *Carlos Castaneda* für das Lebensgefühl einer Generation, die zu Zeiten der Hippies noch ihre ersten Gehversuche machten. Die deutsche Literaturszene dümpelte vor sich hin. Wenige gute Erzähler, wie *Fauser, Kirchhoff...* mit ihren skurillen Schilderungen aus Subkultur & Milieu, auf der Spur menschlicher Identität. Und fast das „Aus“ brachten die Achtziger Jahre - nach Kneipe, Rotz & Co. - die neue Innerlichkeit wurde trotz oder gerade wegen ihrer Inhaltsleere zum warmen Goldregen...und aus einer daraus resultierenden Ablehnung, (bei wenigen Literaturmachern) begann der literarische Untergrund von neuem zu kochen...So gesehen - in den frühen Neunzigern zaghaft formuliert & schon getroffen „Downtown Deutschland / wo der Asphaltbeat schlägt“ - hat **SOCIAL BEAT** seine literarische Geburtsstunde erlebt.

ybz-LIT.